九龍城寨

CITY OF DARKNESS

3 江湖火鳳凰—完結篇

余兒——著

暗黑王道經典之作！
改編漫畫榮獲第七屆
日本國際漫畫賞！

九龍城寨

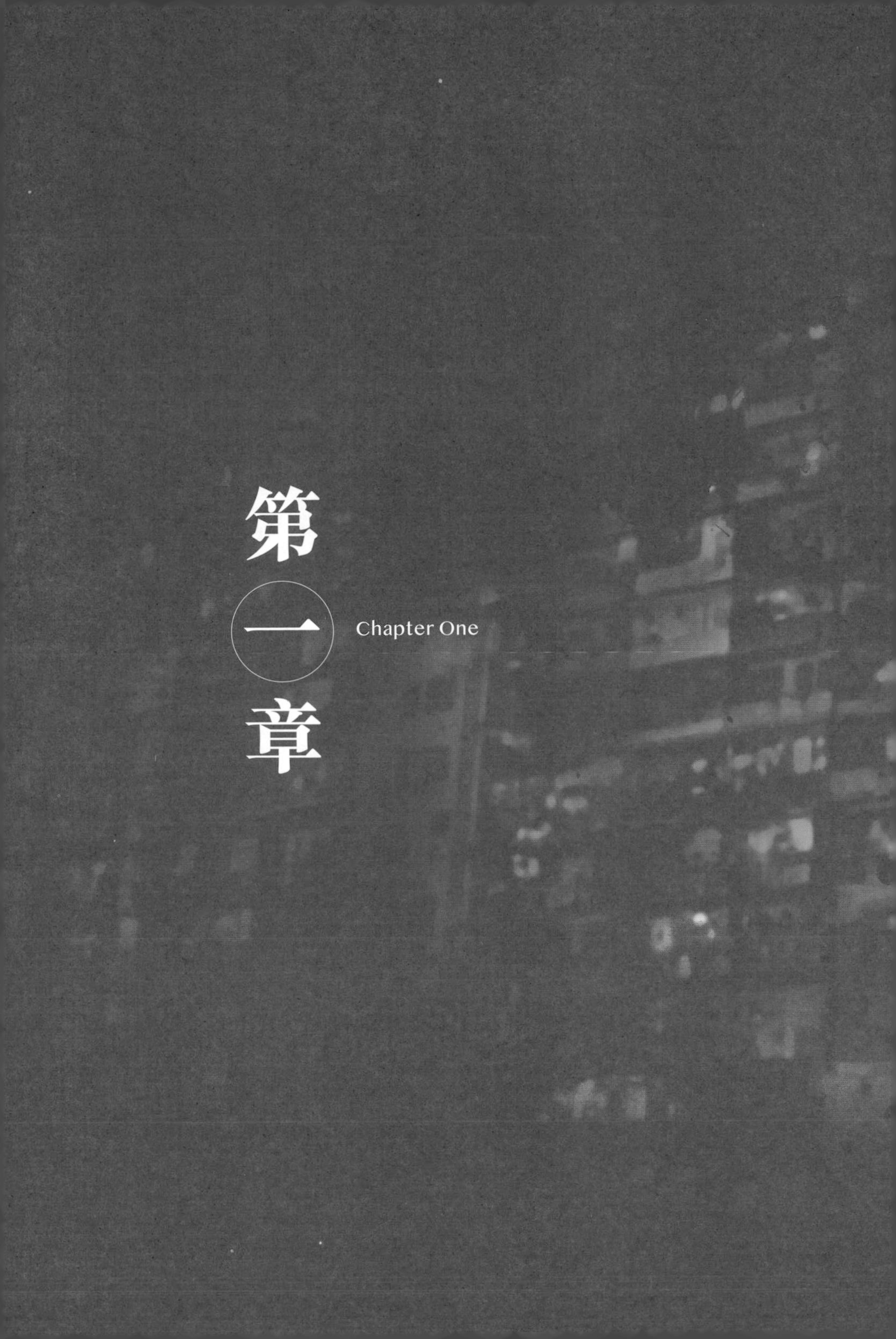

第一章

Chapter One

1.1 神人

時光回到五〇年代中期，一個黑白不分的亂世時代。當時最具勢力的「青天會」壟斷了九龍區大部分的黑道生意，無人不懼，橫行黑道。

「青天會」之所以能夠獨霸天下，全賴其龍頭震東的功績。震東生性是個鬥士，十四歲已經跟隨老大左右，南征北伐，每次出戰皆全力以赴，很快便在血腥與暴力的世界裡打出名頭。

憑藉異於常人的狠勁，震東在幫會的地位愈打愈高，十八歲已成爲幫會的金牌打手。廿二歲擢升爲一區頭目，門生超過五百。

二十四歲，榮登幫會第二把交椅，副山主之位，一人之下，萬人之上。

廿六歲，被幫中高層推舉爲龍頭坐館，號令過萬門生，成爲香港黑道最有權力的風雲人物。

震東之所以扶搖直上，除了擁有澎湃的實力之外，更重要的是，他有一個大人物在其背後替他撐腰。此人正是震東的堂兄，油尖旺區華探長雷老虎——雷樂。

一個黑道霸王，一個白道皇帝，二人在黑白二道呼風喚雨，幾近是香港幕後管治者。「青天會」如日中天，誰敢招惹他們，等同以卵擊石，只有落得粉身碎骨的下場。

那時候，江湖上還沒有「龍城幫」，九龍城寨乃「青天會」的地盤。

龍捲風與狄秋等人開始在江湖打拚，雖然龍捲風曾囑咐他們千萬別惹上「青天會」，可有些事情就好像宿命一樣，按照軌道而行。狄秋與孟大成始終開罪了「青天會」的人，被活捉到九龍城寨。

震東找人通知了龍捲風，令他隻身前來九龍城寨，否則便會把二人分屍餵狗。龍捲風知道震東不是說笑，不動身，連兩人的屍體也保不住。於是當晚他便獨闖九龍城寨。

龍捲風來了，震東當然不會就此放人；當日震東開出一個狠辣盤口——龍捲風、狄秋與孟大成各自留下一條手臂才可以離開。

聽到震東撂下狠話，狄秋及孟大成早已嚇得半死，只有龍捲風仍一臉從容，還敢向震東討價還價……

「東哥，只是要我們一隻手，似乎便宜了我們啊。」站在巷尾的龍捲風笑說：「我管教無方，身為他們的老大，應該一力承擔。就算要了我的命，也不足為過。」

形勢比人強，兄弟又落在對方手上，硬來只會壞了事情，所以龍捲風便來一招以退為進。

「小弟，你想跟我玩什麼啊？說出來聽聽。」坐在巷子盡頭的震東，望著前方的龍捲風說。

震東只要一句話，就可要了三人的性命，但龍捲風的話，的確有令人聽下去的吸引力。

「我用一條命，換他們兩隻手，好嗎？」

「哦？」這句話，連震東也始料不及。

「不過就算要死，我也希望東哥可以給我一個機會，讓我賭一局。」

「說下去啦。」

「你身後的兄弟少說也有二十人，這樣吧，他們每人拿一把刀，我則赤手空拳入巷，如果死不掉，僥倖走到你面前，就放過我們一馬好嗎？」

「哈哈哈哈……夠膽識，不過要我放人，不是這樣簡單的。」震東詭異一笑：「我只准許你用一隻手，如何？」

「要以單手迎戰廿名刀手，強如老大也沒有十足信心，但他卻一口答應。結果挨了十七刀，走到震東面前。」狄偉：「他爲什麼要押上自己的命？還不是爲了營救你們！我想你並沒忘記老大爲我們付出的一切！」

狄秋沒有回話，他只有皺著眉，吸著長煙斗。

「那次之後，我們便成了震東的打擊對象，他還跟雷老虎夾擊我們……你被那班黑警誣告傷人藏毒入罪，在監牢給震東的人日打夜打，不到一星期已給打斷了肋骨。我記得我跟老大探監，你哭著跟老大說，要他無論如何也要把你救出來，否則早晚會被活活打死，最後老大也不負所望，眞的把你和大成救了出來……」狄偉激動起來：「我永遠不會忘記，那一年是一九五六年，香港爆發『黑社會雙十大暴動』，就是這一場暴動，令龍捲風這三個字變成了黑道神話！」

狄秋並沒有遺忘龍捲風的恩義，只是他刻意把過去的事情埋藏，經狄偉一說，那一段跟隨龍捲風打拚的畫面，便不斷在腦海中湧現。

他們之間，的確曾經有一段深厚的友情，若非發生了「那件事情」，「龍城幫」相信不會分裂。

「出獄之後，你跟我說，老大有勇有謀，重情重義——今生今世都以他爲首。」

「夠了！」

往事就如利刃，一刀一刀刺入狄秋的心坎。他實在不願回想，因爲一想到曾經欠了龍捲風的大恩，便不能硬起心腸，全力應戰。所以他只好阻止狄偉說下去。

狄秋兩兄弟相視無言，靜得只有夏蟲的叫聲，恰巧逆鱗與孟大成在此時出現，打破了尷尬的氣氛。

「老爸，偉叔，神神祕祕的在商量作戰大計嗎？」逆鱗走到狄秋面前。

「只是閒聊而已。」狄秋轉換話題，盡量令自己抽離回憶：「逆鱗，我想知道你對這場仗有何看法？」

「九龍那班人嬌生慣養，這些年都待在城寨，過慣了安穩日子，除了信一和火兒之外，我實在數不出哪個有份量的明星級大將。」逆鱗不疾不徐：「他們之所以有勢，只是挾著龍捲風的餘威，但經過澳門一役後，已大傷元氣，我認爲要收拾他們並不困難，只要把握好一個機會，就可以將他們打個無法翻身。」

「你有什麼好計策？」孟大成。

「打仗從來都是打勢，信一他們已是強弩之末，你看他在宗親會上被彈劾時怒氣沖沖，卻沒有即時行動，一味虛張聲勢，根本無計可施，顯然大勢已去。」逆鱗繼續道：「我們就不同了，老爸榮登龍頭，勢頭大好，應該恃勢來個速戰速決，相約他們決一勝負。」

逆鱗這新一輩頭腦清晰，行動快捷，做事絕不拖泥帶水，他認爲信一正處於弱勢，就應該再下一城，一口氣把落水狗打個不能翻身。

「你想何時開戰？」狄秋抽著長煙斗。

「三日後。」

「這麼快？我們夠時間部署嗎？」

「同樣只有三日時間，我們不夠用，信一他們同樣也不夠。」逆鱗：「他們個個負傷，現在不打，難道等他們復元才打？」

「但他們會應戰嗎？」

「他不應戰，我便揮軍直搗九龍城寨，逼他出手。」

終於到了正面交鋒的時候，狄秋口裡雖然很想打垮信一，但剛才狄偉的一番話，的確牽動了他的情緒。到了下決定的一刻，狄秋還是鐵不了心，猶豫起來。

「老爸，還猶豫什麼？我們跟信一已經不可能言好，除非你願意放棄龍頭，否則這一戰一定會發生，只是由誰先走出第一步。」

「……」狄秋在沉思。

「哥，你要想清楚，一旦決定了，便回不了頭。」狄偉想制止。

「老四，你眞窩囊，都發展到這種地步，我們還會走回頭路嗎？」孟大成在推波助瀾：「先下手為強，後下手遭殃。我贊成逆鱗的說法，就決定出兵。」

狄秋亦有了打算，道：「好，無毒不丈夫，此戰之後，我就要成為『龍城幫』唯一龍頭！」

有了決定，當下逆鱗便致電信一，跟他直接——下戰書。

「喂。」信一拿起電話接聽。

「信一，我是逆鱗。」

「有話便說。」

「我們這邊不想浪費時間，反正要打，不如速戰速決。三日後，錦田廢車場，各自準備三十人，一戰定江山，如何？」

雙方難免一戰，可戰期就在三天之後，眞叫信一措手不及，一時間答不上話。

「為什麼不出聲？堂堂龍城第一刀，不是怕了我們吧？如果你不敢來元朗，地點可由你定。三天不夠，不如三個月，又或者三年後再打好不好？」

「你要自殺，我就成全你。三日後，叫狄秋準備替你收屍。」

信一掛線，眾人都感受到他的怒火。

「狄秋打給你，約你開戰？」火兒。

「是他的兒子，逆鱗。」信一：「他約我三日後錦田一決勝負。」

「三日？」火兒一愕。

「我知道他是想趁我們弱勢打垮我們……」

「阿大，我不是質疑你的決定，但你爲何明知他們的動機卻仍答應？」阿鬼憂心。

「因爲逆鱗的確說中了要害，『公司』處於劣勢，如果連戰書也沒膽接，我怕我們的士氣會一直低落，最後連信心也輸掉。」

信一的擔心不無道理，如果這次他拒絕接戰，一旦傳到基層成員的耳中，到時候又會出現很多流言蜚語，一定會囤積很多負面情緒，再一步影響內部士氣。

自從澳門那一役後，信一就好像一直行背運，事事都不如意，幫會內憂外患，煩得他頭都快爆了。

「龍城幫」內戰已經是鐵一般的事實，既然對方主動提出戰期，那就如他所願，速戰速決吧。

只有平定內亂，他們才可以專心對付雷公子。

但最大的問題是，信一可以派誰領軍出戰？

細寶剛剛加入，實力未明，暫不能委以重任。

阿鬼跟隨信一最久，又是「龍城幫」的核心成員，但他的實力平平，加上沒有領袖魅力，難以在戰場上穩住軍心。

信一的視線落在火兒身上，他是領軍的最佳人選，可腳傷還未痊癒，又如何把擔子扛在他身上？

「這一戰由我帶隊吧。」火兒又怎會不明白信一的心意：「我落場，只是要穩住軍心，如非必要我是不會出手的，你可以放心。」

「我跟你一起去帶兵。」信一眼神少有的茫然。

「你是龍頭，不可以隨便出手。況且，萬一……我是說萬一，我發生了什麼事故，城寨也有你挺住。」火兒維持冷靜：「何況你剛才已說過這一次由我全權負責，你還是不要想太多，交給我吧。」

身為一幫之主，眞的不可以動不動便親自落場，他是精神領袖，就算天塌也要有泰山不倒的氣概。

那麼，這個重擔，唯有火兒扛起了。

「火兒，你眞的不用我幫手？」十二少。

「你幫手，就算我們打贏了也會遭人話柄，到時候他們不但不服輸，更會指責我們私通外人打同門，那麼，就算他們跟雷公子光明正大合作，我們也奈何不了他們。」

火兒的處境很不樂觀，十二少當然希望可以跟兄弟並肩作戰，但客觀因素卻不容他這個「外人」參戰，實在情非得已。

「阿大，你放心，這一戰我定會拚盡。」細寶。

「由現在開始你要改口，火兒才是你的阿大。」十二少。

「……」細寶望向火兒，帶點不自然：「我可以叫你火兒哥嗎？」

「沒關係，什麼也是一句。」

「火兒、阿鬼、細寶，這次就辛苦大家了。」信一只能把希望交給他們了。

會議就這樣結束，信一等人個個懷著不同的心情，迎接三天後的大戰。

1.2 火兒之父

會議結束後，火兒回到他與藍男同居的家。

環顧四周，火兒突然覺得身處的地方很不眞實，眼前掛在牆上的ＢＢ海報、一室重新上漆的粉色牆、剛組裝好的嬰兒床、預先準備好的嬰兒衣物和用品，全都是這幾個月來，兩口子爲迎接家庭新成員來臨而添置的。忽然之間，這些平淡而幸福的日子，彷彿遠去而變得虛幻。

火兒記起，上一次跟藍男一起在這斗室，明明還滿溫馨的，怎麼同一間屋子，此刻會變得如此冰冷？一陣強烈的空虛感襲來，令火兒很不自在，非常難受。

本來正値人生高峰的信一，亦在短短的日子裡經歷了最大的起伏，還差點命喪澳門。連十二少也被波及，一浪接一浪的沖擊，叫火兒覺得，他們似乎正被噩運纏身。

人有三衰六旺，當走背運時，眞的萬事不順，任你如何努力，也難以扭轉，能夠做的，就只有等待那股黑氣遠離。

本來明知道運氣不好，最好養尊處優，以逸代勞，等待下一個出擊的時機，可命運不得我挑選，世事也難如人意，噩運來的時候，所有的麻煩事就是接踵而來，逃不過、躲不了，逼你去面對。

雷公子與狄秋這兩場戰火，也不是由火兒他們挑起的，但所有的事情都在同時間爆發，實在招架得有點吃力。

這次火兒所承受的壓力無比巨大，情況好像比當年大老闆下了江湖格殺令更不樂觀。那一役他幾乎掉了性命，一夜間變得一無所有，不是也可以樂觀面對嗎？明明敵眾我寡，強弱懸殊，卻依然勇字當頭，力戰到底。爲什麼此刻卻不容樂觀，異常憂心？只因爲今天的他，已有了家庭，而信一亦有了權勢。

一個身無長物的人，往往可以不顧一切的去拚，就算跌倒了也可以再站起來，反正本來就什麼都沒有，輸得起，可以輸很多很多次，只要一個機會，就可以把一切贏回來。

這一戰，關乎「龍城幫」九龍「線」的存亡，一輸就把所有的東西輸掉。

他實在輸不起啊！

那一夜，火兒不能成眠，在家一直待到天亮後，便走到阿柒冰室吃早餐。就算外面戰火連天，阿柒冰室卻一如以往，有一種安寧的感覺，叫火兒煩亂的心情稍爲平伏。

「火腿雙蛋熱奶茶。」老闆阿柒親自爲火兒送上愛心早餐。

「老闆。」見到阿柒，火兒終露出久違了的笑容。

「你已經不是這裡的員工，不用叫我老闆了，叫我柒哥就可以了。」阿柒放下早餐，然後就一屁股坐在火兒對面。

「嗯。都是一句吧。」火兒的笑容一閃即逝。

「我知道最近你們『龍城幫』發生了很多事。我不是江湖人，你可能覺得我不理解你們的煩惱。不過我也曾年輕過，當然跟你一樣遇過煩惱。」阿柒點了菸：「我輸過，輸得乾乾淨淨，一無所有，人生跌入了谷底，那段日子我過得很痛苦，人如失去了靈魂，每一日都在行屍走肉。」

火兒眼中的阿柒，是個不拘小節、什麼事都可大而化之的隱世奇俠，沒想過這位不吃人間煙火的高人，也有過失落失意的日子。

「就算你是天下無敵，也會有力盡之時。有些人年輕時太輝煌，從沒想過自己會失敗，到一天從高處跌下來，就跌個焦頭爛額，翻不了身。所以任你的力量多大也好，面對大戰，除了歷練，更重要的就是先得學會承受。」

怕失敗的人永遠難以成功，要成大業，首先就要學會接受失敗。

「只要還活著，雄心不滅，鬥志不屈，就有反敗爲勝的一天。可一旦死了，便什麼都沒有了。所以無論什麼情況也好，切記——量力而爲。」阿柒瞇著眼，吸著菸：「人生，除了地盤與地位，還有很多值得你去珍惜的東西。」

「柒哥，我明白你的意思。」

「你是聰明人，這些簡單的道理又怎會難倒你？只是你思緒太紊亂，令你一時間遺忘了。」阿柴站起來：「保持頭腦清醒，就是致勝的關鍵。」

處境愈是惡劣，愈得保持鎮定，才能歷劫渡險，飛越巔峰。

說完，阿柒又走回廚房去了。

跟阿柒一席話後，火兒彷彿想通了什麼。他決定先擱下多想也不能解決的煩惱，獨自到海灘游水。

運動可以令腦袋分泌腦內啡和血清素，會令人心情愉快，頭腦自然也清晰。就正如當日他在「練功房」出關後，他第一件事就是去跑步，令自己的思路疏通，心無雜念，以迎接最佳作戰狀態。

腳傷影響，不能跑步，所以他選擇了游水。不停躍動四肢，配合呼吸吐納，只須注意節奏，所有雜念都拋諸腦後，整個人是絕對的放空。腦袋變澄明，心情也變開朗。

游了兩小時，火兒前去醫院探藍男。

經過休養，藍男身體上的傷大致已經康復，至於心靈的傷害，則只能留待時間治療。瞧見火兒，她還是可以由衷地笑出來的。

「你有工作在身，不用花時間來看我了，我可以照顧自己的啊。」藍男展露了一個火兒最喜歡的微笑。

「我剛才問過醫生，他說妳康復情況很好，隨時可以出院。」火兒笑說：「我們很久也沒試過逛街看戲了，我想跟妳盡情玩一天。」

「但你不是有要事在身嗎？」藍男口中的「要事」，當然是指兩天後的大戰。身為江湖「阿嫂」，藍男的消息自然靈通。

「工作也要娛樂吧。況且我是高層來的，高層的意思是，人工高、福利多、工作少；

瑣碎事留給下屬做就可以了。」火兒露出一張白癡的鬼臉：「快點換衣服啦，我好想吃軟雪糕和爆谷（爆米花）啊。」

這個男人，在她的面前，好像永遠都沒有長大，有時甜言蜜語，有時善解人意，但大部分時候，都是低能兒般的笨模樣。只對她展露傻氣的火兒，藍男是抗拒不了的。他向來是她的軟肋。

藍男辦理出院手續期間，火兒跟阿鬼聯絡過，讓他挑選三十精兵，爲兩天後之戰做好準備。

之後，火兒跟藍男便開始了一趟吃喝玩樂之旅。他們先去了荔園(注)，餵了大象天奴吃香蕉，坐上了圍繞整個遊樂場而行的半空觀光飛船，還有情侶必坐的摩天輪。除了較爲刺激的過山車及碰碰車外，他們差不多玩遍全場。

「我們去玩『神祕洞』吧。」藍男站在巨型恐龍的神祕洞前，準備入內。

「等等……什麼神祕洞啊……」火兒昂首，望著那個嘴巴一開一闔的恐龍，竟然卻步，道：「明叫神祕洞，入口卻以恐龍招徠，到底是看恐龍還是看鬼怪？」

「除了恐龍之外，神祕洞裡面什麼也有，有鬼怪有殭屍還有殺人分屍的場景，很搞笑

注：荔園遊樂場（原名荔枝園，簡稱荔園），原址位於荔枝角灣，一九四九年四月十六日開業，曾是香港規模最大型的遊樂場。早期設施包括各類劇場、機動遊戲、各式各樣的攤位遊戲、水上遊戲等。機動遊戲有摩天輪、碰碰車、旋轉木馬、哈哈鏡、搖搖船、咖啡杯、小飛象、八爪魚、過山飛龍、恐龍屋、鬼屋等，更曾有香港唯一的真雪溜冰場；還有蒙眼飛刀表演等。

的，進去啦。」

「搞笑？」火兒冒了汗：「既然妳已玩過，那就不要重複玩吧……時候也不早，不如我們去看電影，好不好？」

「玩過可以再玩啊。去啦！」

「吓……」火兒臉色變青。

「你幹嘛？怎麼臉色大變？」藍男眼珠轉了轉：「我知道了，你怕鬼！」

「我怕鬼？哈哈哈哈哈……藍男姐，妳眞會說笑。」火兒邊說邊拉走藍男：「妳知不知我小學時有個綽號叫陳大膽，我三歲開始玩筆仙，五歲就玩碟仙，六歲玩銀仙（錢仙），玩到出神入化，可以隨時同鬼溝通！」

「嘩，好犀利呀，失覺失覺。」

「我一直不跟妳說，是因爲我爲人低調，難道我跟星仔、華仔、發哥合作拍電影又到處跟人說嗎？」

「陳大膽先生，剛剛想起來，原來我跟你是小學同學，怎麼從沒聽過你有這個綽號的？」

「剛才不是說過嗎，我爲人是很低調的……」

只有在藍男面前，火兒才可以暢所欲言，毫無顧慮地盡說些沒營養、白癡的小學雞（注）才會說的話。

——世上只有藍男可以令火兒變回那個憨憨的陳靜兒。

離開荔園，火兒帶了藍男去「歡樂天地」擲公仔。藍男從來都不喜歡這些玩意，但火兒想去，她就陪他好了。

今日藍男才知道，原來火兒的眼界如此厲害，幾近百發百中，這個大男孩，無非要在藍男面前一顯身手。

然後他倆隨便看了一齣電影；散場後流連旺角街頭「掃街」：臭豆腐、雞蛋仔、牛雜、魚蛋、燴魷魚、碗仔翅……藍男一向也喜歡吃街頭小食，在懷孕期間她努力戒口，今天終可得到大解放，不理健康，盡情大吃大喝。

玩了一整天後，二人返回城寨。

「這幾天妳留在家中，不要理江湖的事，不論後天的戰果如何，之後我會一直陪著妳，妳想去哪裡就去哪裡，玩個夠爲止。」

「嗯。」藍男點頭微笑。

火兒後天便要踏上戰場，她當然知道此戰關乎重大，戰果將影響「龍城幫」以及信一派系的命運。眼前的男人正承受著無比巨大的壓力。

火兒自從當上「龍城幫」的核心成員後，一直爲「公司」發展業務，陪伴藍男的時間少得可憐，在澳門與信一度過了一場險死還生的大劫後，他才驚覺跟藍男相處的時間太

注：香港俚語，原意為小學生及沒有學歷者的貶稱，現泛指一切行為及思想幼稚、心智未成熟、經常撩事鬥非和到處生事的人。

少，所以結束了「龍城」內戰後，他決定要跟最愛的藍男私奔出走，走到天涯海角。

這一夜，火兒擁著藍男入睡，睡得香甜。有她在懷裡，火兒終於可以熟睡。

他已經很久沒試過如此酣睡。

第二天早上，火兒跟藍男吃了早餐，便離開了城寨。

還餘下一天便要跟狄秋交鋒了，火兒只想盡量放鬆心情，迎接這決定性的一戰。

上一次決戰大老闆，火兒穿起了哥哥送給他的皮衣，打倒了大老闆與王九，這一戰同樣不容有失，所以火兒再次穿上那件幸運戰衣，祈求哥哥給他力量，並肩而戰。

他駕著車子漫無目的四處兜風，兜了一個多小時，不知不覺來到了故居。

眼前的唐樓，就是火兒成長的地方，也是他跟亡母生活了廿多個寒暑的安樂窩。

重臨舊居，火兒感觸萬分。屋內一磚一瓦，甚至裝潢陳設都沒有多大不同。

望著身前的木凳，小時候的回憶便在腦海中湧起。他記得曾經貪玩，站在木凳上扮超人，從凳上跳下來，結果撞甩了一顆大牙。

還有那張放在母親房間裡、相當廉價的梳妝枱；其中一隻枱腳已經爛了，搖搖晃晃的並不穩固，可火兒媽媽生前卻不捨得丟棄，因爲這張梳妝枱是火兒第一次當暑期工，賺取工資後送她的禮物。

火兒以指頭掃了掃桌面的灰塵，現出玻璃桌面下的懷舊照片。

那是陳靜兒跟母親相依爲命的童年印記。

這些照片中只有他們兩母子，印證了火兒的生命中，從來沒有父親的參與。只因他是遺腹子，由母親含辛茹苦養大成人。

他並沒忘記母親曾說過，自己的爸爸叫阿JIM，也是混黑道的，且並非普通的小混混，而是位居權重的天王級人馬。

年輕時的阿JIM是匹野馬，有過很多很多女人；放蕩不羈的浪子，喜歡四處流浪，最後卻邂逅明慧（火兒母親），而安定下來。兩人相戀後，阿JIM一度拋下江湖事，跟明慧離開香港，移居台灣，過了好不愉快的一段平凡日子。

可惜人在江湖，更多時都是身不由己。某年某日，阿JIM收到消息，他的老大要跟對頭來一場生死鬥，於是他便不得不踏上回港的路程。沒料此去便是死別，阿JIM再沒歸來；據說他死在對頭的手上，屍體更淹沒在大海之中。

那時候明慧已身懷六甲，得知愛人死訊，直如五雷轟頂，痛不欲生。可因爲找不到阿JIM的屍首，她仍抱存一絲希望，於是急急返回香港，祈望可以等到奇蹟出現。但隨著日子過去，等了一年又一年，終究還是由失望轉至絕望再到死心。孩子漸漸長大，明慧把精神託付在孩子身上；眼淚流乾，成了個堅毅樂觀的好媽媽。而火兒對於生父的認識，從來就只有一堆舊相片。

火兒打開抽屜，取出相簿翻開，活頁貼滿發黃了的老照片。

從照片的景物以及人物服飾，可以看出時爲五、六〇年代。

當時的媽媽，確實是個美人兒，且笑容無比溫柔，難怪可以令浪子定性。

照片中的父親，一身皮衣，長長的頭髮有點凌亂，有一種隨意的瀟脫感覺，是個帥哥。

翻了一頁又一頁，突然之間，火兒心頭一動，眼神停留在其中一張照片。那幀照片，有兩個男人，一個是他的父親阿JIM，另一個竟然是火兒最敬重的人物，神人——**龍捲風**。

1.3 宿命

這本相簿以往火兒曾經看過幾次，但當時年紀還小，而且未認識龍捲風，所以並沒把照片上的人記住。如今再見這幀老照片，除了震撼，還覺得有一種宿命的羈絆。

自己的父親原來跟哥哥早已相識，照片中，二人分別站在兩輛車子前面留影，似乎是飆車一族，看起來感情還好像不錯。

他倆到底怎樣認識，又有一段怎樣的過去？火兒好想知道答案，但母親和哥哥已經死了，關於他們的故事，會否永遠塵封成謎？

望著相片中的父親，火兒發現了另一樣東西，就是他所穿著的皮衣相當眼熟，細看之下發現，跟自己身穿那件非常相似。

如沒猜錯，那件皮衣是阿JIM送給哥哥，哥哥又在不知情下，把它轉送了給火兒。

三人的關係，就好像被一條無形的線所牽引，在緣份與命運的撥弄下，把他們的故事無限伸延。

一隻蝴蝶拍翼，能在彼岸引起海嘯，有誰會想到，當日阿JIM送給好友的皮衣，最終會落到兒子的手上。他當然亦沒有想過，這個流著他血脈的兒子，將會把他那段「未完的故事」延續下去。

翻閱舊相簿，就像打開一段段鮮爲人知的故事。生父跟哥哥相識，已叫火兒感到震撼，想不到更震撼的事接踵而來，火兒發現另一張相片中，父親跟兩個男人在一房間合照，其中一人身穿高級警服，一臉英氣，非常有神，牆壁上貼滿了英勇錦旗及獎牌，細看之下，見到錦旗的下角，繡了一個無人不知、震懾黑白二道的名字——雷樂。

阿JIM曾在雷樂的探長室與他合照，可見二人關係相當密切。除了阿JIM與雷樂，照片上另一中年男人，看上去大約三十五、六，雖然掛著笑臉，卻掩蓋不了那張狂霸氣，一看而知，他絕對是個生人勿近的狠角色。

此刻的火兒當然還不知道，這個一臉惡相的男子，就是當年跟龍捲風鬥個日月無光的黑道皇帝——震東。

而他，卻是阿JIM的拜把兄弟。

三人的關係錯綜複雜，他們之間的恩怨情義，將會延續至下一代，由火兒來個徹底終結。

火兒帶著連串問號離開了舊居，到底他的生父跟哥哥有著一段怎樣的過去？

這段過去，會否永遠石沉大海？

黃昏時分，火兒回到城寨，便拿出照片，把發現告訴信一。

「這張照片的哥哥只有廿多歲，我連胎也未投啊。」信一看著照片：「相片中二人似乎真的很要好。但自我懂事之後，也沒有見過世伯出現過。」

「嗯。」火兒：「先別說這件事，有什麼事，過了明天再說。」

「火兒，完成了這一戰後，你帶藍男離開香港，去哪裡都好，到處散心，喜歡去多久就多久。」

「就算解決了狄秋，還有個雷公子……」

「經歷此事，藍男身心重傷。別看她在逞堅強，其實她的傷心，我怎會不知道。我一生最疼就是這個妹子，她有事，我不會放過你的！」信一：「我們跟雷公子是一場長途戰，放心啦，我會搞定的。」

「嗯。」

「明天之戰，你有何打算？」

「那三十人由阿鬼及細寶帶隊，我主力對付逆鱗。」火兒：「射人先射馬，只要打敗他們的頭兒，軍心必散。」

「但以你現在的狀態，可有信心勝得了逆鱗？」

「來到這個時候，已不可以想太多，又沒有『精神時光屋』(注)讓我慢慢修練，難道我要露出個敗相，在你面前顫抖又手震嗎？」火兒笑說：「我們有什麼風浪未遇過？還不是一關又一關給我們度過了嗎！可以做的，就是什麼也不想，保持十足信心打這一仗。」火兒的笑容，有著強烈的感染力，叫人感到安心。

注：鳥山明《七龍珠》動漫中的修練場所，位於神殿上，食物、水和房間樣樣俱全，空氣稀薄，溫度在五十攝氏度和零下四十攝氏度之間，重力是地球的十倍，有像宇宙一樣廣闊的空間，意志薄弱和精神不集中容易出現幻覺，在此過一年只相當於外界中的一天。

「總之，萬事小心。」信一認眞地望著火兒：「還有就是量力而爲，不要做得太盡，輸一兩次不算什麼，無論情勢怎樣，都不要拿性命來賭，我不想藍男怨我一世呀。」

「知道啦。」火兒望了望手錶：「時候不早，我要走了。」

「明天便要開戰，你不好好休息，還要去哪裡啊？」

「澳門。」

「去召妓嗎？怎麼不算上我？信不信我向藍男告發你！」

「放心，召妓一定算上你。」火兒動身：「今晚我去見一個很重要的人物。」

「誰啊？」

「賭王賀新！」

這一晚，是賀新六十大壽的重要日子，多年來，他都有個心願，就是一家三房人，可以聚首一堂，開開心心吃一頓飯。

不過三房人互不對盤，從來沒試過齊集共食。

在賀新而言，今天是個大奇蹟日，因爲三房人歷史性破冰，一家人齊齊整整、有說有笑的爲賀新慶生。

縱然賀新知道，她們並非出自眞心聚在一起，但已叫他感到相當喜悅了。

誰有此能耐，令這三房人聚首？賀新當然心裡有數。

吃過晚飯，賀新回到他的大宅，火兒早已在會客室等待著他。

上一次因爲賀心儀的關係，火兒才得到面聖的機會，這一次卻是賀新親自邀請他會面的。

「哈哈哈哈，小鬼，你確實有點本事！」賀新拿起一支紅酒：「上次你跟我說，可以爲我完成這個心願，說實話，當時我不相信你可以做得到，不過世上沒有百分百不可能的事，所以就儘管信你一次，結果你眞的做到了。」

「都是因爲賀生你給我機會。」

「不用說客套話，亦不用謙虛，只有不才的人才會說虛僞話，你沒這必要。」賀新爲火兒斟酒：「當老闆的，想到什麼難題，就要下屬給我去解決，他們用什麼方法處理問題，我從不過問，只要結果。不過這一次，我眞的有點好奇，想知道你到底用了什麼手段完成這項事情。」

「每個人都有其喜好，我只是投其所好，對症下藥，說不上什麼手段。」火兒呷了口紅酒：「大姨太是位大善長，沒爭勝心，最易說服，我以她的名義捐了一百萬給廟堂做修葺工程，對她來說，一百萬當然不是什麼數目，但我這個舉動，足以令她有興趣交我這位朋友。」

賀新沒有回話，因爲他知道大姨太爲人最和善，能打動她並非天方夜譚的難事，難搞的還在後頭。

「二姨太那邊，有心儀爲我作說客，她最疼這個女兒，有她幫忙，總算順利過關。」

「三姨太又固執又專橫，決定了的事情，從來沒有人可以改變她的主意，就連我也拿她沒辦法。你是怎樣說服她的？」

「這個嘛，其實也不算說服……每個人都有弱點，三姨太的弱點就是你們的小兒子家禧。」火兒放下酒杯：「賀生，別怪我直言，家禧年紀還輕，愛玩，自然容易誤交損友，上星期令公子跟幾個朋友去了一個私人迷幻派對，他吃了些藥，跟幾個名流二代搞在一起，被人拍了批寫眞，恰巧我收到消息，爲他取回了照片。三姨太還我人情，答應出席你壽宴。」

賀新這個兒子，嫖賭飲吹（注1）樣樣皆好，經常帶給家族麻煩的傢伙，賀新早就想把他好好教訓，可三姨太偏偏又對他溺愛非常。

「哈，你眞有辦法，連哪幫人拍照片也可查得出來。」

「好運氣而已。」

火兒能起回這批照片，眞的單憑運氣嗎？世上，哪有這麼多的巧合啊？以賀新的智慧，又怎會不知道整個局也是由火兒設計！

家禧的那幾個朋友及拍照的人，都早已被火兒收買。

賀新笑而不語，他明白有時候行事非得要些小手段。像他這種見慣風浪的大人物，當然也曾用過不少手段鞏固自己的利益與勢力，只是不曾試過用在自己的家人身上。

古惑仔也好，大財閥也好，在非常時候，就懂得行霹靂手段。火兒這一著漂亮而俐落，並沒超過了賀新的底線，恰到好處。賀新對他的評價又更高了。

「我知道你們『龍城幫』忙著開戰，也知道姓雷的那頭瘋狗在背後操縱了『天義盟』，他到底跟你們有什麼大仇，寧願放棄澳門建立的一切也要跟你們打仗？」

「我也想知道答案……」

「這頭狗，沒人性的，一旦發癲就沒有人可以壓得住他。不過我看好你，這場仗打下去，你一定贏。」賀新滿意地望著火兒：「我不是因爲你幫了我才這樣說，由我認識你那天，就知道你將會有一番成就。成大事者，除了要有智慧、有眼光、有手段之外，還要膽識、自信以及——耐性。憑你當日鍥而不捨，想盡法子也要見我，我就知道你是那種不到黃河心不死的人，爲了達到目的，會扭盡六壬（注2），無所不用其極做到爲止，我說得沒錯吧？」

「賀生過獎了。」

「上次我幫不了你，現在到我欠你一個人情。」賀新把一張名片遞給火兒：「名片上有我的私人電話號碼，以後你有什麼事可以直接找我。還有，姓雷的已被踢了出賭廳，待你打完仗後，我想跟你談一下接管賭廳的事宜。」

沾手澳門賭廳，絕對是晉級億萬富豪的門檻，賀新這個人情，果然貨眞價實。

注1：逛妓院、賭博、喝酒、抽大煙（吸毒）。這是形容人過糜爛生活的慣用語，義同「吃喝嫖賭」。

注2：即絞盡腦汁或玩弄花招的意思。六壬是中國民間占卜術的一種，與太乙、遁甲合稱為三式。壬通根於亥，亥屬於乾卦，乾卦為八卦之首，其次亥為水，為萬物之源，用亥是突出「源」字，而奇門、太乙均參考六壬而來，因此六壬被稱為三式之首，通常所說的六壬一般通指大六壬。

「好好打這一仗，別令我失望啊。」賀新舉杯。

「多謝賀生。」火兒舉杯。

當——

酒杯交碰，為火兒未來事業奠下重要的里程碑。

人生，只要抓住一個機遇，隨時可以一躍龍門，天子門生。

1.4 前夕

大戰前夕，這一晚除了火兒開始感到壓力之外，他的對頭人亦已磨拳擦掌，爲明天之戰做好準備。

狄秋派系一直在元朗養尊處休，鮮有參與大型武鬥，空有蠻勁，卻欠缺了實戰經驗，爲了增加勝算，狄秋便向雷公子提出借兵。兩幫人的命運已綑綁在一起，不然新界「線」若吃了敗仗，對雷公子也沒好處，故雷公子亦爽快地答應了狄秋的要求。

「雖然我從未跟火兒交過手，不過關於他的事也略有所聞。」逆鱗面對前面的精兵說：「根據往績，火兒向來出戰毫無部署，亂衝亂撞。這種人好大喜功，以爲明知不可爲而爲就是英雄，其實只是頭蠻牛，死不了是因爲他好運。不過他的運氣也差不多花光了，明天他就交給我，你們去對付其他人。記住，我們要先聲奪人，一口氣狂攻猛打，一定要在最短時間內把他們的軍心擊潰。頭勢一失，他們想反敗爲勝就難了。」

逆鱗身前的長枱放了十幾把開山刀。

他隨手拿起了一把，對著空氣揮了兩刀：「這把太輕，不行。砍入肉還可以，未必可以把骨骼斬斷。」

逆鱗逐把測試，把把都不太滿意，試了六把，終於有一把合格。

「這把不錯，夠重量。」逆鱗跟身旁的門生說：「細強，就要這把，給我大量入貨，明早就要。」

「知道逆鱗哥。」細強。

「大家明天記得戴上勞工手套，以防滑手。」逆鱗：「明晚之戰關乎我們兩幫人的命運，打勝了仗，我們便可在九龍樹立旗幟；輸了就以後再沒有立足的地方，所以絕不可以留手，就算殺不了他們，也要把他們的手腳劈下來！」

逆鱗相當進取，似乎志在必得，定要以最短的時間內結束一戰。

逆鱗十歲左右便在荷蘭生活，人離鄉賤，在那邊不夠狠根本難以立足。試過被幾個黑人打了一身，當晚逆鱗拿著一把小刀闖進對方的籃球場，把其中一個黑人的眼睛刺破。

當時對方有五六人，但看見滿臉鮮血的逆鱗卻不敢近身，被他的狠勁嚇怕。那幫人的老大找上逆鱗，面對那個惡人，逆鱗竟然沒露出怯意，那頭兒就知道他是個狠角色，不但沒有殺他，還邀請他加入自己的幫會。

逆鱗知道，如果不答應，很可能會死在他的手上。但又不想從低做起，於是開出盤口，要當個小頭目。老大沒有拒絕，但還是想試試他的實力，要他以一敵五，如果能打下五個人，便答應他的要求。

最終，逆鱗住了一個星期醫院，同時成爲一幫的小頭兒。

逆鱗就是個硬性子，一旦要做那件事，便會豁了出去，但他不是瞎撞的，最起碼他要知道自己是有勝算才會放膽一搏。必死無疑的事，他絕不會逞英雄。

當他決定要跟信一開戰，已經知道不可以顧念同門之情，一定要做到最盡。逆鱗說著作戰計畫的時候，狄秋一直都在祠堂門外監聽，他以為已很了解逆鱗，但原來這個兒子的成長，比他想像中還要急速。他的果斷、他的狠勁，早已超出自己的預期。

看他剛才下達指令的氣度甚具大將之風，勝任有餘。但狄秋的臉上卻帶點憂心，好像有什麼事放心不下似的。

會議結束後，祠堂只餘下狄秋逆鱗兩父子。

「仔，我知道此戰對我們相當重要，不過他們始終是『龍城幫』的人，可以的話，留他們一命吧。」狄秋漫不經意：「免得他日我們一統『龍城幫』之後，這班人會在背後說你心狠手辣。」

「老爸，你總是口硬心軟，你並非怕閒言閒語，只是不想對同門下殺手，我說對了嗎？」

狄秋沉默不語，似乎被逆鱗說中了。

沒錯，面對信一的時候，他的確是咄咄逼人，只因在他眼中，信一永遠是他的後輩，所以他總是把自己處於高位，不用對信一留情面。

但其實，他也並非鐵石心腸、不近人情，只是老一派的頑固個性，叫他不能放下身段，容讓信一壓在自己頭上。

撇開這一點，狄秋並沒有對信一派系太大仇恨，有的只是一段悶在心底的鬱結。

事情走到了這地步，過了明天，一切就可以來個了斷，輸贏也好，總算有個結果。論牌面，狄秋的勝算是比較大的，他理應以興奮心情迎接一統「龍城」的一天，但他偏偏就不能展顏。

「老爸，仁慈也要看對手，你對他們留手，你以爲他們會多謝你嗎？你輸了，他們明天便會開香檳慶祝了，到時候還可以明正言順地把你壓在頭上，我們新界『線』以後還可抬起頭來嗎？況且，信一根本不値得你留手，他派火兒落場，全因爲他對我們毫無感情，打起來可以毫不留情，從這一點就可以知道，信一最終目的，是想把我們徹底瓦解。」逆鱗理直氣壯：「樹倒猢猻散，這一次我們輸了便什麼都沒有了，你在『龍城幫』也再沒有任何地位。」

逆鱗雖然說得誇張了點，但也全非毫無根據，輸了這一仗，整個新界派系便歸信一所有，狄秋留下來，就只會是個被斬去四肢的失敗者。

「仔，你想怎樣就怎樣，我只求一個目的，明晚之後，我要成爲『龍城幫』唯一龍頭！」

最終，狄秋也把對信一僅有的舊情拋諸腦後，爲登至尊無上的龍頭寶座，他決定狠下心，把所有注碼都押在這一局上。

另一方面，雷公子答應借兵，當然是因爲他也希望狄秋一方可取得勝利，但借出精兵，就可保證穩操勝券嗎？

可別忘記，火兒絕非善男信女，就算有傷在身，他的爆炸力仍然極具威力，隨時可把一支強兵炸成灰燼。

雷公子不敢看輕這個對手，故此這一晚他煞費思量，務必要想出一條十拿九穩的作戰對策。

除了殺人和吃人肉之外，雷公子跟大部分男人一樣也喜歡跟女人交歡，在性交的過程，他的腦袋特別靈光，每當大腦想不出東西時，他都會藝玩女人來刺激腦轉數。爲了想出一條可以置火兒於死地的絕世點子，雷公子召來了幾名高級妓女，在酒店房內跟她們輪流交合，幹了一次又一次，短短兩小時內，足足幹了五次。

然後，他把所有妓女遣走，叫了邢鋒到來。

難道……女人已經不能滿足他？

「邢鋒，明天之戰，有何看法？」只穿內褲的雷公子問。

「龍捲風在位的日子，沒有人敢挑戰『龍城幫』，把他們養成驕兵，實戰經驗不多，任他們再有天份，我想也不敵我們借給狄秋的越南仔。」

邢鋒口中的越南仔，是專爲雷公子進行暗殺任務，個個都殺慣人，出手俐落凶狠，是一班爲錢效命、對任何生命體都沒有感情的殺人機器。

「如果你還不放心，我可以落場助戰，那就可以保證，火兒一方必敗無疑。」

「你一個打九個，有你落場，不用派出那班越南仔，也一定能打勝仗。」既然雷公子信心十足，那還有什麼難題？不過滿肚密圈的他，由一開始跟狄秋合作已經有所圖謀，又怎會全心全意幫助這個萍水相逢的老人家？

「火兒戰敗是必然的事，但無端白白讓狄秋登上龍頭位，我又覺得太便宜了他。」雷公子一臉不順：「沒錯，根據我的劇本發展，狄秋是一定要打垮信一，把他們攆出九龍城的，不過這老頭對我的態度實在太專橫霸道，恃老賣老，要我仰他鼻息。一想到他登基時那個意氣風發的樣子，我便想作嘔！我要讓他知道，沒有我雷公子，他什麼也不是！我想啊想，想啊想，到底有沒有一個既可以打敗信一，又可以痛擊狄秋的絕世點子呢？邢鋒，你有沒有什麼好提議啊？」

「雷公子，我的腦袋沒你那般靈活，不要考我了。」邢鋒望了望垃圾桶旁幾個開了封的避孕套，道：「你的難題其實已經想通，不如你直接告訴我吧。」

邢鋒跟雷公子獨個兒會面，不但沒有半點壓力，說話更好像不用遷就。伴君如伴虎，邢鋒伴著的更是一頭嗜血嗜殺的瘋虎，但他卻全不忌諱這頭老虎發瘋似的。

「我是老闆，理應是由你們給我解決問題，而不是我告訴你答案。不過我跟你沒關係啦，誰叫你是我的心腹好友。在我告訴你之前，我想跟你說說其他事情……」雷公子抓抓下體：「邢鋒，你跟了我多久？」

「五年了。」

「你覺得我的為人如何？」

不少老闆也喜歡向下屬問這個問題，他們當然只想聽自己心中的答案，答錯了一句，便很有可能給打入冷宮，能力再好也再無用武之地。

「無可否認，你是一個喪心病狂。」邢鋒頓了頓，又道：「不過在我眼裡，你是一個好老闆，更加是我的恩人。若不是你幫忙，我老婆早已死了。」

「哈哈哈哈，邢鋒，我就是喜歡你爲人夠老實。」雷公子大笑：「一個肝而已，不用放在心上。」

雷公子雖然癲狂，但也是個惜才的人，邢鋒是個難得一見的高手，而且忠心，對他甚爲器重。

邢鋒怎會不知雷公子的爲人，只是對方在他人生谷底曾助他一把，救活了自己的老婆，從此便爲虎作倀，但跟雷公子相處久了，二人之間卻竟然產生了互信，令這段主僕的關係產生了一份友情。

起初，邢鋒只是爲了報恩而跟隨雷公子，到後來，已經演變成眞心爲他效力。

曹操亦有知心友，關公亦有對頭人。或許有人會覺得邢鋒不分是非，但在他知道太太的身體出現了問題的時候，他的世界變成了黑暗，沒一人伸出援手，也沒人幫他一把。他急需要一個肝救活他的太太，就在這時候，雷公子出現了。

從此，這個變態魔頭就成了邢鋒的救世主，令他灰暗的人生塗上了顏色。

雷公子當然因爲看中邢鋒的身手才幫他，可當他跟邢鋒相處過後，竟慢慢地開始信任他，視他爲心腹。任雷公子如何惡毒，他始終也是人，也需要朋友。他這種人是沒有人敢接近他，當然也沒有人敢逆他的意思，只有邢鋒曾經作出反建議，那時候開始，雷公子便開始聆聽對方的意見，兩人之間的互信，亦漸漸展開。

「得我之助，我保證狄秋必可取勝，不過就算他贏了這一場仗，也不能好好入睡，因爲……」

雷公子把他想出之毒計告訴邢鋒，一聽之下，邢鋒臉色一變，從他的反應就可以知道，雷公子想出來的是一條超級毒計，將會把「龍城幫」兩大陣營同時陷入萬劫不復的死地。

大人物有大人物的部署，小人物也有小人物的煩惱。

同一個晚上，北角街市內所有的店門已經關上，只有鱷魚的檔口仍亮著燈。他正跟同門好友B輝商討作戰大計。

「阿B，我倆在『天義盟』已經是元老級人物，但是外間就沒有人看得起我們，無論我們如何出色，總是得不到認同，就因爲我們入了『天義盟』。」鱷魚舉起啤酒，灌入喉嚨。

「我們十二、三歲就入社團，懂什麼呢？只知道有老大罩，可以讓我在學校橫行霸道就是。」B輝感慨萬分：「哪會想到，原來我們的領導人是個窩囊廢，一點爭雄之心都沒有！」

「我們明明有狠勁有些實力，卻一直沒有更上一層樓的機會，我受夠了，明天之後，我要全港黑道都知道我們的名字！」鱷魚吼道：「阿B，只要殺掉火兒，我們的名字便會響起來！」

殺火兒？那絕對是一個瘋狂的念頭，要知道近年火兒的名氣跟他的實力一樣強大，當今江湖能與之匹敵的人寥寥可數，B輝並非白癡，他當然知道自己沒有刺殺火兒的實力。

B輝沒有回話，鱷魚續道：「爲什麼靜了下來？難道你不想出人頭地嗎？」

「出來混，哪個不想闖出名堂？可我們明天可否落場還是個未知數，雷公子剛才打電話給我，說另有任務交給我倆，讓我們按兵不動等待通知……似乎不想我們參與這場『龍城內戰』。」

「做人要懂變通的，否則跟一部除濕機有什麼分別？我們要他另眼相看，就得自己爭取機會。」鱷魚人聲說：「明天我倆就決定潛伏在戰場附近，待逆鱗跟火兒打個兩敗俱傷時，我們便來個獅子撲兔，把火兒殺掉。」

鱷魚的所謂部署，漏洞甚多，而且一廂情願，這一場戰鬥變數重重，又怎會如他所說，發展成兩敗俱傷的局面？

鱷魚思想偏向單細胞，但B輝卻不同，凡事也是想多一層。火兒雖然帶傷，但其爆炸力卻是難以估量，雙方之爭，不一定會兩敗俱傷，還有更多更多的可能性，逆鱗或會處於下風，火兒也有可能會敗倒，兩個結局都有機會出現，萬一逆鱗輸了，事情會怎樣繼續呢？他不相信雷公子沒有部署，所以他認爲，胡亂動手隨時壞了大事。

「鱷魚，我知道你的心情，你認爲錯過了明天，再難有此成名的機會，對吧？」B輝：「但我還是覺得我們不應魯莽行事，雷公子應該有他的打算，如果我們壞了他的部署，不但成不了名，最怕連地位也保不住。」

「你怕死的話，就當沒聽過我的話，明天我自己一個行動好了！」

「我怕死？是啊，我怕死得不明不白！我們一直被瞧不起，不想到生命結束一刻還未幹出一番大事呀！」B輝激動：「空有一股傻勁衝衝衝，只是一頭沒腦袋的野豬，死了也不會受到別人的尊重呀！活著已經如此平庸，我不想死也沒一點價值，你明不明白呀？」

B輝的吶喊喚醒了鱷魚，眼前的人何曾如此激動？一直以來，他也是不慍不火，鱷魚以為，他早已經看透世情，接受了退休般的日子，原來他底裡還有火，還想可以在群雄割據的江湖上佔一席位。

「阿B，我明白了……」

「你要記住，出手的機會或許只有一次，一旦錯過，我們便可能再沒機會，所以我們要看準時機，勢必要一擊即中。」

B輝是個有耐性且謹慎的人，這種人會裝出一副沒殺傷力的模樣，如變色龍般把自己隱伏在叢林中，一直等待，一直等待……直至等到最佳的時機才出手，然後一舉成名。

B輝與鱷魚，到底能否出手？還是繼續等待下去？明天自有分曉。另一邊廂，最近備受雷公子器重的士撻，也為著明天而感到興奮。

他跟二人一樣，同樣要等待明天雷公子通知才知道自己的角色崗位。

不知哪裡來的自信，士撻總覺得雷公子定會委以重任，已安排了重要位置給自己。

這一夜，他亢奮得難以入眠，返回了出身的屋邨。他跟大部分的古惑仔一樣，在青少年時期已經聯群結黨，在邨內蝦蝦霸霸（橫行霸道）。當年他曾跟一班童黨鎮日惹事生非，多數向一些中學生下手，向他們索取保護費，付不起錢的就被他們拳打腳踢。

他們的惡行終於引起了邨內一個名叫泰臣的惡人注意。泰臣人如其名，是個相當魁梧、而且很會打的人，他是邨內最有名氣的黑道份子，無人敢惹。

泰臣對士撻的行為極為不滿，當晚就狠狠地教訓了他們一頓，還迫他們跟隨自己，當他的小門生，為他做事。

小小年紀的他們，沒能力走出屋邨，只好成為泰臣的小奴才，當他的跑腿，為他「走粉」（注），每日都鋌而走險，卻沒有得到應得的回報。士撻曾耐不住跟他作出理論，希望可以爭取應得的報酬，結果又換來了一輪毒打。

士撻受夠了，決定離開屋邨，立誓闖出名頭之後，回來向泰臣報復。

士撻雖然還未成名，但在幫中已有位置，加上深得雷公子讚許，他認為自己將會平步青雲。

是夜，他突然好想重返舊地，找泰臣一雪前恥。

他帶了六名門生，回到屋邨，在泰臣以前流連的公園尋找他的足跡。遇不了泰臣，卻遇上一班全新面貌的童黨。童黨一見士撻那不可一世的眼神，囂張的步姿，以及一眾門

注：指走私毒品（多用於香港、澳門地區）。

生，就知他來意不善。

「你是誰呀？」

看見士撻如此陣容，一頭綠髮的少年竟然毫無懼意，來個先聲奪人。

今時今日的士撻，當然忍不了綠髮少年的無禮。他走到少年面前，二話不說就摑了他一巴掌。

同伴被打，其餘童黨立即有所行動。他們還未有機會動手，便被士撻的門生先發制人了。打了近一分鐘，童黨全不知發生什麼事便被打個頭破血流。

「大哥……有事好說……別再打了……」綠髮少年已經被鮮血染成紅髮，弓身倒地。

「下次看見我，別再對我不敬無禮了，知道了沒有？」士撻那種恃勢凌人的本性一直都很貫徹。

「知道了……」

「那就乖了。起身，士撻哥有事要問你。」士撻抓起綠髮少年的衣領，把他抽起：「知不知道泰臣在哪裡？」

「泰臣……應該在美國吧。」

士撻給了綠髮少年一記耳光：「很好笑嗎？多給你一次機會，泰臣在哪裡？」

「士撻哥，我不是開玩笑啊，我真的不認識什麼泰臣，求你放了我們吧！」

「不認識嗎？」士撻頓了頓，突然大吼：「給我打，打到他知道為止！」

之後的一分鐘，少年們便再次被士撻的門生亂轟一通，最後還是問不出泰臣的下落。

士撻再去了幾個以前泰臣出沒的地點，但也遍尋不獲，納悶的士撻來到邨內公廁小解。

如廁期間卻聽到其中一廁格內傳出微弱的呻吟聲，走過去一看，原來有名道友在吸食白粉。

士撻瞄了他一眼便沒有理會，但想了想，又覺得那人很眼熟，回頭細看，竟發覺那個瘦弱的道友跟泰臣很相似。

「泰臣！」

道友以那雙沒有神采的眼睛望向士撻：「泰臣……已經很久沒人叫過我這個名字了，這位兄弟，既然大家一場相識，不如借幾百元給我吧。」

「你記得我嗎？」

泰臣望著士撻，卻已沒法認出他了：「不記得啦，有沒有錢啊？我還未上夠電，你借錢給我『開餐』，有了精神或者就會記得你呢。」

眼前那形同喪屍的道友，就是昔日的大惡霸。無論你以前有多惡多勁也好，一旦放棄了自己，沉淪毒品，什麼雄心與尊嚴也被磨蝕得一乾二淨。

「泰臣，我是士撻，當日在邨內曾給你威迫幫你做事，我跟自己說過，只要有一天混出名頭，一定會回來找你算帳！」士撻挨近泰臣：「你現在記得我啦？」

「原來是士撻哥，以前有什麼開罪了你，我向你賠不是吧，如果你還不滿意，我可以給你叩頭認錯，幫你『吹簫』也可以啊。」泰臣說罷隨即向士撻叩頭：「士撻哥大人不記小人過，原諒我這個不識時務的人渣敗類啦。」

泰臣眞的認得士撻嗎？士撻已經不想作深究，看著泰臣這個模樣，他甚至打消了復仇的念頭。就算你毒打了他一頓又如何？士撻找上泰臣，本來是要告訴他，當日給你欺壓過的小鬼頭，已今非昔比，在外頭混得風生水起。不過，現在就算讓眼前這個過氣老大知道自己很犀利很有勢，那又如何？還有什麼炫耀的價值？

離開前，士撻眞的放下幾百元。

泰臣如餓狗搶屎般雙眼發光拾起地上的鈔票：「多謝！多謝！多謝士撻哥！你簡直是再世神仙，觀音菩薩啊！」

爲了幾百元，可以賤賣尊嚴，士撻明白，要上位，就要爬得更高，好像泰臣這種高不成低不就，只能在屋邨當山寨王的，隨時都會跌入低谷。

「只要明天殺掉火兒，我士撻的名頭便會震動江湖，什麼吉祥十二少也給我壓下去了！」士撻如是想。

士撻的梟雄夢能否達成，還看明天。這個晚上，還有很多人因爲明天之戰而不能入睡。

細寶雖然是「龍城幫」的外援，但對於復出的第一戰，心情複雜，他之所以再涉足江湖，關鍵在於睡在他身旁的淇淇。

兩人雖非情侶，但事件卻因細寶而起，身爲一個男人，他無論如何也得介入，爲這個可憐的女孩討回一個公道。

這一夜，細寶走到淇淇的家，睡在一起，成爲了她的男朋友，然後就可以名正言順爲她出頭。

這幾年細寶成熟了也沉澱了，做任何事都爲自己找個理由，說服了自己才會行動。當年他因內疚而退出江湖，其實有點不負責任，這些年來，偶爾也會回想當日跟隨十二少的日子，那段歲月裡，每一天就跟一班好友混在一起，生活沒有太大壓力，實在是一段美好的時光。

復出這個字眼，在他腦海出現過數百次，可他又難以說服自己，更加不知如何面對昔日的兄弟。

十二少叫他復出助拳，細寶怎會不想，只是當時他實在不知應否再踏足江湖，想不到一時拿不定主意就害了淇淇。

如果他再爲自己找逃避的藉口，還算什麼男人？

細寶只是做了錯事，並不是壞事。錯事，不知而爲之；壞事，明知而爲之。這兩者有很大的分別。

火兒跟十二少關係密切，輸了這一仗，連帶「架勢堂」也會深受影響，所以爲了十二少，也爲了昔日的同門兄弟，細寶必定要全力協助火兒，挽回失勢。

各人以不同的心情度過了決戰前夕的一夜。

第二晚，出發前兩小時，阿鬼在家中跟母親共進晚飯。

阿鬼有個習慣，就是如何忙碌也好，每天都盡量留在家中吃老母煮的飯。

「阿鬼，慢慢吃，別急，小心嗆到啊。」

「媽，你當我是小孩子嗎？我會小心的了。」阿鬼吃著牛脯：「好美味，媽煮的牛脯當眞是世界第一。」

「好吃便慢慢吃。」

眼前三餸一湯，雖然只是平常的住家菜式，阿鬼卻吃得津津有味。

「不知爲何，今日的菜好像特別好味，連白飯也香軟無比。」

「傻孩子。」阿鬼的母親笑了笑，突然想起什麼：「呀！」

「什麼事啊？」

「我突然想起，我還有條魚未蒸啊！眞沒記性呢！那條魚是游水撻沙（注），很難得才買到啊。你最喜歡吃撻沙，我現在去煮了牠。」

阿鬼的手提電話響起來。

「喂。」

「阿鬼，差不多要出發了。」電話的彼端是火兒。

「知道。」

掛了線，阿鬼飲了口湯便穿上了外套準備離開。

臨行前他對母親說：「媽，我吃飽了，妳先養起牠，留待明晚吃吧。」

「那……好啦。」她有點不安：「仔，工作小心……」

「知道了。」阿鬼笑說：「那條撻沙，要清蒸啊。」

說罷，阿鬼就踏出門口。

他當然知道，即將來臨之戰對幫會相當重要，但他似乎預料不到，自己很可能永遠吃不到這條游水撻沙。

注：即鰨沙、大地魚、左口魚、比目魚，學名叫鰈形目（Pleuronectiformes），扁身海魚，雙目向上，棲息在淺海的沙質海底，捕食小魚蝦。

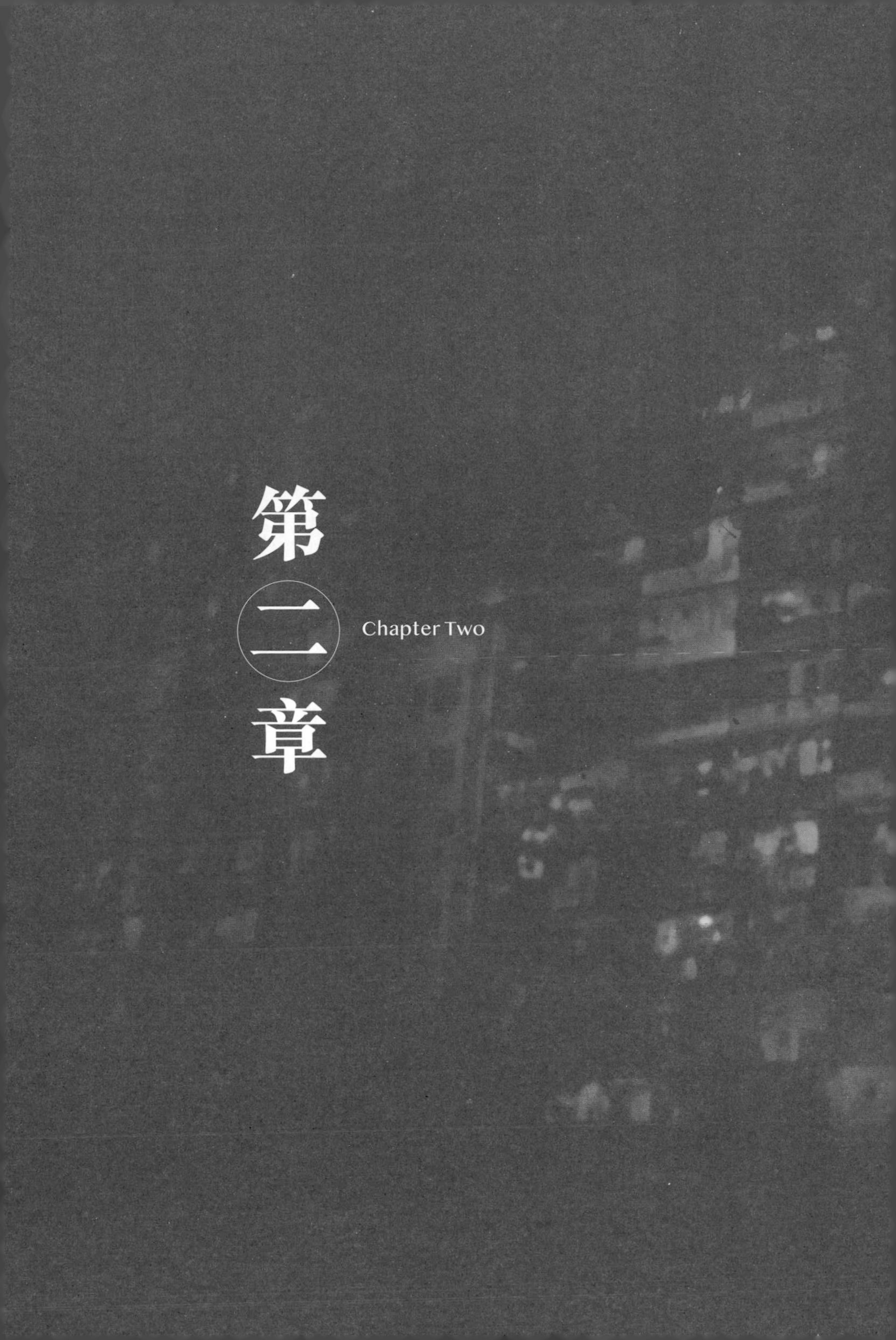

第二章

Chapter Two

2.1 人在風暴中

決戰在即，以火兒爲首的陣營，包括阿鬼、細寶以及另外挑選的廿七名門生已經聚集在信一的賭館，等待元帥下達指令。

「待會我們將分四輛車前往戰場，一台房車，三台輕型貨車。阿鬼，你負責駕駛的房車不用載人，帶頭便可。細寶的車跟著阿鬼，我押後。」火兒正色：「所有武器都放在我的車子內。」

「爲什麼要這樣？」細寶。

「馬路上隨時有警察的路障，如果給他們截到車上有武器便麻煩，所以細寶你的車作先鋒，以作探路，如果遇上路障，便以對講機作通知，我可繞路而行。」

「但你的車放滿武器，萬一在另一條路給截停，豈不是也很危險？」

「如果我眞的給車截住，也有信心可以甩掉他們。」

誰都知道，火兒把武器放在自己的車內，風險最大，但他是這場大戰的統帥，誰敢質疑他的決策？

場中，應該只有一個可以。

「我不太贊成你的做法。」

信一答應過，把決策權交給火兒，不過來到這個重要關頭，發現了問題，也不得不提出適當的意見。

「你是此戰的主將，不該冒這風險。」信一抽著菸，皺著眉：「我認爲，你該跟阿鬼交換位置。」

「不過……」

「不用不過了，就這樣吧。」信一斷言：「細寶，有沒有問題？」

「沒問題。」細寶轉望火兒：「火兒哥，我也覺得這個安排比較恰當，放心，我會隨機應變的。」

「那你自己小心。」

這個安排本來是合情合理，萬無一失……

以火兒的作戰經驗，區區一個逆鱗和一班新界幫，又怎會令他感到憂心，但不知何故，此刻的他總是有點心緒不寧，總覺得今晚會有什麼事故發生。

信一也同樣惴惴不安，香菸一支接一支抽個不停。這根本不是什麼大戰役，輸了的話，大不了讓出龍頭寶座，重新再起步，我們還年輕，怕什麼啊？

信一愈想催眠自己，就愈是覺得不妥……

「火兒……」

信一叫住正踏出賭館門口的火兒，心裡想：「不如算啦，不要打了，我把龍頭讓給他們就是。」

這念頭一閃即逝，連他自己也不知道爲何會想說出這番窩囊消極的話來。

未戰先降，以後信一和火兒還如何抬起頭做人？況且他知道，來到這一步，火兒是絕不肯退戰的。

所以他收回了心裡的說話，換了一句：「小心。」

火兒笑笑：「不用擔心。」

留下一句話，火兒離去了。

房間內，只餘下獨自抽菸的信一。

另一邊廂，逆鱗與其精兵亦已整裝待發。

臨行前，逆鱗跟一眾人等在狄家祠堂上香，祈求一戰功成！

上過香，一眾人等各自上車，狄秋卻叫住了逆鱗。

「逆鱗……此戰無疑重要，但性命更加緊要，千萬別做得太盡。」

狄秋這句話有兩個意思，他叫逆鱗不要做得太盡，是對自己，也是對敵人。

逆鱗當然理解，不過他卻始終認爲，對敵仁慈，只是對自己殘忍。自己的老爸一直屈在元朗，未能壯大版圖，就因爲太過仁慈。

一代新人勝舊人，逆鱗深信這是他們衝出新界的最好機會，留手，只會苦了自己，沒有人會可憐我們！

「爸，放心交給我吧，你別想太多了，明天日出之前，你就會成爲『龍城幫』唯一龍頭！」

逆鱗知道這是一個讓狄秋派系揚名立萬的最好機會，所以無論如何，今晚都會豁了出去，勢要以狄秋旗號，打一場漂亮勝仗。

逆鱗大軍已經上車，準備出發之際，一名拿著手提電話的門生，一臉錯愕的走到逆鱗身前：「逆鱗哥……」

「什麼事啊？」

「剛才收到雄仔來電……他說教育路大坑渠那邊的檔口來了一群人搗亂……爲首的人自稱是火兒啊！」

「他媽的！我們早已約戰廢車場，那班九龍仔卻用這下三濫的手段！」逆鱗生性火爆，一知道這消息，怒火大盛：「今晚就要你們死無全屍！」

說罷逆鱗便往又名大坑渠的元朗中心地帶進發。

進攻大坑渠的，眞會是火兒一伙？他從來都是個明刀明槍的人，說好了約戰地點，絕不會臨陣變卦。逆鱗不清楚火兒性格，總覺得信一那幫人古古惑惑（狡猾），加上怒火中燒，已經不能冷靜分辯眞僞，全速趕往大坑渠。

來到目的地，只見大坑渠旁邊的大街上，正有一班戴著口罩、手持鐵棒的人在狂毆另一伙人。

被打倒在地上的十數人，全屬元朗「龍城幫」。

一見此情景，逆鱗二話不說就提刀衝殺上前：「要打就跟我打！」

其中一名特別健碩的口罩男見逆鱗衝至，即祭起鐵棒迎戰。「好呀！我火兒有戰必應！」

火兒不是正與阿鬼等人前往錦田廢車場嗎？怎會無故在這裡挑起另一場戰火？

刀棒交擊，雙方均被對方的力量震開。

甫一交手，二人同感對方臂力驚人。

眼前的人雖然戴了口罩，逆鱗卻看出他有一張國字臉，目露凶光，絕對是一個好勇鬥狠的角色。

擁有這張暴烈面相的人，根本不是火兒，而是「架勢堂」的叛將虎青。他假冒火兒身分在狄秋的地頭生事，無非就是要把逆鱗引離眞正的戰場。

逆鱗從未見過火兒與虎青，勢估不到雷公子會派人僞裝火兒。

雷公子這一著，用意何在？

「明明約好了在錦田，你卻乘我出發轉攻我另一地方？你們這班九龍仔還有沒有口齒（信用）？」

「地方由你選，怎知道你會否在那邊佈下陷阱？」虎青一笑：「在這裡打我就可以安心了。」

「你們喜歡使詐，就以爲個個也是這樣子！」逆鱗再度提刀：「我們新界人做事一向光明磊落，不像你藏頭露尾！我現在就過來把你轟爆！」

「轟爆我？」虎青同時撲殺上前：「你這二世祖有能力嗎？」

兩大巨頭，再度拉開戰火！

元朗大街爆發戰事的同時，眞正的火兒正駕車向錦田進發。

火兒以時速八十公里在公路上行駛，由九龍駛至屯門公路，路程算是順利，並沒有遇到路障及其他事故。安全起見，領頭的火兒一直與阿鬼的車輛保持距離，萬一遇上路障，火兒也有足夠時間通知阿鬼繞路。

駛進入元朗路段，火兒駛經一個迴旋處，在第一個出口駛出，進入了一條單程小路，駛至中段竟眞的遇上了警察路障。

火兒立即拿下對講機，通知阿鬼及細寶：「阿鬼，細寶，我遇到路障，你們由迴旋處第二個出口駛出，不要跟我走同一條路。我們在廢車場會合。」

火兒以正常車速駛近路障，車外的交通警揮手示意他把車子靠旁停下。沒有超速，車上也沒有違禁品，警員只會循例查看火兒的車牌及身分證，沒事就可以離去。

一交通警用手電筒照了照火兒，讓他把車窗放下。那交通警跟火兒四目交投，即翹起嘴角一笑：「原來是火兒哥，什麼風把你吹到新界來啊？」

火兒認得他，幾年前這名警員下班後走到火兒做保安的夜總會喝得爛醉，粗暴對待場中的某位小姐，還要霸王硬上弓，欲在房內把她強暴。火兒發現了他的獸行，把他毒打了一頓。被打得毫無還手之力的淫警，亮出了委任證，火兒不但沒有收手，還下手更重。

淫警理虧在先，所以被打了一身也不敢發難，屈了一肚子氣，便無可奈何地離去。

事隔多年，冤家路窄，好死不死的在這裡遇上了當日開罪過的淫警，火兒就知道他一定會找自己麻煩。

「火兒哥，入新界談毒品生意嗎？」

「阿 SIR，我約了朋友，你要查看我的身分證及駕駛執照的話，麻煩快一點。」火兒準備在錢包取出身分證。

「你很趕時間？還是你車上有違禁品，想盡快脫身？」

「阿 SIR，如果我以前有什麼地方開罪了你，我向你賠不是。」火兒沉住了氣。

「我這種廉潔警員又怎會跟社會敗類扯上關係啊？」

「……」火兒繼續忍。

淫警冷笑，以手電筒照向車身：「我懷疑你的車子非法改裝，現在請你把引擎關掉，然後下車。」

「你食屎啦！」本已著急的火兒，面對眼前公報私仇的淫警，容忍力已經到了臨界點，怒火令他踏下油門，不顧一切地衝開路障。

火兒這一著無疑是很衝動，也很不理性，但如果今晚他被扣押了，便會後悔一世！所以就算要承受任何後果，無論如何也要擺脫這班警察。

火兒衝出路障，幾輛警車同時啣尾直追。

火兒跟阿鬼分別後大概十分鐘，阿鬼等人已經來到了約戰地點。

車子進入廢車場的閘口，大門上方有部閉路電視鏡頭，對方大概已知道自己已到達。

阿鬼的車子駛到廢車場的中心，一眾步出車廂，前方及左右兩邊被一堵七八層樓高的廢車鐵牆包圍，猶似處身一個鬥獸場。

不遠處有個大型貨倉，倉門從內打開，一人走出來向他們招手，示意阿鬼等人進內。看來這個貨倉才是今晚的眞正戰場。

對方早已在主場等待，但火兒還未出現，阿鬼此刻實在進退維谷。

待在原地，似乎表現得太窩囊，氣勢蕩然無存。

進去？領軍的元帥失場，這一場仗，誰來指揮大局？

阿鬼嘗試致電給火兒，卻沒人接聽，他開始急了，但總不能一直待在這裡。

「鬼哥，找不到火兒哥嗎？」細寶。

「他沒接聽電話。」

「那我們現在怎樣？」

火兒是帶隊的頭兒，他不在這裡，阿鬼就成了暫代決策人。

「火兒應該在路上了……」阿鬼急了：「站在這裡也不是法子，進去吧。」

以前面對重大的決策，總有信一作主，阿鬼只須好好充當一個執行角色就可以了。

踏入貨倉，內裡是個近萬呎的密室，燈火暗淡，敵陣大約有廿幾人，個個身型健壯，站在中間的一人，一身西裝，根本不似開戰的衣裝。江湖人的直覺告訴阿鬼，這裡的氣氛有點不妥，有一種請君入甕的感覺。

雖然瞧不清楚他們的模樣，但阿鬼卻感覺到那個西裝男，周身散發著一種強大的氣場，相信是他們的頭領。

跟阿鬼對峙的，當然不是逆鱗，而是雷公子的頭馬邢鋒。

站在邢鋒身邊的，還有「天義盟」的主將，包括：B輝、鱷魚和士撻。他們下午才收到通知，將跟隨邢鋒踏上戰場。他們得償所願，以爲終等到一舉成名的機會，誰知「龍城幫」的陣營卻不見火兒的蹤影。失望之餘也感到錯愕，因爲火兒一向義字當頭，應該不會扔下兄弟不顧的，難不成有什麼詭計？

未曾見過火兒的邢鋒向身邊的士撻查問：「誰是火兒？」

「全都不是，火兒沒有到場啊。」

「……」邢鋒皺眉。

火兒在場的話，一定會打高兩級。這一場關鍵之戰，又怎會沒有他的份兒？

「你是領軍的人？」邢鋒望著阿鬼。

一時間，阿鬼也不知道如何回話，認了頭，那便要開打了；否認，那麼又怎樣解釋火兒的下落？

「鬼哥，這個擔子我們扛不起的，一定要等到火兒哥到來啊。」

細寶曾經因衝動而壞了大事，他知道下錯了決定，隨時恨錯難返，萬劫不復。

「火兒雖然帶傷，但有他在場，士氣必定會提升……」阿鬼心道：「細寶說得沒錯，這個擔子我們扛不起，還是先等火兒來吧。」

阿鬼正要回話，才看清士撻的樣子。

「士撻怎會在那邊的？難道逆鱗向『天義盟』那邊借將？」阿鬼冷汗直冒。

阿鬼猜對了，只是他想不到連逆鱗也被擺了一道。

阿鬼打量著邢鋒，一臉狐疑。他雖然未接觸過逆鱗，但以他所知，逆鱗只有二十多歲，而眼前的西裝男看起來卻很成熟，已經年過三十，與他所想像的逆鱗落差甚大。

對方的陣勢愈看就愈覺古怪。

「你們不是狄秋的人！」

邢鋒望了望錶，時間是十二點十分，比指定約戰的時間過了十分鐘。

邢鋒踏步，跟身邊的人說：「虎青那邊已經開始，我們也沒太多時間，動手。」

頭領動身，身旁的人亦已手握刀刃，準備跟「龍城幫」——開戰了。

2.2 局

邢鋒有所行動，阿鬼自知沒有回頭路，一退，「龍城幫」的招牌即被蒙羞。

「兄弟們，讓他們見識一下『龍城幫』的實力！」

無論心底裡有幾多憂慮，也不能在敵人面前表露。阿鬼振臂高呼，牽動了一眾情緒，提刀迎上。

在阿鬼身旁的細寶，留意到阿鬼的額角冒出了冷汗，看出阿鬼只是強裝勇敢，其實相當緊張。

「鬼哥，我跟你一起上！」

身旁有個共同進退的手足，的確可以令巨大的壓力得以減輕。細寶的一句話，已經發揮了很大的作用。

邢鋒沒有拿起任何武器，那雙冷漠的眼睛緊盯阿鬼，他已鎖定了目標，準備大開殺戒。

「你們搞定其他人，這個留給我。」

邢鋒往前一躍，人如魅影，眨眼間已來到了阿鬼前，身法快得驚人。

「一刀砍死你！」

阿鬼反應也不算慢，一臂拉弓，打算橫砍邢鋒面門，可還未送出刀鋒，下顎卻中了一記重擊，痛感尚未傳到大腦，手臂便被一股衝力擊中，手中刀甩飛。

邢鋒冷冷盯著阿鬼：「你很弱，你這種貨色也可以帶隊，難道『龍城幫』除了信一之外，個個都是廢柴？」

說著同時，邢鋒的拳已轟向阿鬼胸口。

這一拳來勢其猛，阿鬼若被轟中必定被打飛遠處。

如雷動般的重拳即將命中阿鬼之際，其急疾的去勢竟被攔截。

錯愕的除了阿鬼，還有邢鋒。他的手腕，被細寶的手握住了。

邢鋒直視細寶：「看來『龍城幫』並非全部都是窩囊廢。」

細寶二話不說，一刀向邢鋒疾砍。

銀光一閃，刀鋒以破風之勢來到邢鋒的面前，不到半秒，那記寒芒就可以把眼前人的頭顱橫砍兩半。

像邢鋒這種頂級角色，又怎會如此容易被殺敗。細寶的刀雖快，但邢鋒的動作更快。

邢鋒的一腿後發先至，在刀鋒快要砍到其面門的電光石火之間，朝細寶的前臂疾踢。

受此一擊，細寶握刀之手失控般盪歪，邢鋒左膝一低，刀光在他的頭頂劃過，乘細寶還未能回神，邢鋒的拳便往他的腹上轟過去。

「砰」的一聲，命中細寶。邢鋒的拳並無大開大闔的起手式，卻力發千鈞，中擊的細寶就如被一個巨靈重鎚轟中，不住後退。

退了十幾步，細寶聚力腳底，強行煞停退勢。甫一定神，便見邢鋒晃身前躍，再起攻勢。

同一時間，阿鬼從橫撲向邢鋒。

阿鬼並無任何習武經驗，憑其渾身是膽的狠勁，曾在多次街頭巷鬥中取得不少漂亮戰績。他的狠勁，用來對付普通的古惑仔可能起到作用，但今次面對的，是絕世高手邢鋒，這種攻擊，在他的眼中根本不值一哂。

邢鋒輕描淡寫的就擋下了阿鬼一拳，順勢就推出一肘，猛力落在他太陽穴上。

阿鬼一陣暈眩，腳步蹣跚的左搖右擺，看似快要倒下，兩者實力相距甚遠，邢鋒亦不屑追擊，視線從阿鬼身上移開，正想對付細寶，便看見一道疾快的刀光斜劈向自己的身前。

此刀比之前的還要快還要狠，邢鋒眉頭緊鎖，並沒閃躲之意，雙目盯著眼前的銀光，竟伸出雙手硬擋來招。

邢鋒不是白癡，就算對自己的實力十足自信，也不會用血肉之軀硬擋利刃。

他看準刀刃的方位，雙手朝刀身一夾，竟來一招空手入白刃，硬生生把刀鋒鎖在雙掌之間，雙臂往橫一扭，邢鋒便把細寶的刀扯飛。

對方這一著實在令細寶有點愕然，就憑剛才的交手，細寶就知邢鋒是個極難應付的超級高手。

但細寶跟他阿大一樣，都有一顆遇強愈強、永不後退的鬥心，掉了武器，細寶便祭起手刀，砍向邢鋒。

邢鋒一看就知，那是空手道的架式。

細寶掌刀劈向邢鋒的頸項，卻被邢鋒輕易避開。習武的人都知道交手時要制敵而不能被敵人所制，誰先搶得進攻，就能取得優勢，所以細寶雖然一擊落空，卻不斷竭力進招，腳步加快，手刀揮擊，欲以連環攻勢令邢鋒受制於自己，只要令他露出一個破綻，便可連消帶打，攻得他難以招架。

邢鋒只守不攻，雖被細寶打得節節後退，但見他擋得極之從容，全沒有下風之象。

「他的動作極快，就像看穿了我下一個動作，預先在不同的方位擋開我的招式……」細寶心道。

久攻不下，細寶的招式亦開始急了，心一急，破綻便容易敗露。

邢鋒擋開細寶的手刀同時，已準備發動攻勢。回了氣的阿鬼本想上前助攻，卻聽到己方兄弟的慘叫聲，放眼一看，只見好幾名「龍城幫」的人馬倒在血泊上，其餘的人也被敵軍攻個潰不成軍，情勢極不樂觀。

阿鬼的心又慌又亂，正不知如何是好，便聽到細寶的吼聲：「鬼哥，不用理我，你去幫其他手足啦！」

這一句話把不知所措的阿鬼吼醒，兄弟們正處於水深火熱的險境，輩份最高的阿鬼絕不可以在這時候亂了陣腳。

「細寶，你自己小心。」阿鬼拾起地上的刀，便殺入敵陣：「要打就跟我打！」

面前正有三個兄弟被六、七人圍劈，慘痛的叫聲和著血花飛濺。

阿鬼提刀就砍，砍中一人，便即向另一個再砍。沒有回氣的空間，也沒有招路可言，總之見人就砍。

面對這種大混戰，一定要夠狠夠快，殺得一兩個，令他人感覺到自己的勇悍，嚇唬他們，就可以一鼓作氣地殺下去。

同一戰場，另一戰線的士撻亦殺得性起，吸食了大量迷幻藥的他，壯大了膽，拿起雙刀殺入敵陣，砍砍砍砍砍，癲狂式的狂砍，把凶殘暴戾的獸性完全展現。砍了一刀又一刀，恍似有用不完的力氣，背門中了一刀，卻因毒物影響，麻醉了痛覺，令他很快地做出反擊。

士撻本來就是希望藉此一戰成名，所以他早已打算豁了出去，殺得理性全失，也全不當身上傷勢是一回事，只顧著瘋狂揮刀，盡情砍殺。

除了士撻，B輝與鱷魚其實也有著同樣的想法。本想殺敗火兒，名動江湖，最終目標卻沒出現，令他們極度暴躁，一口氣把積存已久的憤怨怒氣都爆發出來，用敵人的鮮血來泄憤。

B輝與鱷魚的實力雖然跟火兒、十二少等江湖戰神有段距離，但說到底也是「天義盟」的高層，有一定的實力，再加上爭雄的決心，使二人戰意大勇，超出狀態。

二人甚有默契，當B輝面對危機，鱷魚便出手替他化解，到鱷魚面對攻擊時，就到B輝出手相助，合拍非常，轉眼已把四名對頭砍至倒地不起。

B輝與鱷魚殺紅了眼，阿鬼看見立即往前猛衝，用刀鋒斬出一條血路，直殺向二人之處。

殺得性起的兩人，回頭一看，見阿鬼從身後撲殺過來，不約而同露出殘酷的目光。

「阿B，殺不了火兒，殺了這傢伙也算有點交代！」鱷魚轉身，望向阿鬼。

「火兒怕死不敢來，你就代替他給我倆打死吧！」B輝混濁的眼神吐出殺人紅芒。

「別多廢話，你倆頭廢柴都給我來呀！」

阿鬼渾身是膽，猛吼一聲，勇悍地繼續往前衝。

B輝與鱷魚亦往阿鬼撲殺過去。

兩方都充盈著狂暴的殺氣，一心想把對方殺之而後快。

沒有任何妥協餘地，勢要以敵人的血，來餵手中的刀。

「吼——」

無意識的咆哮同時從三人的喉頭發出，緊接下來便響出一聲刺耳的兵器交擊聲。

以一敵二，阿鬼無疑處於劣勢，然而他沒有懼色，勇猛揮刀，硬擋二人。

一身蠻力的鱷魚，自信憑一己之力便可轟開阿鬼，豈料這一次跟B輝合擊，竟也不能令阿鬼後退半步。

阿鬼咬緊牙關，力抵二人，心道：「細寶正跟那高手開戰，我不可以再為他添麻煩，無論如何我都要解決眼前二人！」

鬥心激發了力量，阿鬼也知道自己算不上什麼驚為天人的重要角色，信一的刀法，永遠也望塵莫及的了，但他卻傳承了信一的勇與狠勁。

勇者無懼，才能迸發出超越想像的爆炸力。

阿鬼運盡全身力氣，雙手握著刀柄，誓不後退，死命迸盡！

阿鬼記得火兒曾經說過，奇蹟只會發生在有夢想的人的身上，如果連自己都不相信可以做得到，又怎可在複雜的江湖中踏出自己的天地？

阿鬼一直記住了火兒的話，自己雖然並不是什麼大人物，但並不代表他就不可引發奇蹟。

Ｂ輝與鱷魚猶如跟一顆巨石比力，任他們如何使勁，也不能前進半步。

「怎麼合我們二人之力也不能把他逼退？」使盡力氣的Ｂ輝心道。

不可能的事情，就在這刻發生，阿鬼猛一吐勁，爆發出超越想像的巨大力量。

一股如惡浪般的衝擊力自阿鬼身上引爆，野蠻地向二人吞噬，把敵人撞得頭昏腦脹。

當中粗獷如牛的鱷魚，更失去了重心，四腳朝天的跌倒地上。

這是個千載難逢的機會，眼前就只Ｂ輝站著，只要一鼓作氣地衝上解決了他，便有機會扳回劣勢了。

「殺了你！」

戰意大勇的阿鬼吸一口氣，便瞪大雙眼，提刀直衝，大有神阻殺神的威猛氣勢。Ｂ輝甫一停住身影，便見阿鬼上了電似地發出暴吼，想也不想橫刀就擋。

兩刃交碰，Ｂ輝只感到一股震動從刀柄傳至虎口，令他手中的刀差一點掉下來。

「這傢伙的力氣當真大……」

B輝還未回過神，阿鬼便發狂地向他連砍出三刀。

噹、噹、噹——

阿鬼每一刀都是雷霆萬鈞，B輝招架得喘不過氣，相當勉強。

第四刀來了，B輝繼續機械式的舉刀抵擋。

噹——

又響起一記刀聲，這次B輝終於抵抗不了這道撞擊，手中刀飛脫了。

阿鬼當然不會放過這個最佳的殺敵良機，手臂橫張，準備砍出噹——第五刀。

阿鬼深信，這一擊，定可把B輝一刀斷魂！

B輝正被一股死亡殺氣包圍，強烈的懼意侵襲，四肢綳緊得如被鐵鍊牢牢緊鎖，無法活動。

他沒想過自己會栽在這個名不見經傳的阿鬼手上。「我不是要名動江湖嗎？怎麼可以就此敗下？」B輝心道。

B輝不甘心，也不相信會命喪在對方刀下，用盡最大力氣彎身拾刀。

可手還未觸到刀柄，阿鬼的刀已砍到B輝的頭上。

這個距離，B輝絕難閃避，也無可抵擋，他的命已經控制在對方手上，下一秒，便會一命嗚呼。

一聲慘叫響起，叫聲卻不是來自B輝，而是如火車頭般勇往直前的阿鬼。

悽慘的鮮血從阿鬼背門噴灑而出，原來剛才倒地的鱷魚再次站起，並在最緊急關頭砍出要命的一刀。

這一刀不但救了B輝，更改寫了二人的命運。

死不了的B輝撿起地上的刀。

同一分秒，阿鬼腰隨身轉，手臂順勢往後拉，打算先把偷襲的鱷魚了結。

阿鬼往後砍之時，不知爲何突然覺得手臂好像變得很輕，輕得有點不尋常。

他只看見自己握刀的一臂偏離了預期的軌道，愈飛愈遠……

「怎會這樣的？」

眼前的畫面實在太過詭異，血肉相連的手臂怎會不受控的甩開？

阿鬼一時間腦海一片空白，思考能力停了下來，直至他看見臂膀的位置湧出大量血水，他才知道一個殘酷的事實——

我的一臂，被無情地砍離身體了。

2.3 命運之相遇

阿鬼的一臂被B輝砍下，鱷魚看見對手慘況，當然不會抱以同情，隨即在阿鬼的肚皮橫抹一刀。

「吔——」

阿鬼的悽慘叫聲響徹全場，正在跟邢鋒一戰的細寶循聲一望，瞧見阿鬼斷了一臂，全身血淋淋的正被二人狂砍。

一個分神，細寶便中了邢鋒重拳。被轟飛的細寶，索性棄戰，如箭般衝向阿鬼方向。

「鬼哥！」

細寶幌身飛躍到三人血戰之處，想也不想就起腳疾踢B輝。

B輝頭部中了這力發千鈞的猛擊，只感一陣暈眩，被轟出了戰場。

「救人？吃屎啦！」鱷魚的刀向細寶迎頭砍來。

鱷魚臂力雖大，卻並無章法，一刀落空便胡亂揮斬，細寶一一避過。

細寶看準一個機會，便往鱷魚手腕劈出急勁的手刀。

手一痛，刀便落地。下一秒，鱷魚的喉嚨便中了另一記手刀。

細寶成功爲阿鬼解圍，正要把他扶起，卻見倒地的他全身有數不清的刀傷，動也不動的，似乎已經不行了！

細寶愣住了不到兩秒，便感一道勁風撲過來，回神之際，面門先中一拳，接著肩膀、胸口、腹部、大腿……身體各處被又快又密的猛拳擊中。

想反擊，可雙手總是在未出招前給對方打回去。

轟轟轟轟轟——

身體多處遭連環炮轟，細寶被打得毫無還手之力，非常狼狽，意識已漸覺模糊，支持他撐下去的只有一份巨大的意志。

細寶告訴自己不可以倒下，一跌下來，眞的再無翻身的餘地了。

他很想還招，可還未祭起手刀，又要面臨另一輪密集的狂攻。

轟轟轟轟轟轟轟轟轟轟轟轟轟轟轟轟轟轟轟轟轟轟轟轟轟轟轟轟轟——

面對密不透風、機關槍式的瘋狂掃射，細寶就只有挨打的份兒。

細寶一直認爲，自己的格鬥技算是不錯，就算未達一級高手之列，勉強也算是個角色吧！怎想到眼前對手如此強大，封鎖了自己發招的空間。

細寶被打得全身是血，豁盡所能也無法還上一拳，骨折聲啪嘞啪嘞的響起來。

最後，連提起雙手的力量也失去，其澎湃的鬥志已被轟個四分五裂。

「鬼哥已經輸了，我不可以倒下……」

在完全失去意識之前，細寶的太陽穴已被轟中。

「不可以倒下……」

縱有不滅戰意，可肉體卻承受不起邢鋒的絕命轟擊。細寶終於也暈倒地上，躺在阿鬼身旁。

「我要把你砍成肉碎！」深深不忿的鱷魚，提刀衝向細寶之處，打算把他砍個稀巴爛來泄怒火。

「夠了。」邢鋒橫臂一張，阻止了鱷魚的去勢。

「他早晚都要死，何不給我砍碎他？」

「我說不行就是不行。」

不慍不火的邢鋒，從來都是以實力來震懾對手和下屬。何況他是領軍的主帥，一干人等哪敢抗命？

邢鋒放眼看去，見我方人馬正把「龍城幫」人馬壓著來打，敵方兩名主將已經倒下，軍心大失，敗象已呈，只能負隅頑抗。

邢鋒看了看錶，開戰至今過了十分鐘。

「動作太慢。」邢鋒心道。

邢鋒一閃身，以極快的身法闖入戰場助戰，對準敵方的太陽穴上出拳，一擊即中，命中的人隨即暈倒。

邢鋒的強，絕對超級，不消一刻便把「龍城幫」的人全數打倒。

邢鋒讓幾名手下從暗角取出一桶桶汽油，向他們擺了擺手，手下便把汽油淋在貨倉四周。

「走。」邢鋒冷冷地拋下一句，就帶頭離開貨倉。

當所有人都踏出貨倉之後，邢鋒便擦著手中的ZIPPO打火機，把它往內拋，然後便關上鐵門，上鎖。

貨倉裡面瞬間火海一片，暈倒的人，均被火燙的灼痛感弄醒，發出悽慘的吼叫。

火勢迅速蔓延，有幾人已全身冒火，神仙難救，但求痛快一死。

較好運的，只燒到手腳，死不了，隨即弄熄身上的火種，拯救其他同伴。

幾個撲熄身上火種的人，被濃煙嗆得難以呼吸，他們也知道這樣下去，不被燒死，也會被嗆死，於是便朝鐵門衝至，打算一口氣把門撞開。

「大門被反鎖了呀！」

「繼續撞吧！」

幾人用身體死命地撞，猛力地撞，卻徒勞無功。火勢愈來愈猛，濃煙也愈來愈稠密，室內的空氣也快要耗盡。剛才猛力撞門的幾人已經不支倒下，再沒有力氣做出求生。

一直失血的阿鬼卻在此時醒來，一張開眼便被火海與濃煙包圍，不知多少個兄弟已成火人，慘叫聲聽得人心也寒了。阿鬼猶如置身在人間煉獄，一時間也不知眼前的景象是否眞實。

幾秒過後，阿鬼終於回了神，看見躺在地上的細寶，立即拍打他的臉。「細寶，醒呀！給我醒呀！咳咳咳……」

細寶沒有反應，室內濃煙嗆喉，已經沒有時間繼續拖拉，這樣下去，大家就會「一鑊熟」。

「龍城幫」已經一敗塗地，最起碼，要保住兄弟的性命吧。

阿鬼瞧見雜物堆中有一台手推車，想也不想就衝過去，甫一觸及手柄，一陣熱燙感便從鐵手柄傳入掌心。他忍痛把車子推到細寶身旁，以外衣包裹著他，再以獨臂把細寶抬上鐵車上。

阿鬼不知哪裡來的力量，把一個又一個暈倒的人抬上車。

「兄弟，撐住呀！」

阿鬼的手再次握住了赤燙的手柄，撕心劇痛無阻他救人之心，吸一口氣便往大門直衝，妄想把大門撞開。但是大門卻牢不可破，阿鬼被反震開去。

同一時間，火兒幾經辛苦終於把警車甩掉，正以極速趕往戰場。

心急如焚的他狂踩油門，在靜夜的公路上疾飆。

此時，另一條行車線的遠處，迎來幾台對頭車輛。

這個時候，除了飛車黨外，該不會有如此陣容的車輛行駛。

火兒一見眼下景象，便大感不妥，他的車輛繼續往前駛，跟對方的距離漸漸拉近。

兩車擦身而過的一刻，兩個男子，四目交投，在電光石火的一瞬間交換了眼神。

火兒瞧見駕駛座的男子，木無表情，雙目卻如利刀般充滿靈氣。

同樣地，那個人一見火兒，就知道他絕非善類，幾乎百分百可以肯定，對方是個不凡的人物！

——這一次，是火兒與邢鋒首次相遇。

火兒跟邢鋒不曾見過，但他們均已認定，總有一天會再次遇上。今天的陰差陽錯，或者是命運安排，兩人根本未到交鋒的時候。他們之戰，留待下一次才爆發。

邢鋒的車隊沒有停下，火兒的車跑得更急。跟對方的車隊擦身而過之後，火兒的腦海不禁生出多個假設。

假如剛才那幫是狄秋的人（火兒還未知狄秋的人沒上戰場），那就表示大戰已經結束，他們並不是落敗的模樣，那麼我方的人相信已打敗了仗。

我方吃了敗仗嗎？敗得難看嗎？他們誰個會葬身戰場？

說到底，對方也是「龍城幫」的人，應該不會下手太狠吧？

敗了就敗了，我們是有能力的人，大不了便跟信一重頭起步，沒有事情是解決不了的，只要留住性命，就是天塌下來，我們也可以挨得過……

沒事的……沒事的……

火兒終於抵達了目的地，當他步出車子，魂魄幾乎被嚇得飛了出來。

沒錯，只是留住性命，任何難關都可以撐過來，可如果他們的兄弟全軍覆沒，這一關，又如何度過？

眼前的貨倉滲出了濃煙，火兒知道裡面起了大火。

怎會這樣的？明明只是一場同門內鬥，有需要做得這麼絕嗎？

火兒急忙在車裡取出一支鐵筆（鐵撬），走到大門前把鎖頭破開。打開大門，隨即湧出一陣巨大的熱氣與黑煙，然後就見到一個背門著了火的人把一架手推車衝出來。

火兒脫下外衣，把阿鬼的火撲熄。「阿鬼，振作呀！」

阿鬼沒回應，一見火兒就暈倒了。

火兒瞧見他斷了一臂，另一隻手的皮肉好像香口膠（口香糖）一樣黏在鐵手柄上。

手推車上幾名兄弟不知是死是活，像屍體般躺著。

火兒想入倉救人，卻已太遲，裡面已經被大火吞食，燒得火光熊熊，依稀看見地上一具具燒焦了的屍體。

裡面的人是救不活了，眼下這幾個或者還有一線生機。火兒把幾名兄弟抬到貨車上。由於阿鬼的手跟手柄連著，從未如此慌亂和打從心裡抖震的火兒，既驚且怒，好不容易才能把阿鬼及那手推車安置好，一併放入貨車車廂內。

元朗那邊，逆鱗跟虎青之戰正鬥得如火如荼。

逆鱗的刀橫劈虎青的臉，刀光閃過，虎青急忙退後，顴骨位置被拉出一記刀痕。

「你竟敢弄傷我俊俏的臉孔！」虎青張大口：「我要跟你拚命呀！」

虎青因「俊俏」的臉容被劃了道口子而憤怒起來，猛力一刀直劈，逆鱗舉刀就擋，手中的鋼刀竟抵受不了巨大的衝力而碎開。

眼見這一刀將要落在逆鱗的臉上，逆鱗卻在千分之一秒間蹬腿，轟中虎青下腹，虎青一退，劈向逆鱗的一刀僅從他的臉上擦過。

只差半厘米，逆鱗就要變成疤面煞星。

逆鱗乘勢而上，一個躍身，連踢出兩腳。第一腳把虎青的刀踢落，另一腳直印在他的面門。

「又打臉！」虎青暴吼：「我要轟爆你！轟爆你呀！」

虎青雖是個老粗，但似乎相當愛美，被逆鱗連番打了兩次臉龐，終於惹起了他的眞火，雙拳拉弓向逆鱗施展猛烈攻擊。

轟轟轟轟轟轟轟轟——

虎青化身成人形坦克，雙臂同時發動密集式的連環炮轟，逆鱗被攻打得難以回招，只能交叉著手，擋下對方的猛轟。

虎青這一輪沒頭沒腦的瘋狂猛打，轟得逆鱗難以喘息。

「這小子也相當挨得。」虎青心道。

虎青雖然好像把他壓著來打，但這種急攻極耗體力，不能在短時期內轟倒對手便會被對方反擊。

虎青的攻勢慢下，逆鱗就看準一個機會，立地一躍，以飛膝直撞向虎青的下巴。

中擊的虎青，不住往後退，氣勢已被擊潰。可逆鱗也沒乘勢追擊，因爲剛才虎青的一輪急攻，的確打得逆鱗全身疼痛，那一記飛膝已用上他僅有的力氣，如果落空了，相信倒下來的將會是自己。

至於虎青，他一直盯著逆鱗，並沒有做出新一輪攻勢，突然笑了一聲就轉身走了。

「收隊！」

他不是不能再打，而是他的目的已達，沒必要跟逆鱗瞎打下去。

戰鬥正酣，虎青無故撤兵，一時間逆鱗也不知發生了什麼事，只覺得事不尋常，剛才風風火火的，根本沒有時間讓逆鱗思考，此刻冷靜下來，腦海才生出一個令他冷汗直冒的疑問……

剛才跟我打的，眞的是火兒嗎？

火兒把同門送往城寨的地下診所。

幾名兄弟及細寶算是命大，保得住一命，但阿鬼的情況眞的很不樂觀。

信一甫踏入診所，雙目圓瞪，簡直不敢相信眼前的景象。

「爲什麼會這樣的？」

幾個兄弟躺在床上，死不了，卻一臉疲憊，一看就知已經敗得徹徹底底。

己方三十人出發，最後就只有幾人有命回來！剛才之戰到底是什麼一回事？狄秋那邊眞的那麼厲害嗎？何以可把我方人馬轟成這個模樣？

站在一旁的火兒，難過非常，如果他能早一點擺脫那班交通警，趕往戰場，結局又會否改寫？

信一望了望大廳，不見阿鬼，走到火兒身旁問道：「阿鬼呢？」

「你要有心理準備……」

火兒把信一領到一間房，停在門外，信一知道，阿鬼就在房內，他也知道，阿鬼的傷勢比其他人重。

不要緊，只要留住性命，就有可能再次站起來，我們還有時間，輸了一仗不算天大事情。

但當他打開房門，看見躺在床上的阿鬼時，信一簡直魂不附體……只見阿鬼背部朝天，一手垂在床邊，手中握著手推車把手，另一條臂被斬斷了，整個背門沒有完好，被烈火燒得熔熔爛爛。

幾小時前，阿鬼明明還活生生的，怎麼只過了一陣子，會變成如此模樣？

瞧清楚，阿鬼的手並不是握著把手，而是皮膚已跟鐵條黏在一起，就算成功分割，這一隻手是廢定的了。

「到底發生了什麼事？」

火兒把剛才發生的一切告訴信一，信一聽後，久久不能說話。他的心，好痛好痛，是他叫阿鬼跟火兒位置對調的，如果他沒有下這個決定，阿鬼或許可以逃過一劫。但就算換了火兒在現場，以他此刻的狀態，又可以把結果改寫嗎？

他不肯定，這個結局，是他不曾預想過的，就算是幫會內訌，狄秋跟信一的仇恨，也不至於要下這種程度的毒手吧？

望著那個不似人形的阿鬼，火兒跟信一一樣，相當痛心，而且內疚。

如果自己能早一點趕往現場，戰局又會如何？火兒是那種不要命死拚到底的人，若果他剛才也在戰場，一定會跟邢鋒拚至筋竭力疲爲止，最後很大的可能是死在對方的拳下。

錯過了這一戰，該說火兒幸運還是不幸？

信一與火兒不發一言，氣氛被一股死寂與黑暗籠罩，維持了好一陣子，一聲呼吸聲打破了沉默。

「信一哥……」

阿鬼耗盡了力氣吐出一句話，信一隨即蹲下來，望著這氣若游絲的阿鬼，信一也不知可以說什麼話。

「阿鬼，不用擔心生活問題……」

「『龍城幫』的事，我們會解決的了……」

「你……好好休息下吧……」

以上的台詞，信一也沒說出口，因爲他知道，不論說什麼，也不能安慰阿鬼。

事實是，就算他能活下來，此生都成廢人，日常起居生活都成問題，生活變成了生存，每一天都活在痛苦的輪迴圈上、每一夜都被大戰的陰霾侵襲，從此活在恐懼中，不敢面對人群，沒有歡笑，沒有色彩，比死更慘更殘酷。

「殺了我……」阿鬼用力吐出話語：「我求你……殺了我……」

對於阿鬼的要求，信一沒有感到震撼，如果身分對調，他同樣會作這個請求。信一執起刀，一下動作，就能把刀鋒貫穿阿鬼身體，了結他殘生。

簡單的動作，只要出手夠快，信一相信，阿鬼來不及痛楚，便已死去。

可信一的刀，就如千斤重，叫他難以提起……

阿鬼的武值不是特別高，頭腦也不是特別靈光，但他卻一直是信一最信賴的門生，只因一直以來，阿鬼都對自己相當忠心。

如果信一跟火兒的關係，是生死相隨的兄弟，那麼，信一跟阿鬼，就是超越了主僕關係的親信，他早已把阿鬼當作家人般看待。

要親手了結「家人」的性命，信一實在難以下手啊。

「動手……」

阿鬼一再哀求。

信一淌下了淚。

千萬個不情願，他終於提起了刀，準備下手。

「照顧我媽媽……」

「好！」

唰——

手起刀落，沒有半點拖泥帶水，一刀，就把阿鬼的身體貫穿。

殺掉自己最信任的門生，沒有人可以體會到信一的心情。信一沒有激動，沒有暴跳如雷的吼著要為阿鬼報仇。

他相當平靜地打了一通電話。

2.4 相忘

「秋叔，恭喜你，你打贏了。」

狄秋沒想過信一親自「報喜」，一時間也不知如何反應，拿著話筒，答不上話來。

逆鱗眞的贏了嗎？錯不了，信一絕不會拿這個來開玩笑。

我方贏了，狄秋憋在心裡廿多年的悶氣，終於舒了出來。從今以後，「龍城幫」就是屬於狄家的了。

本該很激動的一刻，狄秋卻沒有表現出興奮情緒，因爲他隱隱覺得，事情並不會發展得如此順利。

「信仔，既然你輸了，就盡快把權杖交出來。你喜歡的話，可以繼續留在『龍城幫』，以後以我馬首是瞻，我保證絕不會爲難你。」

「留在『龍城幫』？我還有面目面對死去的兄弟嗎？」信一平和地說：「秋叔，想不到爲了贏這一仗，你可以對我們下此毒手，說到底大家都是同門，有需要用火攻嗎？」

聽到火攻二字，狄秋的心揪了一下，出發之前明明叮囑過逆鱗，讓他不要做得那麼盡，他竟然對同門用上火攻？實在做得過了火，但不想發生的已經發生了，狄秋唯有撐下去。

「落場無父子，如果你寄望對手會留手的話，那麼一早便不該答應出戰。吃了場敗仗，就當買個教訓，以後記得三思而後行。」

「眞想不到你可以說出如此涼薄的話。這個教訓令我失去了廿幾個兄弟的性命，我一定一生銘記！」

爲了贏這一戰，逆鱗竟奪去同門廿多條人命，狄秋已經思考不了，只能強裝鎮定。

「信仔，你不是想賴帳吧？」

「願賭服輸，我不夠狠，輸得口服心服，一定會交出權杖。」信一呼一口氣：「不過從今以後，你再不是我尊敬的長輩……狄秋，只會是我信一的敵人。」

掛了線，狄秋腦海仍然不能好好思考，他雖然是個頑固又愛面子的老頭，但仍然保留著老一輩的傳統思想，沿用了家長式的管治方法。同門犯錯，執行家法就是，就算犯了彌天大錯，頂多也是把他逐出幫會，鮮有對同門下殺手。

本是同根生，狄秋又怎會想到，逆鱗竟會如此狠毒。

狄秋終於得償所願，黃袍加身，成爲「龍城幫」第三任龍頭帝位，可此刻的他卻沒有半點興奮，只有內疚……爲了迫使信一退位而弄至這個局面，是否值得？

狄秋放空了好一陣子，逆鱗終於回來了。

「老爸！」

逆鱗氣喘吁吁，滿頭大汗，恍恍惚惚地走進狄秋的房間。

一見逆鱗，狄秋本想破口大罵，不過他連罵人的勁兒也提不起來，只無奈地望著他。

「我知道，你打贏了……」狄秋沒了神采。

「老爸，我們被坑了！」逆鱗把剛才決戰「火兒」的戰況告訴狄秋：「那個火兒突然棄戰，我已經覺得很不妙，於是立即趕回廢車場，發現那裡已被燒光了。」聽完逆鱗的話，狄秋舒了口氣，自己的兒子，還不至於泯滅人性，但隨即就想到更嚴重的問題了。

「跟你打的，根本是雷公子的人，他調開了你，再對信一的人下殺手，把所有的責任後果推到我方身上，令兩方關係進一步破裂，自己就來個隔岸觀虎鬥！」由一開始，雷公子找上狄秋，就已經設下了這個局，讓兩方自相殘殺，轟個兩敗俱傷，然後再出手攻打餘下的一方。

所以狄秋絕不希望往後會跟信一交戰，但發生了今晚的事情，信一又豈會罷手？信一出手，狄秋反擊，便正中了雷公子的下懷。

不反抗，任人宰割？更加不可能！這個局，好難拆啊。

「老爸，我知道你擔心什麼，未發生的，暫時別想太多。」逆鱗冷靜下來：「我在想，是否跟信一解釋一下……」

「解釋……」

狄秋才剛剛在電話跟信一鬧得不愉快，而且把一切都扛起了，此刻向他說出眞相，他會相信嗎？對方只會覺得自己想置身事外。

就算他相信了，己方跟雷公子勾結是鐵一般的事實，信一只要咬著這關節不放，理虧的是我方啊。而且，就算不是他親自出手，也因爲「引清兵入關」而發展成這個局面，造成同門死傷這條罪狀，狄秋百口莫辯。

權衡利弊，狄秋還是不能承認勾結雷公子這條彌天大罪。

「不！我們不能讓信仔知道眞相。」

「雷公子坑了我們，難道我們什麼也不做？」

這口氣怎能嚥下？當下狄秋便致電雷公子相約會面，半小時後，狄秋便跟逆鱗來到「天義盟」灣仔的夜總會。

二人一步入夜總會，便見大廳有大班舞小姐向他們響炮，還有樂團奏樂，熱烈歡迎二人。

雷公子在台上拿著麥克風，喜氣洋洋的揚聲：「歡迎今晚兩位主角，『龍城幫』新任龍頭狄老大，還有他的公子，未來黑道大哥大逆鱗。」

雷公子說罷，舞小姐們就向他們投懷送抱，狄秋把她們一手推開，走到雷公子的身前。「狄老大，我已包了整個場子，付了費，你有能力的話，今晚可以一個打十個呀，哈哈哈哈哈哈哈哈哈……」

浮誇的笑聲，極度討厭的臉孔，看得狄秋眼火爆了。

「我有話跟你說。」

狄秋領著雷公子入房間，逆鱗尾隨。

「狄老大，恭喜你。」

「你行！你眞行！」

「我當然行啦，否則你也不會跟我合作啦。」

「你引開逆鱗，怎麼事前不跟我說清楚？」

「我做事，從來都只求結果而不理過程。我知道你未必會認同我的手法，才沒告訴你。現在這個結局不是你想得到的嗎？打擊信一，接任龍頭，我統統為你達成了，但你不用感謝我啊，以後我們還要多多合作呢。」

「陷害了我們，還把自己說成聖人一樣，你眞的當我們是白癡嗎？」逆鱗滿身怒火。

「喂，你是傻的嗎？我幫你們打敗了信一，這叫陷害你？」雷公子點了根雪茄：「你兩父子是不是開心得過了火，燒壞腦呀？」

「雷公子，你自己幹過什麼，心知肚明……我們是贏了，但殺害同門這條罪也由我們扛起了，外面只會說我們為了贏，竟連半點情義也不顧……」

「狄老大，我已經說過，我雷公子做事從來不計較過程，做大事當然會有死傷啦，又要贏又要做聖人，等於淫娃要立貞節牌坊，世上哪有如此便宜的事？」雷公子向狄秋噴出一口煙：「總之你放心，假若信一向你動手，我雷公子一定會出手相助的！」

雷公子的囂張跋扈，跟之前相邀狄秋合作時的態度截然不同，差在未直認：你的利用價值已經沒有了。

生性火爆的逆鱗又怎容忍得了這種不可一世的嘴臉？拳頭握得勒勒作響，正想出手，就有個大漢走進房間。

逆鱗回頭一看，他認出這雙眼睛，正是那剛才跟他一戰的「火兒」！

「是你！」逆鱗的火更大。

「我給你們正式介紹，他是我重金禮聘邀請加盟的新成員，虎青。」雷公子走到虎青身旁，望著逆鱗：「你倆已認識啦。我已吩咐了虎青千萬要給你留手，逆鱗老弟，希望他沒有弄傷你啦，哈哈哈……」

「放心啦，我已留了手，否則的話他已經橫屍街頭啦！」虎青不屑一笑。

「我現在就跟你再打！」

「別打了。」逆鱗踏步，卻被狄秋攔住，然後對著雷公子說：「姓雷的，你給我記住，從今日開始，你我各不相干，你千萬別走來惹我，否則我一定會跟你拚到底！」

拋下一句話，狄秋跟逆鱗就走出房間。

踏出房門時，逆鱗跟虎青四目交投，火藥味極濃，可以預見，不久的將來，他倆將會在戰場上再續未完之戰。

今天，狄秋借雷公子之力擊敗信一，登上「龍城幫」的權力頂峰，完成多年來的心願，可發生了這次慘劇，狄秋再也笑不出來。最叫他後悔莫及的，是搭上了雷公子，他知道，從此以後，將會寢食難安，噩夢纏身！

2.5 江湖再見

大戰結束後一個月。

狄秋以爲信一會做出報仇反擊，信一也以爲雷公子會有狙擊行動……出乎雙方的意料，這一個月，非常風平浪靜。雷公子再沒有興風作浪，信一亦沒有對狄秋有什麼行動。

雷公子跟「天義盟」結盟，在銅鑼灣大展拳腳，沒有趁信一弱勢加以狙擊，一反常態，只專注夜場業務，像個大商家般躊躇滿志，雄心勃勃爲「天義盟」注入新構思，出錢又出力，像要在香港展開其商業發展大道。

沒有人猜度得到雷公子在想什麼，這個人本來就是喜怒無常，不按章法出牌，但可以肯定的是，他現在所走的每一步，都充滿了計算和部署。

早晚有一天，會爲「龍城幫」帶來新一浪的衝擊。

接任龍頭的狄秋，這個月來精神也處於緊張狀況，日夜提防著信一的來襲，直至信一派人把權杖交給狄秋，他才覺悟，信一的確是個願賭服輸的人。

因爲信一比狄秋年輕得多，而且他又看著信一出身，在他的眼中，信一永遠是當年的那個乳臭未乾的小子，早認定他沒能力沒資格坐上龍頭寶座，但原來對方已在這十多年來急速成長，其處事手法相當成熟，亦有領袖魅力，最重要的是，他輸得起。

哪個梟雄人物，不是在大風大浪中熬出來！學會承受，才有機會攀上高峰。只要有信心不滅、熱情仍在，有什麼失去了是不可以重頭再起的？

換了是狄秋，如果他輸了這一仗，一定會不惜一切做出反擊，因爲他已再沒有輸的籌碼。年事已高的他，再沒有青春和歲月，去讓他等待下一個十年。

大戰之後，狄秋受盡流言蜚語的折騰，說他爲了這一仗，竟全不講江湖道義，不少門生對他的行爲非常齒冷，退出幫會。

最愛面子的狄秋，阻止不了流言擴大，自己儼然成爲幫會的邪惡軸心。造成這個局面，又可怪誰，要怪，就怪自己搭上了雷公子。

得到了權杖，登上了夢寐以求的龍頭寶座，卻感到無比失落與空虛。

如果再給他選擇一次，他絕不會跟雷公子這個魔頭暗渡陳倉。如果再給他選擇一次，他亦不會跟信一鬥個你死我活。

不過世上哪有如果？抉擇了的事情，又豈可回頭？

歷此一役，信一陣營元氣大傷，隨著處理好死去兄弟的身後事，這一場大戰算是正式落幕。

信一不但交出了權杖，還撤出九龍城寨，脫離「龍城幫」。

樹倒猢猻散，信一退會，其直系門生也都意興闌珊，大部分都無意留在「龍城幫」，有的過了「架勢堂」，有的去了「暴力團」，只餘小部分繼續跟隨信一，助其開展黑道以外的事務。

這一戰，每一個人都經歷了不同的創傷，包括藍男。

當日在廟街痛失胎兒，若非邢鋒改變了主意，她已落入雷公子手上，火兒將會跟AV一樣，永遠尋不著自己最深愛的人的下落。

每當想起那一次的險死還生，藍男都心有餘悸，心跳手震。

藍男外強內柔，鮮有在人前流露懦弱的一面。但火兒跟信一最了解她，自從經過一場災禍，她的笑容勉強，眼神失去了昔日的光彩，常常不經意流露惶然。二人知道，藍男還未能脫開這場夢魘。

要讓她除去這個夢魘，除了時間，最好的方法就是帶她遠離這個傷心地。

火兒本想消除了雷公子才離去，但這並不是一朝一夕的事，況且信一派系已經解散，要對付他就更加難。趁著兩方的戰爭還未展開，信一就勸火兒盡快跟藍男離開香港療傷。

今日，正是火兒跟藍男離港的日子。

「信一，這次離去，不知什麼時候才回來，總之你有事，一個電話，我會盡快回來。」

站在啓德機場（注）內的火兒跟藍男告別眾人。送行的有他幾個好兄弟，信一、十二少與吉祥，當然少不了他的「乾爹」大老闆。

「你以爲自己是什麼東西呀？我信一有什麼風浪經不起呀？就算有事，我會找十二少啦，你去旅行就別理會香港的事，給我盡情玩啦。」信一撥了撥瀏海。

火兒笑了笑。

「火兒，不用擔心太多，莫要忘記我們還有個超強外援大老闆嘛。」十二少。

「沒錯了，萬大事有我扛起！」大老闆挺胸：「你跟新抱仔（兒媳婦）玩得開心點！」

「你不要再亂吃東西了。」

火兒今日一去，連他自己也不知道何時會回來，當然會心繫香港的事情，但既然在場的兄弟都想他了無牽掛地離開，他還婆婆媽媽的就對不起大家了。

「OK，那你們不要催我回港了，我會跟藍男遊山玩水，總之玩到累了厭了，才會回來。」

大老闆突然眼泛淚光，熊抱火兒：「契爸很不捨得你，去到台灣，記得要自己照顧自己，別吃檳榔，那些檳榔西施很壞的，有次她們把我拉入店內，對我毛手毛腳，我全身也給她們打掃得一乾二淨了。」

「嘩！是你把她們捉入房吧！」

注：香港一座已停用的民用機場（一九二五—一九九八年），位於九龍九龍城區。於一九六二年正式名稱為香港國際機場、香港啟德國際機場，一九九八年赤鱲角機場落成後關閉。

「我絕對沒有說謊！」大老闆望向藍男：「新抱仔，妳要看緊他一點啊，那些檳榔西施眞的很厲害的！」

藍男一笑：「知道了。」她轉向堂兄：「還有，記得幫我們照顧小白啊！」

「嗯。」信一。

「這次去台灣，我有兩件事是必須要做的。」火兒：「第一件事，我會找雷樂，追尋有關我父親的過去。」

「第二件事呢？」

「我收到消息，有人見過AV在台灣的地下拳賽出現，我一定要把他帶回來。」

「發生了那次事情，AV大受打擊，我們不會知道他的心理狀況怎樣……」信一：「但無論如何，你都要扶他一把，一定要令他振作起來。」

「這個當然啦！」AV一直是個慘情悲劇人物，遇上了火兒他們，生命才總算有了點希望，可命運多舛的他又怎會想到，當他開始重燃了生命的時候，更恐怖的噩夢卻突然來襲。

這一次，火兒又會否找得著好友？再一次把他從地獄帶回人間？

「入閘了。」

「嗯。」

「一路順風。」

「別那麼老土！不帥了！」

臨行前，火兒拍了拍信一的肩膀，望了望吉祥與十二少。幾個人的默契，已經升華到另一個境界，一切心照不宣。

火兒拖著藍男步入機場禁區，有點茫然，這一次敗走離去，失去了城寨這個根據地，「龍城幫」兄弟各散東西，輸得徹徹底底……

死了的兄弟，已經是無可挽回的事實，火兒一直耿耿於懷，總覺得自己要負上全責。但，傷感歸傷感，他卻沒有沉溺，也沒有輸了信心。

他的心，仍然火熱。

火兒跟藍男的身影終於消失在信一等人的視線。

此行一別，信一不知道何時可再跟火兒見面，但他知道，當我們下一次再重聚時，就會是——

雷公子末日的倒數。

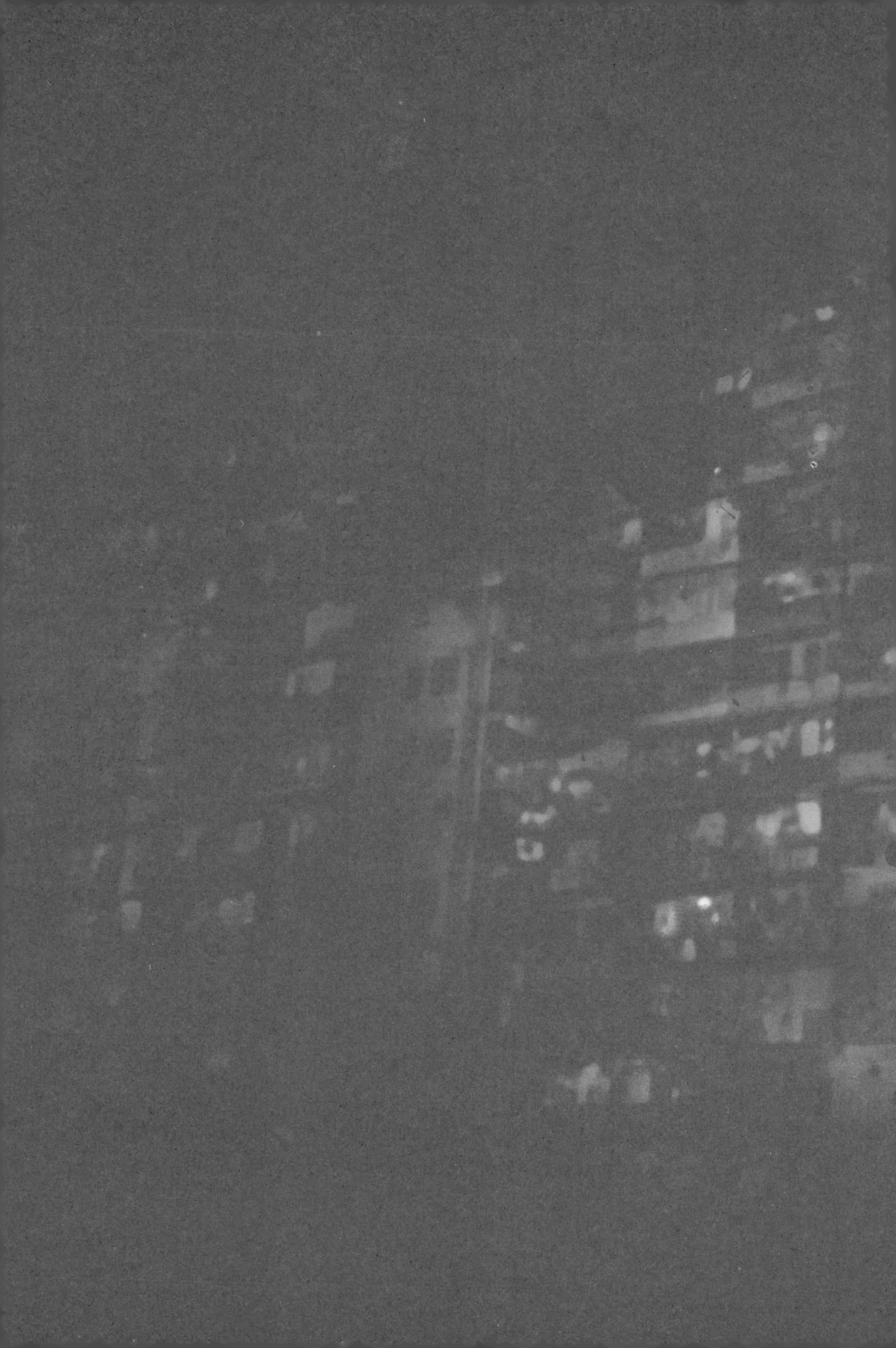

1991

第三章

Chapter Three

3.1 雷樂

「沒想過可以跟你玩得如此盡興。」藍男望著淡水的海港，露出丈夫最喜愛的燦爛笑容：「這三個月，我眞的過得很快樂，謝謝你。」

「傻瓜，說什麼謝謝啊！這幾年不是追殺別人就是被人追殺，我也很久沒試過可以安安樂樂的遊山玩水了。而且，妳快樂，就是我快樂。」

「火兒，我已經沒事了，如果你有事情要做，就去做吧，不用擔心我。」藍男正色：「伴在你身邊，我希望永遠都能爲你帶來力量，而不是變成負累。這次來台灣，你不是有兩件事要做嗎？」

「嗯。」火兒望著藍男，又往下望向她的肚子。

「放心啦，這次我一定會照顧好我們的孩子，不會讓他有半分損傷。」藍男摸著肚子說。雖然想起那失去了的，藍男仍然會揪心，但人總得往前看，沉溺在悲傷中，只會令自己和身邊的人萬劫不復。

火兒抱緊藍男，心滿意足，笑得像個大孩子。這個飽歷滄桑的江湖老大，同時也是個人所共知的愛妻號。

在她面前，他仍會流露出最無邪的一面。

藍男依靠在火兒身旁，望著眼前的景致。大海平靜無紋，像她刻下的心湖，也像目前的生活……但她知道，天不會常藍，好快，狂風將會大作，波濤將會變得洶湧。

只因身邊這個男人，天生就是一匹野馬，總不能一直把他困在沙圈（注）。

而且有些大事情，必須由她的男人去幹。即使過去、未來，要承受多少磨難，她都會跟他共同進退。

「請你不須顧慮我，狠狠地去大幹一場吧！」剛烈的藍男，最終吐出這句話。

難得的悠長假期結束。

一星期後，火兒來到了台南一幢豪華大宅。

火兒被一名園丁帶領，穿過萬呎花園，才來到大宅大門。

還未入屋，他便感覺到裡面有一股巨大氣場。

園丁為他推開大門，火兒步入宅內，看見一個身穿睡袍、滿頭花白的背影坐在椅子上，掌心把玩著兩個圓鐵球。

雖然還未見到他的樣子，但火兒已經肯定這個人就是他此行求見的人物。

「LOK哥。」

「LOK哥……很久沒有人這樣叫我了。」

注：指賽馬場內馬匹在出賽前踱步讓賭客閱覽投注的地方。

LOK哥緩緩回首，是個年約六十的老者，雙目卻非常有神，眉宇間更流露出一種懾人威勢，一看便知絕非尋常角色。

這個隱居台南的老者，就是曾經橫行黑白二道、五〇年代香港無人不識的警界皇帝——雷樂。

「你這小子，倒有點本事，知道我跟老鬼新有交情，竟可令他致電給我，相約這次會面。」雷樂打量著火兒：「我已經很少接見外人，但我又很好奇，很想知道能令老鬼新賣帳的人，到底是什麼模樣？果然一表人才。」

「多謝LOK哥肯跟我見面。」

「別說客套話了，有什麼事，快說。」

火兒走上前，在雷樂身前停住，把一幀照片放在他的眼前：「LOK哥，你跟相片中的男人很熟稔嗎？」

是那幀在舊居發現的雷樂跟火兒生父的合照。

看著老照片，雷樂微感錯愕，目光一直沒移開，出了神地望著。

「你跟阿JIM是什麼關係？」雷樂的視線落回火兒身上。

「他是我的父親。」

雷樂一聽到這句話後，臉上神經抽動了一下。

他一直盯著火兒，神情帶點不可置信。

「你是阿JIM的兒子？怪不得一見你，就覺得很眼熟，好像在哪裡見過你似的。」雷樂眼角瞄向火兒：「但，我認識阿JIM以來，從沒聽過他有兒子，你是從哪裡鑽出來的？」

「其實我也從來沒有見過他，在我出生之後，他就一直沒有回來找我母親。他留給我的，就只有幾張舊照片，還有謎一樣的過去。」火兒：「我還是最近才知道，他跟我恩師龍捲風原來是舊識，和你，似乎也有一定的關係……」

阿JIM年輕的時候有過不少女人，所以對於他有下一代，雷樂並不太愕然。

「你想知道你父親的過去？」

「嗯。」

「你想知，我就要講？你當我是榕樹頭的講故事阿伯嗎？」

「龍捲風死了，知道我父母過去的，就只有你，我眞的沒有其他辦法才找上你。」火兒懇摯：「LOK哥，我知道你是潮州人，潮州人除了團結和有義氣外，還很重親情。我從沒見過父親一面，機緣巧合下讓我知道你倆是認識，換作是你，我想你也會不惜一切尋找答案。」

「的確有點口才，難怪連老鬼新也會爲你說好話。」雷樂放鬆一笑：「不過別以爲幾句話就可以說服我，我跟賀新不同，不會白幫人的。」

「那LOK哥你怎樣才可以幫我這個忙？」

「我可以把JIM的過去告訴你，但你欠我一個人情，永久生效，無論我叫你做什麼，你都不可推辭，怎樣？」

雷樂說得輕鬆，但火兒知道，一個「人情」，可以好簡單，亦可以是天大的事情，但來到這個情勢，火兒還有選擇嗎？

「好，我答應你。」

「答得如此爽快，如果我要你殺掉信一，你也會應承？」

「我相信LOK哥不會要我幹一件我無法完成的事，如果你眞的要我殺信一，那我只好用我自己的命來交換。」

「面對難題也可如此從容、處變不驚，你跟你父親的確很相似……」

面對雷樂，誰都會感到壓力，火兒的淡定，其實只是強裝出來。

雷樂拿起照片，深深凝望良久，思緒被牽動，沉吟良久。

往事如煙，回憶的時光機，把雷樂送返三十多年前。

「看見這張照片，從前的畫面一下子湧入腦海，一切就好像在昨天發生一樣……」雷樂眼光放到老遠：「我永遠也不會忘記……那一段——爭雄歲月。」

3.2 祖與占

「阿 JIM 有膽識有智慧，乃『青天會』悍將，幫會遇上什麼問題，只要落到他手上都可以迎刃而解，當年『青天會』之所以能夠成爲第一大幫，阿 JIM 絕對居功至偉，故深得龍頭震東器重。

「生性放浪不羈的阿 JIM，經常神龍見首不見尾。跟他情同兄弟的震東曾跟我說，阿 JIM 不喜歡長時間待在同一地方，江湖風平浪靜時，就喜歡出外四處遊歷……不過只要幫會有事，或者震東叫到，他即使身在老遠，都會義不容辭趕回來。而最轟動的一仗，應該算是發生在一九五六年，那一場黑幫雙十大暴動……

「當時我的外籍頂頭上司勒令進行除三害行動，要我掃蕩賭檔粉檔妓寨，黃賭毒統統不留。那個時代，根本黑白不分、警黑勾結，這事談何容易……而且別以爲老頭有擔當眞的想打黑、想做出什麼翻天覆地的改變，他只是表面上是要我打擊黑幫活動，但內裡打的如意算盤，是想藉此事削我權力，非常陰險！不過這個老頭太天眞，他不知道香港沒了『警黑合作』的地下活動和地下秩序會亂成什麼模樣，所以我就跟震東合謀——我要他發起一場暴動，在三日之內，將香港弄至天昏地暗，日月無光。

「本來一切都在我的掌握之中……如果最後不是來了個龍捲風，這一仗之後，應該連港督也怕了我雷樂。算了，這個不談了！總之，那一役之後，龍捲風冒起，正式跟震東宣戰，那時候，兩大陣營鬥智鬥力，鬧得翻天覆地，風起雲湧！哈，精彩又戲劇的突破這時來了，那時候，阿 JIM 一如往常回來助拳，豈料一交手，才發覺陰差陽錯，龍捲風是他早前結識的一見如故的莫逆之交！兩人的友情自難再續，不過阿 JIM 心腸軟，他向震東求情，懇請他不要跟龍捲風鬥下去。震東惜才，開出了盤口，只要龍捲風肯歸順，『青天會』便既往不究……

「嘿，只是如日方中的龍捲風哪肯就範！震東體諒阿 JIM 的尷尬處境，最終親自出手，跟龍捲風一戰定江山，怎料到這一戰，震東居然大敗！就在龍捲風要對震東狠下殺手之際，阿 JIM 及時趕到，救回了震東一命……命保住，但江山就要拱手相讓給敵人了。龍捲風亦由那時開始，成爲了黑道第一人。」

「之後，我父親便退隱江湖，銷聲匿跡？」

「嗯。那一戰後，阿 JIM 離開了『青天會』，過著四處飄泊、居無定所的生活。震東亦撤出香港，過了台灣。」雷樂皺著眉頭：「後來，阿 JIM 偶爾會回來跟我一聚。」

「你最後見他是何時？你知道他去了哪裡？」

「大概因爲震東在台灣吧，他後來有一段日子，也在台灣定居。我聽聞那時有個女人跟他一起的。不過他的身邊一直就有很多女人，從來沒有一個可以留住他的，所以我也沒記在心上。不過印象中，他應該蠻喜歡那個女人……」

火兒記得自己的母親說過，她曾和父親在台灣生活過。他猜想，雷樂口中的女人，應該就是自己的亡母了。

「直至有天，震東突然從台灣回來，意圖東山再起，四周挑起戰火。可時不與他呀，一個是當紅炸子雞，黑道新天王；一個則是落水狗，夕陽遲暮，瞎子也知道勝算如何！我不斷勸他收手，叫他韜光養晦，潛龍謀定後動，但他不聽勸阻，誓要向龍捲風再下戰書！龍捲風本不欲應戰，但震東卻一再相逼，最終二人終於一決死戰。當日阿JIM在場，眼看震東不敵，便在最後關頭挺身而出爲震東擋下了龍捲風的致命一拳。可惜，阿JIM就算犧牲自己，亦救不了震東。那一拳威力太大，二人同時被轟進大海。兩日之後，震東的屍體給沖了上岸，至於阿JIM，相信已屍沉大海。」

找不著屍體，根本不可以斷定父親已經死掉。可是母親苦候多年，他都沒有回來……

火兒總算知道龍捲風與自己生父的過去，縱然那是一段不堪回首的往事。

「小子，我聽過你們跟雷公子的事，嘿，你知否他爲何要不斷狙擊你們？」雷樂饒有深意。

本來沉思中的火兒不禁揚眉，全身汗毛直豎，雷樂居然連這個也知道？

火兒直勾勾地望向雷樂，逼切希望聽到答案。

「因爲我是震東的堂兄——

「震東全名雷震東，雷公子就是雷震東的兒子。」

眞相，終於大白！

兜兜轉轉，終教火兒知道，雷公子不斷挑釁信一、雷公子殘忍殺害自己的兒子的實情，原來是關乎一段跨越兩代的恩怨。

火兒望著雷樂，立即意識到另一個更大的問題，他是震東的堂兄，即是雷公子的堂伯父。他們那一代人最是團結，一定會站在雷公子那一方。

「我知道你的心在想什麼，我既然對你說出這段故事，就不會插手你們的恩怨。」雷樂淡然說：「你是阿JIM的兒子，都算是我世侄，所以這一次，我誰也不幫。」

「多謝LOK哥。」火兒：「雷公子一心找『龍城幫』麻煩，我們一日未死光，他都不會罷手，所以這一戰，只有其中一方被徹底打垮才能停止。」

「世侄，我剛才說過，我把事情告訴你，你欠我一個人情。」雷樂直視火兒，霸氣外露：「我要你打爆雷天恩，成爲這一戰的最後勝利者！」

對於雷樂的要求，火兒先是一愣，但隨即心領神會。看雷樂說出雷天恩三個字的咬牙切齒，他就知道，二人之間應該已經斷絕血緣親情。

像雷公子這種無定向喪心病狂，先天就少了條筋，欠缺同理心，對任何人也會幹出意想不到的惡行，說不定，他也曾對雷樂幹下了什麼人神共憤的事情。不過火兒沒那麼八卦，今日他知道的內情已經夠多，不想再添一樁。

就算不是雷樂所求，「這個人情，我必會奉還！」火兒狠狠立下誓言。

得知父親跟龍捲風的過去，火兒離開雷樂的住所後，打了一通電話回港，把所知道的一切事情告訴了信一。

「原來世伯以前也是江湖人，而且跟哥哥是深交，難怪我跟你也一見如故啦，有些事眞的是早有定數。」

「也總算知道了雷公子咬著我們不放的原因。這幾個月他有沒有什麼行動？」

「暫時沒有，香港仍然風平浪靜。」

「我肯定他還會有下一步行動，你別掉以輕心。有什麼事立即通知我。」

「知道啦。你跟藍男在台灣過得怎樣？」

「很好，告訴你一件事情，你很快便要當舅父了。」

「哈哈，厲害，這麼快又搞大了藍男的肚子！」

「還有一事，我收到消息，聽說最近幾個月台灣地下拳賽來了個身型異常巨大的人，我看很可能是AV……我會全力尋找他的下落，一定要把他找出來。」

3.3 黑洞

往後數月，火兒走遍了台灣的地下擂台，尋找AV的下落，可一直都失望而回。

到底AV是否眞的來了台灣？又是否出沒於地下拳壇？火兒也不能百分百肯定。但一年前，他的門生的確曾在台灣街頭見過AV。火兒盤算，只要AV仍然身在台灣，地下擂台就是他最可能出現的地方。他依然認爲，AV體內流著戰鬥的血液，就算他意志跌到谷底，但本能還是會帶他回到擂台的。

這天，又有消息傳開，說一個逾六呎高的狂人在中正區的地下拳場中出現，傳聞還說，此人來自香港，言之鑿鑿。

火兒急不可待地走到那裡。他到場時，由於時間尙早，所以現場還未有任何觀眾。那是一個非常舊式的場地，擂台圈劃地爲界，簡陋而糜爛，但火兒卻覺得很親切，因爲這裡跟九龍城寨的競技場很相似。

火兒記得，當時他第一日踏入城寨，就在競技場上遇到了AV，二人不打不相識，曾經在那裡生死相搏，拚個你死我活，火兒還給他打崩了門牙，然後才巧遇藍男。

於火兒而言，那個競技場是他第二人生的起步線，若非踏上那擂台，之後或許很多事情都不會發生。

火兒很期待能再一次在「競技場」上遇到AV。他相信，AV既然再踏戰場，鬥志想必未滅。

地下拳賽大多都是晚上十點後才進行，距離正式比賽還有點時間，火兒百無聊賴的在附近看看。

他走到一間簡陋的房間，應該是拳手的休息間。

AV平時就在這裡準備比賽嗎？火兒如是想。

他眞的非常非常期待AV站在戰場上，技壓全場的樣子。

「先生，你是誰啊？」一個聲音從門口傳來。

火兒循聲而望，看見一個二十出頭、大概五呎七吋、鋼條身型的男人步入。

直覺告訴火兒，他應該是拳賽選手。

火兒打量著他，心想：這種角色，AV一拳便可把他轟死吧。

「我從香港來的。」火兒用極爛的國語說。

「哦，想不到我飛輪哥在香港也有粉絲，哈哈，想索取簽名嗎？」飛輪哥一臉得意。

「是……是啊……」火兒尷尷尬尬的，從口袋隨意取出一張鈔票：「請你簽在這裡吧。」

「哈哈，這張鈔票必定升值十倍啊！」飛輪哥在銀紙簽名。

「飛輪哥，請問這裡是否有一個來自香港的拳手？」

「香港拳手？」

「他大概六呎三吋，身型魁梧，拳頭非常有力的。」

「六呎三吋……」飛輪哥忽然想起什麼：「你是說拳王吧？他整天戴著口罩，沒朋友，像個啞巴一樣，不喜歡跟人說話，你是他的朋友嗎？」

飛輪哥所形容的人，跟火兒初相識的AV極相似。

「是他了，你跟他交過手嗎？」火兒難掩喜色：「他今晚會出賽嗎？」

「交手？」飛輪哥皺起眉頭，把簽了名的紙幣還給火兒：「他雖然曾經跟我站在同一擂台上，但嚴格來說他不算跟我交手，他只是我的拳靶。」

「他不是……拳王嗎？」

「對啊，挨打拳王呀，哈哈！」

「！」火兒心道：「AV當你的拳靶？你以爲自己是什麼東西啊！」

火兒不相信AV會當這種角色的拳靶，更加不相信他會是什麼挨打拳王，當晚他混在觀眾群中，希望可以再見AV的風采。

愈是接近開賽時間，火兒的心情也愈是緊張。他是非常非常期待跟好友重聚，但當他思索著剛才飛輪哥的話後，不安感便上升。

如果AV在這裡成了地下拳王，那個什麼飛輪哥斷不會夠膽胡亂吹噓，侮辱AV。

莫非AV眞的當上了拳靶？那也非全無可能，因爲AV失意於香港，相忘於江湖。經歷了那段人間悲劇，鬥志與雄心或許已經完全磨滅了，來到了台灣，無非是逃避。

AV失去了鬥心，也失去了爭雄之心，爲了生活當拳靶，也是合情合理的事。

人生總有機會遇到令你失落失意的事，寂天寞地，沉淪黑間是必經的過程，有些人可能會從此一蹶不振，跌入了萬劫不復的深淵，能否再次站起來，還得看意志與機遇。

於是火兒轉念又想，就算AV當了拳靶也沒什麼值得訝異，起碼他還有求生存的動力，算是很好了。

在這個情況下相遇，或許會令AV難堪，所以火兒混在觀眾裡，打算不動聲色地觀望AV的狀況，只要證實他在這裡，之後再找一個較適合的會面時機吧。

一陣歡呼聲響起，拳手終於出場，首先進場的是飛輪哥。

下一個進場的，會是AV嗎？

即將與好友重聚，火兒的心跳不由自主地加快。

火兒看見一個披著連帽斗篷的身影從正前方排開觀眾而入。由於他的頭套著帽子，所以看不清其五官。

當他踏入戰圈後，徐徐把連著帽子的斗篷脫下，終於露出了樣子。

不是AV。

那個拳手不算高大，其實單看身型就知道他不是AV。

火兒失望地呼了口氣，然後便安靜地看完這場拳賽。

看完了第一場比賽，火兒耐心等待，期望可以在下一場賽事中遇見故人。

等了一場又一場，直至全晚所有賽事結束，火兒始終等不到AV出場。

或者消息有錯，AV根本不在這裡當拳靶。

又或者，他已經離開了。

火兒步出場地，再次經過那個休息室時，聽到裡面傳出一個聲響。

「大灰熊，我要吐了，快拿袋子過來！」

火兒被大灰熊這名字吸引住，往內一看，只見一個拳手正要嘔吐，另一人匆匆忙忙地急找袋子。

「快一點，我忍不住了！」

大灰熊找不著袋子，急急忙忙地走到拳手身前，跪下來，竟然用雙手接住了拳手的嘔吐物！

「咳咳……算你靈敏，否則弄污了地面，霞姐便要你用舌頭把穢物舔乾淨啊。」

大灰熊不發一言，盛著嘔吐物，機械式地走到一角把穢物倒入廢物箱。連毛巾也懶得取，把掌心的穢物抹在衣衫上便算了。

火兒怔住——

因爲眼前這個被人作賤輕蔑的大灰熊，就是他最寶貴憐惜的摯友！

火兒終於找到好友，可他實在沒料到AV會淪落至此，從前那個競技場之神，遭遇大劫後，所有的鬥志已被磨蝕得一乾二淨，眼前這個人，眼神沒有神采，沒了靈魂，只是一具掏空了的失魂落魄的軀體。

火兒想叫住他，只是但覺喉頭很緊，鼻很酸，視線很模糊，滿腔苦水，他知道，若踏前一步去相認，只會落得非常難過的場面。

這不是一個重遇的好時刻，所以火兒選擇咬緊牙，在AV並未發現自己之前離開。

至於AV，上星期他的確還在當拳靶的，後來卻因爲他被打了幾拳就挨不住，所以他便連被打的資格也失去。

AV打掃完休息間，領著跟豬餿差不多的廉價飯盒，走進一條又暗又濕的巷子。巷心有一以木料搭建的木箱，AV走到木箱前面，拉開前方的木板，立即湧出一陣霉味，還有幾隻老鼠鑽了出來。

AV若無其事地走進那狹小的「房間」，撥走了床上的老鼠屎，就坐下來吃著飯盒。下雨了，雨水沿著木縫一滴滴的落在AV的身上，床板跟飯盒都被雨水弄濕了，可是他仍然不當一回事。

跟這裡相比，AV以前在城寨的天台屋簡直是豪宅。

自親歷小優被肢解那天起，AV的人生已跌入黑洞，活得再沒尊嚴也沒關係，就算被那班小嘍囉侮辱，甚至跟老鼠同眠，又有什麼所謂？

反正他的人生不再有任何色彩，以後的日子，就如一頭行屍般活著就算。

其實火兒並沒走遠，他一直在遠處望著AV，看得心如刀割。

他很想很想走上前把AV帶走，但又不知該怎樣開口說第一句話。

ＡＶ雖然鬥志全失，但他會想讓昔日的朋友瞧見自己這個樣子嗎？

在這情況下重逢，一個搞不好，ＡＶ隨時會一走了之。若再一次失去他的蹤影，又不知要花多久才能找得著他。

這個人曾經奮不顧身地跟我同生共死，與我度過了一個又一個的難關，如今他弄成這個模樣，我卻只能呆呆地站在遠處，什麼也做不了。

我，還有什麼資格跟他稱兄道弟？

那一晚，火兒最終也沒有出現在ＡＶ面前。

第二晚，ＡＶ依舊在那間骯髒的休息間打掃。

拳賽班主走進來，拍打了ＡＶ背門一下：「大灰熊，你走運了，小鋼炮的對手臨時無法上場，你頂上吧！這是你再次進軍拳壇的好機會，一定要有好表現啊，別像上次那樣，三拳便給打倒，最起碼也要挨上兩個回合呀！」

ＡＶ聞言，沒什麼反應，繼續打掃。

班主一手奪去ＡＶ的掃把，一腳踢向他的屁股：「立即給我換上拳手衣服出去比賽！撐不到兩個回合的話，你便準備收拾包袱，回去吃自己吧！」

爲了可以繼續做這份工作，ＡＶ縱然萬個不願，也都換了衣服，再踏擂台。

ＡＶ的對手小鋼炮比他矮了一截，鋼條身型，是個輕量級拳手。

論體型，小鋼炮輸了九成，可他面對著ＡＶ不但沒有怯意，還十分囂張地在對手面前揮空拳。

「大灰熊，拿出你的本領來，別太快倒下啊！」小鋼炮笑說。

賽事開始，小鋼炮搶先進擊，在ＡＶ身上打出一輪快拳。

轟轟轟轟轟轟！小鋼炮一連打出六拳，速度是有的，力度也不俗，但跟ＡＶ相比，還是相差甚遠。

不過ＡＶ已經不再是昔日的ＡＶ，竟被這種力量轟得節節後退。

一輪猛轟過後，下一輪攻勢又再來了。

又是一陣快打，浪接浪式轟在ＡＶ的面門。

不斷地命中，不停地噴血，曾經稱霸城寨的競技場之神，如今就如死魚般，任人魚肉。

也不知中了多少拳，ＡＶ終於感到一陣暈眩，半昏半醒之間，腦袋出現了往昔的片段，全都是他跟小優的畫面。

他與她，跟很多尋常戀人沒兩樣，吃飯、看電影、到遊樂場玩過山車、偶然會因生活的小節吵架。

她會手忙腳亂地爲他煮一頓飯。

他也會在特別日子做些小手工。

沒有驚天動地的轟烈情節，只是人世間幾十億人中平凡的一對。

活得簡單，卻開心。

他們本可快快樂樂地走下去。

現在，卻只能夢中重聚。

是雷公子，把AV生命的全部都奪走！

一想到雷公子，AV的情緒終於出現了起伏。

放鬆了的手，似乎想再次握緊，可其中一掌，卻好像使不出勁來。

當日AV在澳門爲了與信一取得逃生機會，不惜以鐵鎚把自己的掌骨砸碎。

他的左手，至今還未復元？

人活在世上，絕不可欠情。有了情，人就會發光，有衝勁，有動力。

AV斷定了此生再也找不到一個可以令他動情的女人。那麼，他的餘生還有什麼意義？活下來還有什麼價值？

如果可以，就把有關小優的記憶都刪除了吧，沒了那段生命中最快樂的時光，就不會過得如此痛楚。

但回憶卻很恐怖，愈想忘掉，愈是蝕骨。

從前一起走過的每條街道，都充滿了小優的影子，如今卻只得AV孤獨面對。

在失去妳的風景裡面，妳卻佔據了整個世界（注）。

AV必須要逃離充滿了小優氣味的地方，卻原來，逃到哪裡都沒用，那些片段還是一直追隨著他。

身受密集轟擊，ＡＶ感到頭昏腦脹，迷迷糊糊。

就這樣被轟死也不錯啊。

也許在來生的某個明天，我們能再寫新的情節（注）。

相忘過去……

一步步完成最美殘缺（注）。

快把我轟死吧。

我好想可以再次見到小優，好想可以離開這個世界。

我已經生無可戀，爲何還要讓我活著？

如果要死，ＡＶ大可選一座高樓大廈跳下去，一了百了，所有的恩怨與煩惱也都煙消雲散。

未走上輕生這一步，只因他還有未了的心願。

大仇未報，死也遺憾。或許連ＡＶ自己也不知道，在他體內的復仇之火其實還沒完全熄滅，只是等待一個重燃的機會。

不知中了多少拳，ＡＶ終於倒下。最終他還是挨不到一個回合。

「你這個廢物眞沒用，連一個回合也挨不了！」

休息間內，班主大動肝火，對ＡＶ大吵大鬧，拳打腳踢。

注：五月天的《步步》歌詞。

「我給你工作，給你食宿，你連一個回合也挨不了，你還有什麼面目留在這裡？你這廢物給我滾！」

「老闆……請再給我一次機會……」

「機會是留給有準備的人！並不是留給你這個廢物！滾！給我滾得遠遠的！」

班主一腳踢向AV的屁股，AV連爬帶滾地走出休息間。

步入後巷，AV準備取回屬於他的那張被鋪，然後又再漫無目地找上另一個落腳點。

他的住處傳來了一陣味道，竟令墮落了的靈魂，重現生氣。

這個味道，AV一生都不會忘記。

床板上，放了一個尋常飯盒，旁邊還有個破舊的面具。

平凡的飯盒，卻裝住了千金不換的事物。

AV拿起飯盒，淚水模糊了視線。

世間還有什麼東西可令AV動容？

抖震的手緩緩把飯盒打開，一陣熟悉的叉燒味道湧入鼻腔，叫AV全身的神經也跳動起來。

在其他人眼中，這盒只是個比較出色的叉蛋飯，但對AV而言，卻意義重大。

因爲內裡記載了他們一起流過熱血熱汗的——友情故事。

AV拿起了筷子，慢慢吃著這盒飯。

每一口，也都叫AV回味無窮，也都叫他難以忘懷，喚起了他一段記憶。

在他失落的日子裡，有一個人曾經伸出援手，讓他再一次重拾希望。

AV抬頭，這個人又再一次在自己人生最黑暗無助的時候出現。

火兒露出了苦澀的微笑，淡淡的道出一句：「兄弟，吃飽了，我們就走吧。」

AV的淚水已不能自已，湧出了眼眶。

到底一個大男人，情緒激動到哪一個點才會在另一個男人面前落淚？

那感受，相信非筆墨所能形容。

走過崎嶇，踏遍泥濘，AV的人生嚐盡了苦頭，直到此刻，他還是可以抬起頭來，因為就算失去了所有，在他的人生裡，有幾個朋友始終未曾離棄他。

—醫院—

「醫生，他的身體沒大恙嗎？」我閉著眼睛，矇矓間聽到火兒的聲音，似遠還近，疑幻疑真。

「這大塊頭……呃……你朋友的復元能力很好，送來時是營養不良，吊了三天點滴，已經沒事了。拳頭的斷骨，也癒合得很理想。只是……」

別吵，我好睏，讓我睡。

「只是什麼……」聲音變小，大概是火兒拉著醫生走遠了，「……為何他好像總是迷迷糊糊、神智不清的？」我想回答火兒我沒事別擔心，但話哽在喉頭，無力開口。因為我真的好睏，讓我睡吧。

「一切都檢查過了，應該跟生理無關。那就是說，是心理問題，看來轉由精神科醫生診治會比較好……」我瘋了嗎？不管了，好睏好睏好睏，讓我一直睡下去吧。

小優在喚我，說要去找她呢！

第四章

Chapter Four

4.1 藥引

重遇AV後的兩個月。

火兒離開香港已經一年了。

自「龍城幫」龍頭爭戰結束後，香港江湖平靜了好一段日子。

狄秋因雷公子的關係打敗信一，爲免欠了雷公子，於是便把收回來的地盤，把三成割讓給「天義盟」，還了這筆孽債，從此各不相干。

雷公子心裡奔湧著黃金血脈，躊躇滿志，誓要在香港黑幫幹一番轟轟烈烈的偉業，遂大打銀彈政策，廣納人才，一年間已羅致了百多名甚有名氣的江湖明星加盟。

「天義盟」有財有勢，霸氣大盛，已不再是當日的夕陽幫會。

此刻「天義盟」已可跟「龍城幫」、「架勢堂」並駕齊驅，擁有黑道大幫的架勢。

雷公子用一年時間招兵買馬，加固勢力，目的就是要爲下一輪戰事做好準備。

時候已差不多，沉寂多時的江湖，在這個烏雲籠罩的黑夜裡又再泛起暗湧。

「架勢堂」叛將土撻，水鬼升城隍，被雷公子委以重任，成爲九龍城區的頭目，每晚伙同B輝及鱷魚在區內招搖過市，霸道橫行。

這夜，三人由一班門生簇擁，在九龍城區內一間酒吧消遣，個個酩酊大醉。

天快光，他們卻如死魚般躺在大廳的沙發上，沒有離場之意。

一名酒吧長髮保安走到士撻面前：「士撻哥，我們打烊了，麻煩你們先結帳吧。」

「你說什麼？最近耳屎較多，聽不清楚你說什麼，給我大聲點再說一次。」

「我說我們要打烊，請你們連同前兩天的帳一同算清，然後離開！」長髮保安大聲說。

士撻突然站起，對長髮保安大吼，食指直戳他的胸口：「這麼大聲，耳膜也給你震破了！」

「你敢在我的地方動手動腳？你知不知道我長毛是誰呀？」長毛撥開士撻的手：「我是逆鱗哥的門生呀！」

「逆鱗？誰呀？」士撻問門生：「你們有沒有人知道逆鱗是誰？」

士撻門生聳肩搖頭，一副全不知曉的樣子。

「喂！沒有人認識你老大呀！你凶什麼？站著等拍照嗎？滾去後台啦！」士撻突然驚覺：「我想起了，對不起、對不起，我記起逆鱗是誰了，是『龍城幫』的龍頭太子喔。」

「不想逆鱗哥出手，你最好就結帳，然後滾出門口。」

「『龍城幫』？以前就惡，被『天義盟』打殘之後已經變成了夕陽幫會啦。現在九龍城是我們的天下！」士撻氣焰十足：「我士撻做好心才來這個爛場沖喜一下，你還敢向我收錢？別拿逆鱗來壓我，在我眼中，他只是一個靠老爸罩的——裙腳仔（注）！」

一句「裙腳仔」叫長毛難以再忍，當下就發難，向士撻動手。

注：廣東俚語，意指長不大的男孩。好像小孩子出門或撒嬌時還要拉著媽媽的裙下哭啊哭啊。

這下中正士撻下懷，他的橫蠻挑釁，爲的就是要惹火對方。

「要打嗎?正合我意!」士撻二話不說執起酒樽，往長毛的頭砸下去：「吃屎啦!」

士撻出手的同時，B輝與鱷魚亦加入戰陣，向另外幾名保安動武。

「天義盟」早有開打的打算，故一動手便執起酒樽或長凳作武器，毫不留情地轟砸對頭，不消一刻便把長毛的人打個落花流水，離開前還大肆破壞一番。

「以前聽人說過，『龍城幫』猛將如雲，個個都很會打。哈，時移勢易，在我們跟前，你們連屎也不如呀。叫你那個什麼威威老大盡快執包袱回新界吧，市區的路不適合你們!」

拋下極盡侮辱的話，士撻等人便大刺刺地步出酒吧，留下了一條引爆新一場江湖風暴的導火線。

火爆的逆鱗得知此事，怒得全身毛孔噴火，立即請示狄秋，要求出兵反擊「天義盟」。

老圍村內，參天樹下，狄秋、逆鱗與孟大成進行內部會議，只要狄秋首肯，逆鱗就向「天義盟」發動戰火。

自從信一打敗了仗，撤出陣地後，九龍城就換上逆鱗坐鎮，狄秋則照舊留守元朗。

「『天義盟』擺明就跟我們對著幹，以爲信一敗走，九龍城就是他們的天下!」逆鱗大動肝火：「不用說了，打吧!」

狄秋反應平靜，呷了口茶，淡淡的說：「士撻顯然就是想惹你出手，難道你看不出來？」

「當然看得出啦！那又如何？我們正好藉此機會跟『天義盟』攤牌，順便把他們轟出九龍城！」

逆鱗望向孟大成：「大成叔，你認爲如何？」

「廢車場一戰，『天義盟』令我們揹上殺害同門的污名，我早已想跟他們開打了！」孟大成吼道：「我贊成逆鱗出兵！就決定開戰啦！」

「老三，都一把年紀啦，脾氣還是一點也沒變，衝動只會蒙蔽理智。這一次或許是個別事件，我們就這樣向『天義盟』開火，就隨時會演變成一場幫會戰爭。」狄秋放下茶杯：「最大問題是，一旦開打，你們有多大信心可以取得勝利？」

雷公子這一年不斷招兵買馬，加上邢鋒、虎青、King Kong等強將坐陣，「天義盟」的確已經不可同日而語。相反「龍城幫」除了逆鱗之外，好像沒有什麼有實力有台型的明星級人物。

其實狄秋不是沒想過加強幫會的陣容，可一年前的大戰，雖贏了場仗，卻輸了名聲，就算用上甘詞厚幣，也未能邀到強手加盟。

「龍城幫」落到自己手上後，整個幫會就好像被一條大鐵鍊綑綁著一樣，任他如何努力也難有發展。

這就是命運，生來沒有帝皇命格，就算給你登上天子帝位，也只會影響國運，令朝代腐敗，遺臭萬年。

已活到人生的最後一站，理應過著平淡而快樂的退休生活，可就因爲憋在心裡的一口氣，令狄秋一直未放棄過逐鹿江湖的野心。

最終如願以償，登上了龍頭大位，才知道高處不勝寒。地位攀得愈高，便愈喘不過氣。

事實上，狄秋根本不夠魄力去面對這個紛爭不斷的江湖，也適應不了那個詭譎多變的世界。

事已至此，狄秋可以做的，就是盡量不往負面方向去想，麻醉自己說，這只是過渡吧，當一切重上軌道，萬事就會順暢起來。

他深明打仗不僅是拼頭腦及實力，還要拼雙方領袖的意志與運勢。既然今日運勢偏向對方，就沒必要跟他們硬碰。

當下狄秋便致電宋人傑，希望盡快平息事件。

「宋人傑，一早說好了我們兩邊在九龍城各自發展，互不相干，你們『天義盟』卻無端生事，士撻今晚打傷了我的人、搞砸了我的場子，你如何交代？」

「狄爺，別動氣，我了解過了，這次的確是士撻有錯，唉，年輕人血氣方剛嘛，一衝動就亂打一通，我已經訓誡了他，希望狄爺海涵，原諒他一次啦。我會賠償你一切損失。」

「錢，我們從來不欠缺。最大問題是長毛被士撻轟個頭破血流……」

「明白明白，打傷了你的人，是我們不對，過幾天我給狄爺擺幾圍和頭酒（注），當面向你賠罪好嗎？」

「嗯，別再有下次。」

「絕對不會，嘻嘻。」

老人家總要顧全面子，加上他本來就不想開打，宋人傑的低姿態，狄秋怎會不接受，立即步下台階？

「怎麼啦，狄秋這臭老頭一聽你低聲下氣，是不是怒氣全消了？」

「雷公子果然料事如神，什麼事情都逃不過你的法眼。」

銅鑼灣麻雀館內，幾個「天義盟」核心角色，雷公子、宋人傑、士撻、邢鋒及虎青在商議幫會下一輪發展大計。

「我聽明已是人所共知，不用你多說了。」雷公子叼著雪茄：「我們肯擺和頭酒，臭老頭一定會以為這次是個別事件，哪會想到我有意對付他。擺和頭酒，即是公告天下，我把他們壓著來打，這麼顯淺的道理也不知曉，狄秋就注定要當我扯線布偶，被我一直地牽著走呀，哈哈。」

「哈哈，沒錯沒錯，誰跟雷公子鬥，都只有死路一條啊。」宋人傑陪笑附和，然後看了看腕錶。

注：指黑社會之間為解決糾紛而設的酒宴，在武俠小說中也經常使用，指武林幫派之間為和解而擺的酒席。

「幹嘛你一直看錶，很趕時間嗎？」

「我媽媽進了醫院，所以……」

「宋人傑，你幾時做了醫生？」

「哦？」宋人傑一臉不解：「我沒有做醫生啊。」

「你既然不是醫生，你老母入了院與你何干，你能夠醫治她嗎？」

「我……只想去看看她……」

「你知不知道你每月收我多少錢？現在開會，你竟跟我說去探病？你有這麼孝順嗎？」

宋人傑臉色一沉，垂下頭默不作聲。

「怎麼啦？板起臉，對我很不滿嗎？」雷公子突然站起大喝：「我問你是不是很不滿我呀？」

「不……」

「雷公子，別動氣。」邢鋒把雷公子的怒氣壓下：「這個會有我和虎青就可以了，不如讓他走吧。」

「這次你走運，有邢鋒替你說話。」雷公子坐下來：「滾！」

宋人傑垂頭喪氣地退場，離開前，望了邢鋒一眼，以眼神報謝，若非邢鋒，今天定難走出這個房間。

「廢人走了，我們繼續。」雷公子：「『龍城』那邊蜀中無大將，狄秋那老鬼比老油條還要老，根本無力擴展。不過逆鱗血氣方剛，只要我們再主動出擊多一兩次，他肯定不理狄秋，向我們出手。」

「下一步，你想我們怎樣做？」虎青。

「土撻，這幾天你什麼也別做，每一晚帶幾個手足到『龍鳳茶樓』飲茶食包就可以了。」雷公子蹺起腿：「虎青，明天你跟B輝鱷魚繼續在逆鱗的地盤鬧事，務必要把他惹火爲止。」

「你叫我做善事就難，惹是生非我最在行！」虎青露出令每個孩子都會作噩夢的笑容。

「邢鋒，這幾天你可以歇歇，很快就有讓你發揮的機會。」

「知道。」

「我敢保證，不出一個月，狄秋便會把『龍城幫』的地盤輸得乾乾淨淨——九龍城寨將會落在我雷公子的手上！」

雷公子正爲鯨吞「龍城幫」的大計而感到興奮。

但「天義盟」傀儡龍頭宋人傑卻不在狀態，離開麻雀館後，飛奔到醫院去。

「媽媽，妳今日精神好像不錯啊。」

「是嗎？」宋母臥在病床，氣若游絲：「傑仔，我知道你工作繁忙，如果沒空就不用每天來看我了。我也快八十歲了，活到這把年紀已經很足夠。醫生說我大概還有半年時間，我不想做化療了，讓我舒舒服服地走完餘下的日子吧。」

「嗯……」

一想到跟母親的相處日子已經不多，宋人傑一陣哽咽，說不出話。

宋人傑雖然視錢如命，陰險奸惡，但卻是個孝順兒，自兩個月前得知母親患了癌症，已花了近百萬醫藥費，再忙也好，每一天都抽出時間探望母親。

為了見母親一面，試過失約雷公子，被慘罵了一頓。

接下來「天義盟」將要跟「龍城幫」打大仗，必定要跟雷公子頻頻開會，偏偏母親又在這個時候患病，叫宋人傑好不頭痛。

「叮叮……」

宋人傑的手提電話響起，嚇得他的心跳也急了。

這個時候會是誰打來？宋人傑當然心裡有數。

「喂。」

「喂，廢柴，我們開完會，現在去按摩，出來啦。」

「雷公子……」

「別跟我說沒空啊，快出來。」雷公子說完便掛線。

宋人傑望著瘦弱的母親，真想放下幫會業務陪母親走完最後一段路，可他知道，若跟雷公子提出請假，不但會被否決，從此更會事無大小也找他一輪。他當然並非看重宋人傑的能力，而是世上有不少老闆，明知你有要事，他反而會在這時候加重你的工作，讓你分身不下。

「傑仔，你快點去工作吧，下次再來探我。」宋母慈祥一笑。

「嗯，那妳好好休息。」

宋人傑步出醫院，心仍繫著母親的病情，每一次離開，他都好怕會是永遠的別離，所以他眞想可以在餘下的時間裡，多一點留在母親身邊。

奈何他搭上了一個全無同理心的喪心病狂，可說惡果自招。

4.2 備戰

虎青坐言起行，第二天就帶著一班同門在逆鱗的地盤大搖大擺，儼如土皇帝出巡。走了一陣子，終於在街頭上遇到逆鱗門生長毛。

「龍城幫」活躍於這一帶，虎青要製造這一場狹路相逢，並不是難事。

昨晚被打了一頓的長毛，一見虎青，那股無名火立即湧上來。

狄秋不想跟「天義盟」開打，故此著逆鱗向門生下令，就算遇上了「天義盟」的人，也不要跟他們作正面衝突，待和頭酒之後，這宗小磨擦自會化解。

這當然是狄秋一廂情願的想法。

上頭有令，長毛唯有生吞怒火，把對方當作透明便算。

兩幫人在狹窄的街道碰上，只有一方讓路，另一方才能通過，否則兩方便會碰個正著。

虎青仰首闊步，趾高氣揚，就算跟他沒有過節，看一眼已經有打他的衝動，何況長毛。

兩幫人愈行愈近，虎青是沒有讓步的意圖了。

至於長毛，他知道繼續往前走的話，兩方一定會有身體接觸，難免動武。

對方人強馬壯，一旦打起來，自己可以應付得來嗎？

再打輸，不但會一再影響「龍城幫」牌頭，還會被上頭降罪。

虎青走到長毛面前，長毛想了想，雙腳往橫站開。

算了，還是忍一時風平浪靜吧。

虎青在長毛身邊經過時，斜睥一眼：「垃圾幫會出垃圾。」

「你說什麼？」長毛一怒。

「Sorry，我說錯了話，更正一下，我不是單單針對你啊⋯⋯」虎青把醜惡的臉壓向長毛：「我想說，你們全部都是——垃圾。」

「你食屎啦！」

任長毛如何能忍，也吞不下這口氣，他已管不了己方的實力，向虎青出手。

這就正中了虎青的下懷了。

一小時後，長毛一眾被打得鼻青口腫，回到九龍城寨，把剛才的經過告知逆鱗。

得知事發經過，逆鱗不發火才怪。當下就動身發動大反擊，帶了十幾名門生直搗「天義盟」九龍城區的檔口，掃平了幾間夜場。

與此同時，虎青亦率兵攻打元朗，以雷厲風行的手段，夜襲「龍城幫」地盤。

雙方人馬各有各掃，虎青逆鱗兩大主將始終「緣慳一面」，沒有碰上。

一夜之後，整個江湖都瀰漫著一陣嗆鼻的火藥味。誰都知道，「龍城幫」與「天義盟」的戰爭即將升級。

這次反擊，逆鱗事前並沒有知會狄秋，狄秋深知如果不介入，大戰的火頭肯定會愈燒愈紅，當下致電宋人傑問明事況，但一直未能跟他聯絡上，老江湖知道對方有意迴避，事情似乎已脫離自己所能控制的範圍。

第二日狄秋急召逆鱗回巢，共商對策。

黃昏時分，宗親會內，除了狄秋、狄偉、逆鱗、孟大成幾個核心人物外，還有幾名資歷深厚的元老級角色。

一片呑雲吐霧，個個神色凝重，只因幫會正要面臨一場狂風暴雨。

「我早就說過，『天義盟』不懷好意，不用跟他們客氣！」孟大成火氣十足。

「虎青明顯有心搞作對，我們不反擊，『龍城幫』三個字以後放在哪裡？」逆鱗怒氣沖沖：「不用再考慮了，打吧！」

「老四，你有什麼看法？」狄秋吸著長煙斗，強自鎮靜望向狄偉。

「我覺得虎青只是執行指令，眞正想搞事的人是雷公子。」狄偉。

狄偉所說的，狄秋當然也想得到，只是他很不希望自己猜中。

不想發生的事，始終也要來了。由當日雷公子借意近身開始，計畫便開始進行，跟狄秋翻臉也是按照劇本發展，接下來便要展開兩幫大戰，終極目標就是要打垮整個「龍城幫」。

想到這裡，狄秋心中冒汗，如果以上的全部成立，那麼大戰就無可避免，最大的問題是，我方到底有幾多籌碼跟對方打？

「狄爺，你還想什麼，既然姓雷不仁在先，我們便決定奉陪，趁機轟爆『天義盟』！」

孟大成聲如洪鐘。

「我怕被轟爆的是我們啊。」狄偉。

「你說什麼呀！你怕死可以縮入被窩，反正我也沒有算上你會落場！」孟大成說得面紅耳赤。

「現在是否要狗咬狗骨？你是不是覺得我還不夠煩，要爲我增添麻煩？」狄秋怒目圓瞪，大力拍桌。

「對不起……」

「老四，繼續說。」

「我們元朗的兄弟甚少參與大型武鬥，雖然逆鱗及老三的手下比較會打，但只限於部分人馬，但我們只擅打短途戰，只怕這場仗一旦持續下去，會不利我方。」

「都說你不懂，誰跟他們打長途戰？『龍城幫』專出武將，我們從來都是以快打快，靠拳頭打下整個江山！」

孟大成振振有詞，狄秋、狄偉兩兄弟卻不發一言，因爲他們都知道，「龍城」的確是靠拳頭打響旗號，不過靠的卻是龍捲風的拳頭啊。

狄秋一直眉頭緊鎖，遲遲未能作出決定。

此刻的狀況，實在叫他好不煩惱，剛上任龍頭不過是一年時間，當然不想在位期間有任何大事發生。但「天義盟」一再挑釁，選擇沉默，幫會便淪爲笑柄，以後都抬不起頭來。選擇開戰，又有多大勝算？逆鱗加上孟大成，會是邢鋒、虎青之敵嗎？

狄秋憂心什麼，逆鱗早就知道，但來到這個情勢，其實已經沒有回頭路可以走，唯一能夠做的，就是拚盡全力迎戰「天義盟」。

「老爸，有些事是無法避免的，想求安穩的話，不如去做政府工。既然選擇這一條路，就預了在刀口過活。」逆鱗：「相信我，給我們打吧。」

「好吧……」狄秋已經沒了主意：「這不是一場易打的仗，你有沒有什麼策略？」

「『天義盟』於九龍城的地盤集中南角道，我收到消息士撻每一晚都跟幾名同門在『龍鳳茶樓』喝夜茶。我會兵分兩路，第一戰線由我帶隊，殺上酒樓，一口氣把他們趕盡殺絕！」逆鱗早有打算：「另一隊人由大成叔領軍，守住下面，防止『天義盟』湧上來幫手。士撻是他們的主將，只要把他轟個一敗塗地，定能大挫『天義盟』的氣焰。打仗從來都是打勢，只要成功造勢，我們就可以逐步打下去。」

狄秋對逆鱗的戰略似乎不表樂觀，打敗了一個士撻，還有虎青、邢鋒、King Kong……逆鱗可有能力一層一層打上去？

但事到如今，還有什麼更好的辦法？就算避戰，「天義盟」始終會找上門來。放手一搏，或許會有勝利的機會，最起碼，可以守住尊嚴。

當年龍捲風不是以弱勝強，把比他強大的對手打垮嗎？說不定逆鱗能創造另一段江湖神話。

「逆鱗，這一戰就靠你了。」

一錘定音，此戰由逆鱗擔當領軍元帥，揮軍直擊「天義盟」巢穴！

4.3 生擒

「龍鳳茶樓」內，士撻跟幾個門生坐在正中央，高談闊論著自己近年的豐功偉績。

「『天義盟』之所以能躋身江湖大幫，其中原因，當然是我士撻的加盟！不是我自誇啊，這一年有我參與的戰役，全部大獲全勝。那一次在廟街，若非邢鋒出手阻止，吉祥已經死在我的刀下，不過來日方長，殺吉祥是早晚的事，就讓他多活些日子吧！」士撻意氣風發：「『龍城幫』已近夕陽，很快我便可以把他們打垮，從此九龍城由我們『天義盟』作主！哈哈哈哈……」

士撻大笑的同時，逆鱗帶同十幾名門生，手持武器殺上酒樓。

「士撻，我現在便來收你！」逆鱗大吼：「兄弟們，上！」

「龍城幫」來了，士撻等人立即從桌底下抽出利刀，迎戰逆鱗。

「你以爲我會中門大開等你來嗎？」士撻持刀衝向逆鱗：「打敗你之後，整個九龍城就是屬於我士撻的！」

士撻自吹自擂，面目可猙，逆鱗甚覺討厭，今天就算不殺他，也一定要斷其一臂，好讓他知道「龍城幫」並不好惹。

逆鱗力聚一臂，劈出勢如破竹的一刀。

士撻雖見逆鱗的刀勁厲烈，卻自信可以把它擋下來。

「乒」的一聲，兩刀交擊。士撻一擋之下，人如炮彈般往後急飛，直至撞上一道樑柱才能停下。

未跟逆鱗交手前，士撻還以爲他只是個靠父蔭上位的富二代。交過了手才知道，逆鱗的確擁有當江湖大哥的實力。

逆鱗提刀再上，欲以最短的時間把士撻砍個倒地不起。

「士撻，你死定了！」

士撻一直矮化「龍城幫」，逆鱗早已瞧他不順眼，此刻就要把積儲的怒火發泄在士撻身上！

逆鱗殺氣暴現，直奔士撻之處，突然感到腦後生風，正想回頭，頭顱卻被一個茶壺砸個正著。

茶壺爆破，熱水撒滿頭上，如被火燒的灼痛感覺湧上臉上。

「上次本大爺讓賽才令你脫身，今次無人可以再救你！」

逆鱗認得出那個聲音，他就是當日在元朗自稱火兒、跟自己一戰的虎青。

逆鱗睜眼一看，面前除虎青外，還有二十多名刀手從廚房步出，已知著了對方的道兒了。

「裙腳仔，你以爲自己好聰明，帶十幾個嘍囉來便可以打倒我士撻嗎？空有一股蠻勁有什麼用，出來混最重要的就是懂得用腦。」士撻一見己方形勢大好，就露出不可一世的臭臉：「你沒有我士撻的才智，就注定要吃敗仗！兄弟們，把他們殺個片甲不留！」

「我就先殺了你！」

逆鱗欲上前了結士撻，可身後的虎青卻如一台鏟泥車般衝過來，逆鱗唯有轉身先應付虎青。

上一次虎青奉命拖延逆鱗時間，未能出盡全力，這一次終可毫不留情的盡情一戰。

二人再次交戰起來，鋼刀交碰之聲連綿響起，幾秒間已各自砍出了十幾刀，刀刀凶險。

兩人實力相若，劈出的刀或是被擋格，或是被閃開，暫時未有一方佔上便宜。

論力量，二人不相伯仲，但論身手，逆鱗應在虎青之上。

拚了一輪，逆鱗見虎青橫刀迎來，矮身避過，便順勢劈向虎青的腳踝。虎青見勢不對，立即退步閃開，刀鋒僅在足尖擦過，再遲半秒，恐怕一腳被便斬下來了。

未讓虎青回神，逆鱗反手一刀從虎青的褲襠直下而上，眼見寒芒一閃，將要把自己的下體割裂，虎青刀向下壓，及時抵住逆鱗絕後一刀。

「想我絕後？你好陰毒呀！」虎青一吼，把逆鱗的刀震開。

暴吼一聲，虎青往前猛衝，發了狂般在逆鱗身上出刀，橫劈直斬，雖無章法，卻刀度萬鈞，逆鱗邊擋邊退，以守代攻。

虎青這種蠻打爆炸力雖強，卻極耗氣力，逆鱗只要保持守穩，便可以在他回氣之時做出反擊。

就在一攻一守、爭持不下之際，逆鱗突感背部一寒，中了一刀！

得逞士撻大笑：「以為你有多厲害，還不是被我劈中！」

逆鱗冷眼橫瞅，瞧見士撻偷襲成功後，立即退到老遠，盡顯小人真本色。

他那陰險狡黠的模樣，看得逆鱗雙目噴火，只想一刀插入他的喉頭，將他醜惡的靈魂粉碎。

「他媽的！」

逆鱗欲把士撻殺之而後快，一轉身，虎青便在他的臂上劈出一道血光。

「跟我虎青哥對打竟然分心，十條命也不夠你死呀！」虎青再次提起手中的開山刀，直砍逆鱗。

先幹掉士撻這個念頭一瞬即逝，因為眼前還有個孔武有力的大漢死纏著他，打不過虎青，莫說殺士撻，就連全身而退也不能呀。

目前最重要的，還是要集中精神跟虎青一戰。

二人又交了十幾刀，虎青想不到使盡力氣仍不能把逆鱗擊倒。

「士撻，到你！」

虎青大喝一聲後，即往橫閃開，逆鱗大感不妙，往前一望，只見銀光霍霍，十幾把利刀，直朝自己飛擲過來。

一切來得太快，逆鱗已無從閃躲，急忙交叉雙臂，護住頭部。

嗖嗖嗖嗖嗖——

利刀如亂箭飛射，逆鱗身上被劃了一道道血痕。

痛感未散，腹部又中了一記猛轟，原來虎青及士撻連同幾名門生合力把一張大圓桌往前推，撞向逆鱗。

逆鱗掉了手中刀，忙以雙掌握著桌邊，竭力抗衡。

可雙手怎能敵眾？逆鱗被猛力狂壓，一直往後退，背門撞上石柱，退無可退，唯有把全身力量聚於雙臂，就算明知不敵，也盡全力的做最後抵抗。

「死到臨頭還浪費氣力，你鬥得過我虎青嗎？」

虎青暴喝，加猛推力，任逆鱗如何頑強也難抵巨大的衝擊力，雙臂一軟，腹肚便又吃了一記撞擊。

受此一擊，逆鱗痛得嘶聲大叫，一股熱氣湧上喉嚨，大蓬鮮血便從口腔狂噴而出。

身處九死一生的逆境，聽到己方的兄弟慘叫，放眼所見，不少同門已倒在血泊中，死不了的，只有負隅頑抗。

大勢已去，加上敵眾我寡，這一戰已經有了結果，身處困獸鬥的手足們，早晚也會死在亂刀之下，要全身而退近乎沒可能了，至少要讓還沒倒下的兄弟走出戰場。

逆鱗心中吶喊：「救得一個是一個！」湧起一股力量，反手按著桌底，猛力一抽，便把桌子翻起。

掙脫窘境，逆鱗便即拾起一刀，想也不想就往前衝，以最快的手法把刀鋒砍入敵人肉體。

逆鱗就似迴光返照，全身突然注滿了能量，出手極快極狠，斬倒一人，隨即抽刀砍在另一人身上，相當俐落。

不斷揮刀的逆鱗，只為兄弟殺出血路，右手握刀狂砍，左手抓住同門的臂膀，一個一個的把他們推到樓梯間逃生。

「走呀！」

救了幾人後，逆鱗漸覺乏力，定下神來才發現自己滿身是血，原來剛才混戰期間，在砍人的同時，也身中了對方十幾刀，只是強大的意志充當了麻醉劑，暫時忘卻了痛楚。

但劇鬥撕裂了傷口，痛感升起，令逆鱗的戰鬥力大減。

逆鱗停下手，喘著氣，他一個人，一把刀，面對的是一班大漢，一個死局。

「裙腳仔，我看你還可以往哪裡跑？」士撻得戚一笑：「放下武器，跪下來，叫一聲虎青哥和士撻哥，我答應饒你一命。」

面對眼前這個絕境，逆鱗的眼神仍然有神，強大的鬥志並沒熄滅，只被困在這副傷了又傷的軀殼之內。

畢竟是血肉之軀，任你鬥心如何澎湃旺盛也好，始終也有耗盡元氣的時候。

難道我今天眞要葬身此地？就算要死，也不能死在那班狗奴才的刀下！

「士撻！」逆鱗盯著士撻，把手中刀飛擲出去，直取賤人。

鋼刀飛向士撻面門，嚇得他雙手抱面蹲下，及時避開了，卻大出洋相。

「殺了他！」

士撻怒喝的同時，逆鱗已一腳踹破了身後的窗戶隨即往下跳。

位處二樓，跳下去最多受傷，總好過在這裡被亂刀斬死。

下面正好停泊了一輛車，逆鱗著落車頂，大大減輕了衝力，看來命不該絕。

落到地面，逆鱗放眼一看，瞧見孟大成帶來的人馬七零八落地倒在地上，全軍覆沒。

邢鋒站在不遠處，冷冷地望著逆鱗，不用解釋，逆鱗已經知道孟大成等人是被邢鋒打垮。

邢鋒一臉氣定神閒，從容不迫，毋須大吵大嚷，卻已叫人大感壓力。

虎青一眾從樓梯走下來，站在邢鋒身後，等待他發施號令。

「這麼多人也攔不住你，看來你有點實力。」邢鋒。

「你的目標是我，可不可以放了他們？」逆鱗。

「可以。」

「不要食言！」

一言甫畢，逆鱗便往前疾衝，準備跟邢鋒交手。

經過連場戰鬥，逆鱗渾身是傷，這一戰他自知是敗定的了，只要餘下一口力氣，他也決意要奮戰到底，要讓「天義盟」知道，「龍城幫」的人是絕不會坐以待斃，任由宰割！

邢鋒的氣度顯然跟其他人不同，淡定得叫人大感不安。

他自知就算十足狀態也未必可以打得過他，何況五勞七傷。現在唯有以快打快，勝不了也要讓邢鋒嚐點苦頭。

逆鱗的動作以快見稱，一埋身就猛地出拳。

一口氣打出了十幾拳，但不是被邢鋒避過了，就是給他用手背擋開，佔不了一丁點便宜。

「不夠快，再來。」

邢鋒一副把對方吃定的態度，沒有絲毫壓力，鎮定自若。

一輪急攻後，逆鱗轉了口氣，再來。

然後，又是一陣快攻。綿密的快拳，浪接浪般向邢鋒轟擊，卻始終未有一擊命中。

逆鱗只好強運力氣，不斷再發拳、發拳，再發拳。

直至，拳勢老去。

「一味催谷，你只是在飲鴆止渴。」邢鋒眉頭一緊：「到我了。」

一直只守不攻的邢鋒終於出手，他輕吸一口氣，雙手便同時出拳。

碰碰碰碰碰碰碰碰碰碰碰碰碰碰碰碰碰碰——

不及反應，也不及抵擋，逆鱗全身上下如遭機關槍式掃射。

想還招，一舉臂就被對方的拳打回去。

痛感傳到大腦，逆鱗咬緊牙關，希望可以撐得住這一輪狂轟。

可邢鋒就好像有用不完的力量，狂風式的連射無間斷地炮轟在逆鱗身上。

碰碰碰碰碰碰碰碰碰碰碰碰碰碰碰碰碰碰碰——

逆鱗是沒有可能扳回劣勢的了，可天生硬性子的他，卻死命地撐下來。

碰碰碰碰碰碰碰碰碰碰碰碰碰碰碰碰碰碰碰碰碰——

鬥志可加，換來另一輪更快更狠的拳擊。

碰碰碰碰碰碰碰碰碰碰碰碰碰碰碰碰──

碰碰碰碰碰碰碰碰碰碰碰碰碰碰碰──

不知道吃了多少拳，頑強的逆鱗終於也被轟至頹然倒下。

逆鱗敗倒了，但他的志氣卻叫邢鋒感到佩服。

大戰結束，邢鋒沒有食言，除了逆鱗之外，他把「龍城幫」所有人都放走。

孟大成大敗而回，把今晚發生的一切告訴了狄秋。

得知逆鱗落入對方手上，狄秋慌張得雙手不住抖震，腦袋無法運作，靈魂如像出了竅，愣在當場。

過了一分鐘，狄秋接受了這個事實，心情穩定下來，便致電雷公子及宋人傑，可二人的電話卻同樣未能接通。

狄秋急得如鍋上螞蟻，正想通知下屬發散人手追尋逆鱗下落，但卻被狄偉阻止。

「大哥，逆鱗被擄後，便跟雷公子等人失去聯絡，明顯就是有意避開我們，目的是想你心煩意亂，我們若失去方寸，就正中他們的下懷了。」狄偉：「冷靜啊。」

宗親會內，只有孟大成、狄秋、狄偉三人。事件未發生前，孟大成一定會大聲的駁斥狄偉，但吃了敗仗的他，此刻只有無聲坐著，什麼火氣也給熄滅。

「逆鱗落在他們手上，生死難測，你叫我如何冷靜？」

「說實話，我們已經是被動一方，可以做的，就只有等待。」

狄秋已被雷公子掛制著，正如狄偉所言，除了等待，眞的一籌莫展啊。

漫長的一天過去了，第二日，「龍城幫」戰敗的消息傳遍江湖，流言蜚語滿天飛，大量負面消息在道上流傳發酵，一個傳一個，把故事版本扭曲得體無完膚。

有說逆鱗爲求自保不惜跪地求饒。

亦有傳他戰至最後不支倒地，被虎青的尿液弄醒。

最新的版本是，被捉走了的逆鱗，給多名同志輪流「進入」他的「祕密後花園」，菊花也給玩爆了。

在任何社群裡，總會有幾個是非精，喜歡在人家背後說三道四，彷彿身在現場，把事情放大幾倍，加入自己的創作把實情變成故事說出來。

不論那些流言可信性有多高，「龍城幫」大敗，卻是鐵一般的事實。

狄秋一夜無眠，直至大戰過了二十多個小時，終於等到了雷公子的來電。

「狄老大，我是雷公子啊。」

「你搞什麼啊！立即給我放了逆鱗！」

「你也知道逆鱗在我手上啦，那麼請你跟我說話客氣一點，萬一你惹火了我，我不保證令公子會否有什麼損傷的呀。」

「你想怎樣？」

「客氣點，再問一次。」

「雷公子，你想怎樣？」

「雷公子？你好像有求於我啊。多給你一次機會。」

「雷……雷大哥，你想怎樣？」

「Good boy！你不用擔心，我不會餓壞你的寶貝兒子的，這兩星期你可安心當你的龍頭，還有好好保存著『龍城幫』的權杖，我會再跟你聯絡。再見。」

雷公子語畢隨即掛線，狄秋連多問一句的機會也沒有。

狄秋腦海不斷重複著雷公子一句話：「這兩星期你可安心當你的龍頭」那是否意味著，自己的龍頭大夢只餘下十數天？

一個月後，我會被拉下台？「龍城幫」將會毀在我狄秋的手上嗎？

狄秋意識到，雷公子不是說笑，這次當真大禍臨頭了！

逆鱗被捉，狄秋如涸轍之鮒，除了任由敵人擺佈，什麼也做不來。

狄偉瞧見狄秋面如死灰，已知事情已走到無可挽回的絕望境地。

要救逆鱗，要救「龍城幫」，就只一個方法——

「大哥，我們不如找信一幫手吧！」

第五章 Chapter Five

5.1 陳洛軍

逆鱗戰敗，引來一道強烈的熱帶氣旋，最後結聚形成了凶猛無比的颶風，向香港江湖迎面吹襲。

香港黑道風雲色變，台灣黑市拳壇亦刮起了一陣小旋風。

在這幾個月間，台灣地下格鬥場流傳了一個傳說。

一個身分神祕的人物空降戰場，取得一場又一場的勝利。

稱霸了一個場地，便走到另一區挑戰不同對手。

有傳聞他的拳頭有如鋼鐵般堅硬，跟他對打過的，總要骨折離場。

亦有傳說，他的拳速快得可以撕裂空氣。

級數較低的人，還未看清來招，便已身中多拳，戰敗當場。

較有實力的，頂多也只能挨上三分鐘。

沒有人知道他有何目的，也沒有人知道他的背景，只知道他的國語很爛，估計是來自香港。

他的名字叫——**陳洛軍**。

這一夜，台灣某地下格鬥場，觀眾席上擠得水泄不通，人聲鼎沸，個個露出極度興奮的神情，相當期待即將來臨的賽事。

首先進場的，是今晚的挑戰者暴龍。

此人一身黝黑皮膚，體型巨大，比AV的個子更高，肌腱似鋼，一雙拳頭大得能抓緊一個籃球。

濃眉大眼，殺氣騰騰，就算他在街上把你撞跌，你也肯定不敢叫他道歉。

暴龍本來是個職業拳手，拳力超猛，曾奪得三屆拳王金腰帶。

人到了頂峰，追求的已不是勝利，而是尋得一個可以讓他感到痛快的對手。

就好像那些在武俠世界裡的武癡，但求一敗。

當他知道陳洛軍的傳說，就想盡辦法跟他對決，今天終於如願以償。

接著出場的，是個比他矮了一截的男人。

他一出現，觀眾就高叫著他的名字。

就如演唱會的歌星出場，受盡歡呼。

戰場，就是他的舞台。

他就是陳洛軍。

陳洛軍走到戰場中央，站在暴龍面前，要仰首才能跟他對視。

「你是我遇過最高大的對手。」

「你就是陳洛軍？」

陳洛軍左望右望：「還有其他人嗎？」

「你很矮。」

「高矮跟會不會打好像沒有關係，《七龍珠》的弗利沙也很矮，但也很會打。」陳洛軍淡然伸懶腰：「況且我不算矮，只是你太高，高得不正常，不好看。」

「別廢話了，打吧！」

開打了，暴龍一拳朝陳洛軍的頭頂打下，卻落了個空，拳勢直轟地面，把石地也轟出個凹洞。

暴龍瞪向身側的陳洛軍：「你竟然避？」

「有賽例列明不可以閃避嗎？」陳洛軍輕鬆地說：「暴龍哥你的拳力如此巨大，連地面也轟凹了，被打中隨時變白癡，還是避開爲妙。嘻嘻。」

「懦夫！」

一擊落空，暴龍隨即向陳洛軍打出連環重拳。

陳洛軍交叉雙臂，硬接暴龍轟轟隆隆的炮拳。

只擋不攻，陳洛軍似在測試對方的拳力。

「不錯，拳拳有力。」陳洛軍依然輕鬆：「不過要打倒我，你要再加把勁啊。」

十數記重拳也不能把陳洛軍擊倒，暴龍被激得漲紅了臉，狂吼一聲便力聚一擊，一定要狠狠地把眼前的矮個子好好教訓！

「從來沒有人可以抵得住我的『死亡之拳』！」暴龍轟出猛拳。

「竟然有招式名，哈哈！『死亡之拳』？好老土啊！」陳洛軍做了個鬼臉。

死亡之拳轟在陳洛軍的臂上，力度果眞非同小可，終可令陳洛軍有痛的感覺。不過，仍未能令他倒下。

全力一擊未能得到如期效果，暴龍急了，又再換上密集攻勢，拳如雨下，一定要令對方吃不消。

「看你可以擋到多少拳！」

也不知打出了多少猛拳，暴龍的拳開始老了，也始終未能轟下陳洛軍。

「你的骨頭是鐵鑄的嗎？怎麼中了我近百拳仍可若無其事？」暴龍喘著氣說。

「哈，我的骨頭是否鐵鑄，你嘗嘗就知道啦！」陳洛軍一笑：「你今日吃了飯沒有？」

「沒啊，你想請客？」

「請吃飯當然沒問題，先讓我幫你清乾淨腸胃吧！」

陳洛軍出手了，沒有大開大闔的前奏，微一吐勁就把拳頭送出，暴龍不及擋架，肚腹已中拳。

看似不帶勁度的一拳，威力卻大得驚人，暴龍如被一個幾百磅的鐵球轟中，胃一痛，把大量嘔吐物吐出來。

陳洛軍在同一位置再打出一拳。中了第二拳的暴龍，連隔夜飯也吐出來啦。

陳洛軍避開嘔吐物，隨即在暴龍身上各處轟出爆炸力十足的鋼拳。

記記大注，連碩大無朋的暴龍也發出慘叫。

中等身材的陳洛軍，拳勁卻十分霸道有勁，步法及出拳的動作更與ＡＶ有點相似。

身中了十數拳的暴龍，終於也支撐不住，跪倒地上。

「陳洛……軍……果然名不虛傳。」

「你也算是很不錯了。」

陳洛軍笑了，他的笑充滿了陽光，充滿了希望。

這張自信的臉，散發著一種獨特的生氣，彷彿任何難題落在他身上，也變得不是什麼回事。

賽事完畢，他回到休息室，穿回便服，戴上了一隻鮮黃色哈哈笑手錶。

熟悉的手錶，熟悉的表情，陳洛軍就是火兒。

火兒跟藍男在台灣過了好一段遊山玩水的日子，養好了腳傷，便開始做正事。

他們跟雷公子的恩怨還未了結，總有一天兩幫人會再次火拚。當日輸了一仗，信一退出「龍城幫」，門生四散，沒有兵馬在手，要開戰就麻煩了。

火兒洞悉到問題所在，於是便積極爲未來部署。

原名陳靜兒的他，出道後曾改名爲陳洛軍，那是他最拚搏、最有活力的時期，以一個勇字，一雙拳打響了名字。

在這段年少氣盛的輕狂歲月裡，遇上了問題就用武力解決，非常火爆。之後道上的人便給了他火兒這個名號。

火兒這兩個字在江湖急速冒起，久而久之，已經沒有人記得他曾喚作陳洛軍。

「火兒」出現之後，那個膽正命平、任意妄爲的壞孩子已隨著本名一同被埋葬了。

對於火兒來說，「陳洛軍」有一定的意義，這個名字屬於他那段怒火青春的人生領域。

雖然那時候的他乳翼未豐，處事不成熟，但無可否認，那段日子，是他最有火的。

他要在台灣重頭起步，就要把那頭埋藏在身體暗處的野獸釋放出來。

所以，他再一次用上陳洛軍這個名字。

在短短的日子裡，陳洛軍已成台灣地下格鬥場的神話，不少自負了得的拳手都對他臣服。

陳洛軍已暗地裡把這班壯漢收歸旗下，爲即將來臨的世紀大戰做好準備。

5.2 劫數

拳賽結束後，火兒回到九份租住的家。

那是一間樓高三層的舊式住宅。

火兒一踏入家，就聽到一陣孩子哭聲。

一樓大廳內，藍男手中抱著一嬰兒，嘟嘴：「阿B剛才明明很乖，你一回來他就哭了。」

「怎會啊，阿B那麼喜歡我，一定知道我回來，喜極而泣！」火兒從藍男手上接過了嬰兒，摸了摸他的前額，甜笑：「一看見爸爸就笑了。」

「每次摸他額頭，他就自然笑了，阿B眞乖。」

火兒赴台不久，藍男便再次懷下身孕。爲安全起見，二人決定留在當地誕下麟兒。轉眼間孩子已經出世。

孩子取名念祖，是爲紀念一代神人龍捲風（本名張少祖）。

自從有了念祖之後，藍男每一天便在家中照顧孩子，還有煮飯洗衣等日常家務，廚藝已精進了不少。

滷水雞翼已有火兒母親的八成水準。

每一天，藍男也會做好餸菜，等待火兒「下班」回來。

有時候沒有賽事，火兒還會親自下廚，飯後就無聊的一起看電視。過得很簡樸，卻是藍男一直嚮往的生活。

這一年，實在是她自重遇火兒以來，過得最快樂最安穩的時光。

如果可以，她眞希望可以一直留在這裡，平平淡淡地活著就好了。

但是她和他甚至他們的孩子，都注定不是尋常人家。始終有一天，他們都會回到屬於他們的地方。藍男心想，這樣也很好，只要一家齊齊整整的，就夠了。

凌晨時分，孩子睡著後，火兒跟藍男就像平日那樣，躺在沙發上，看看電視，說說瑣碎事。

「工作辛苦嗎？」

「辛苦？哈哈，打架對我來說等同妳大便一樣，舒暢、痛快又必須。」

「說話別那麼噁心啦！」

「很噁心嗎？張曼玉也要大便啦，生理需要，噁心什麼！」

「總之不要拿我的大便跟你的工作混爲一談。」

「好啦好啦。」

「今日信一跟我通過電話，他說狄秋那邊跟『天義盟』開大戰，狄秋輸了，連逆鱗也被捉走。」

「活該！姓雷的心狠手辣，跟他合作早晚出事。狄秋勾結外敵打自己人，現在終於惡果自招了。」火兒看著電視說：「雷公子一心借狄秋之手狙擊信一派系，目的達到之後，狄秋就等同揩完屎的廁紙一樣——用完即棄，毫無價值。」

「又講屎尿！」

「妳不覺得這比喻很傳神嗎？」

「的確很貼切的……」

「哈哈。」火兒摸摸手中的孩子：「信一還有說什麼？」

「他說逆鱗被擒，雷公子必定會再一步進逼狄秋，直至把他打至倒台爲止。」

「狄秋落得這個結果，絕對不值得同情。不過隨著他垮台之後，『龍城幫』亦很可能從此絕跡江湖。」

於火兒而言，狄秋有此下場是咎由自取的，不過一想到哥哥的心血成爲陪葬，就感到茫然唏噓又不忍。

火兒刻意轉了話題：「AV還是一直這樣嗎？」

「嗯嗯，他一直都把自己困在房子裡。」

「經歷了如此大劫，他沒有自殺已經很厲害了。」火兒把手中的孩子遞給藍男：「我去看看他。」

火兒走進第三層的一間雜物房，裡面另一堵暗門，把門拉開就是AV的睡房。

房內只有睡床，並沒有其他雜物。每一天除了如廁和吃飯外，AV便窩在這裡，倒頭大睡。

每一次走進房間，火兒都好希望可以看見AV振作的樣子，可每一次，他只看見

AV捲曲身子，失去靈魂似的一直沉睡。能夠把他帶回家，火兒已經感到非常幸運，至於如何才能令他回復鬥志？確實是沒有半點頭緒。

他不時會想，如果當日藍男在廟街被雷公子的人捉走，從此就跟藍男永別，更甚者，火兒連她的生死也不會知道，每一天也在追尋她的下落。

一年、五年、十年過去了，也很可能找不著藍男的消息。

一想到此，火兒就感到無比可怕。嘗試代入AV的處境，他就能感受到他的痛苦。換轉是自己，他相信一樣會失去鬥志，甚至連復仇的火焰也會熄滅。

除了等待時間過去外，火兒眞的想不出任何辦法了。

不過他相信，只要AV仍然生存，總有一天會因爲某個契機，令他重燃鬥志，然後親口說出火兒一直等待的話……

沉睡的AV何時才會甦醒？火兒又能否等待到那句話？暫時無人可預測，可以知道的是，贏了一仗的雷公子雄心勃勃，將會再下一城，在香港江湖繼續壯大勢力。

麻雀館的經理房內，宋人傑面前放了一張港幣二千萬的支票，可貪財的人卻笑不出來。

「雷公子，這是什麼意思……」

「我說最後一次，我要把你整個幫會買起。」

「其實大家一直合作相安無事，你繼續當你的太上皇，在幕後運籌帷幄，我不介意一直做人肉錄音機，當你的傳話筒。」

「你當然不介意啦，有錢賺又可以出風頭，你怎會不快樂？」雷公子揚起一眉：「你宋人傑就威風，但我得到什麼呢？『天義盟』始終不是屬於我，所以我覺得始終也要樹立自己的旗幟。兩星期後，我會在九龍城寨搞造勢大會，宣布『青天會』重出江湖，到時候，我們兩幫人正式合併，再無你我之分，你說多美好呢，哈哈哈。」

宋人傑沉默了一會。

「怎麼啦，對我的建議有異議嗎？」

「雷公子，你這個決定，等同宣布了『天義盟』死刑。當日你跟我說，只是租用『天義盟』跟『龍城幫』開戰，沒有說過會把整個幫會吞併。」

「哼，若不是我打救你，『天義盟』早就給『龍城幫』、『架勢堂』剿滅！況且『天義盟』由你掌舵的日子，一直死氣沉沉，滅亡是早晚的事，現在給你一個重生的機會，你不但不感恩，還板著臉對我？是不是嫌錢少？」

「不是錢的問題……」

「那就沒問題啦！」

「問題是，造勢大會之後，江湖便再沒有『天義盟』……」宋人傑吞吐：「我雖然是個唯利是圖的小人，但你要把『天義盟』毀滅，我又怎能應允？不如這樣吧，我把龍頭位交給你，以後『天義盟』由你掌舵，你喜歡的話，我繼續留在你身旁當你的助手，不喜歡的話，我可以在你面前消失也可。」

「你以爲我會希罕『天義盟』這個招牌嗎？你這個爛幫會，在我眼中根本一文不值，如果你不答應，我會收回你面前的二千萬，然後把『天義盟』的人挖走，只留那些沒用的廢物，到時肯定一擊即潰，『天義盟』同樣毀在你手，不過你卻得不到任何利益，而且是成爲我雷公子的敵人，想走哪一條路，你自己選。」

與狼爲伍，就注定沒有好下場，無論你對他多忠心，當失去了利用價值，便如同糞土，宋人傑如是，狄秋如是。

宋人傑根本無可選擇，只有不情不願的把支票收起。

「怎麼苦口苦面？收了錢你不感到開心嗎？」

「開……開心，當然開心啦。」宋人傑強裝一笑。

「開心就說句多謝啦。」

「多謝。」

「乖！哈哈哈哈！」

宋人傑憋了一肚子的氣，可既然不能與雷公子翻臉，就唯有繼續忍氣吞聲，虛與委蛇。

「雷公子，以我所知『青天會』在六〇年代已經沒落，但你剛才說以『青天會』的旗號立足江湖，這是什麼回事呢？」

「到了這時候也不妨告訴你，我老爸雷震東以前是『青天會』的龍頭，當年整個九龍城都是屬於他，包括九龍城寨！後來龍捲風出現，用奸計毒害他，鵲巢鳩佔，鯨吞了『青天會』的地盤，我要代我老爸奪回屬於他的一切。」

宋人傑終於知道雷公子入侵香港江湖的原因，原來是一段禍延兩代的復仇故事。

雷公子雖然說得理直氣壯，但老奸巨滑的宋人傑又怎會不知道，雷公子只是爲父親的落敗找藉口。

誰的實力夠強，就能夠在道上立足。一代新人勝舊人，並不存在什麼鵲巢鳩佔，輸了就要離場，江湖從來都是這樣。

就好像今次「龍城幫」戰敗，也不能爲自己找任何藉口開脫，不夠對手心狠手辣，又可怪誰？

叩叩——

房外響起兩下敲門聲，一個高頭大馬的男人推門而入。

來的是雷公子的另一名心腹King Kong。

廟街一役後久休復出，見他一身肌肉比之前更結實，似乎傷勢痊癒後有努力鍛鍊。

「雷公子，查到了，原來火兒走到台灣，現在以陳洛軍的名字生活。」

「哈，原來學人隱姓埋名。」雷公子：「知道他的地址嗎？」

「知道！」

「Good！想辦法引走他，然後把藍男擄走。」雷公子伸出舌頭：「只要他的女人在我手上，我要火兒、信一互舔屁眼都行呀！」

「火兒跟信一已經退出了江湖，有需要去理會他們嗎？」宋人傑問。

「我老爸生前跟我說過，不要低估你的對手。他們上次輸了一仗，一定會等待時機再戰江湖，現在他倆只在隔岸觀火。我不出手，就是令他們以爲我全力對付狄秋，無暇理會其他人。現在他們應該很鬆懈了……」雷公子信心十足：「上次讓火兒的老婆脫身，我總是很不自在，這次無論如何也要把她活捉到我面前，我要看著她被人二十四小時不停輪姦，整個『青天會』的人都有份，我要火兒跟我們『青天會』的人做襟兄弟啊！哈哈哈哈！」

心腸歹毒的雷公子，就是喜歡向敵人的家人下手，他認爲，殺一個人太容易，太沒趣，何況有些人根本不怕死，所以他才特別喜歡對付他們在意的人，只有這樣才能徹底摧毀對手的意志，令他們生不如死，沒有比這更痛快。

「這一次派邢鋒去嗎？」King Kong。

「邢鋒雖然會打，但不夠狠，上一次若不是他臨時善心大發，現在藍男的子宮已成爲我家中的珍藏品了。」雷公子望著King Kong：「你有沒有信心完成這項有意義的任務？」

「當然有啦！」King Kong淫笑：「我和我的同鄉最喜歡就是中國女人洞穴！」

「哈哈，我就喜歡你夠老實。」雷公子大笑著：「想辦法引開火兒，待藍男落單後，你們就讓她嚐嚐非洲大蕉的滋味。記得把整個過程錄下來，我要留給火兒欣賞啊。嘿嘿……我想火兒一定會邊看邊哭……知不知他爲何會哭？」

雷公子未讓King Kong答話，搶著道：「看見你們的大蕉，他自卑得無地自容，像個死小孩般鬧彆扭啊！哈哈哈哈哈哈哈哈哈哈哈哈哈哈哈哈哈哈哈哈哈哈！」

5.3 骨肉

十二少、吉祥、信一難得聚首，在廟街唐樓天台ＢＢＱ。

「逆鱗被雷公子捉了，你覺得劇情會怎麼發展？」正在燒雞翼的十二少望著信一說。

「雷公子一心利用狄秋來對付我，狄秋完成『任務』，就再無利用價值，再下一步，他就應該要剷滅『龍城幫』。」

「嘩！這個雷公子好像對『龍城幫』的仇恨很深。」吃著燒香腸的吉祥說：「信一哥，你們『龍城』是不是搞了姓雷的老婆啊？」

「差不多啦，不過並不是搞他老婆，而是他的老爸啊。」

「信一哥難道喜歡男人？」吉祥心道。

之後，信一便向二人道出龍捲風跟雷震東的恩怨。

「兩代鬥爭，《射鵰英雄傳》一樣啊！」吉祥笑說。

「『龍城幫』始終是龍捲風的心血，如果狄秋向你求救，你會否出山？」十二少。

「當日我在宗親會被他們彈劾的場面，現在仍歷歷在目，他們落得這個下場，我想開香檳慶祝啊！」

「眞的嗎？我看你只是口硬心軟，如果狄秋向你斟茶認錯你也無動於衷？」

「絕對不會！」

「我總覺得你口不對心，直覺告訴我，你一定會出手。」

「嗯，阿大，我也有同感！」

「你兄弟倆現在算什麼啊？心有靈犀大合唱嗎？」信一認眞地說：「我現在告訴你倆，我絕非口不對心，也絕對不會心軟！否則……」

「否則什麼，小心說過頭話啊。」十二少冷笑。

「既然決定了不出手，那麼發誓就可發毒一點啊！」吉祥附和。

「好！如果我出手，就以後泡不到妞！活生生禁慾至死！」

十二少與吉祥笑了笑，信一的電話就在此時響起。

「喂。」

「信仔，我是偉叔。你在哪，我有要事找你。」

「我在廟街ＢＢＱ，你喜歡可以過來。」

二十分鐘後，狄偉到達現場，一見面就單刀直入，道明來意。

「什麼，我沒聽錯吧？你想我出手救逆鱗？不可能啦！偉叔，當日狄叔彈劾我時你也在場，我想你也不會忘記他如何對待我吧？現在出了事就向我求助，你以爲我會出手嗎？」信一冷冷一笑：「況且我現在已經『改邪歸正』，良民一名，如果你有朋友想入娛樂圈的話，我還可以扶他一把，你們黑道的事，我眞的愛莫能助啦。」

「信仔，大哥之前的確過分了點，不過他已知道錯了，你也清楚他的性格，若非事情到了無可挽回的地步，他又怎會求助於你……『龍城』是龍捲風的江山，你也不想看見它垮下吧？」

「你不用拿哥哥的名字來壓我。當日哥哥要我接棒，到最後是誰把我拉下台？又是誰勾結外人對付我？阿鬼死了，我不要秋叔塡命已是仁至義盡了。逆鱗是生是死，與我無關。」信一態度強硬：「偉叔，我知道你對我不錯，所以我一直很尊重你，不過我也希望你可以尊重我，『龍城』的事，眞的別再找我了。」

信一的決絕，超出狄偉的預期，他的心當眞焦急起來，想說下去，但礙於十二少和吉祥，又欲言又止。

「信仔，我可不可以跟你單獨說幾句？」

精明的十二少正想跟吉祥自動離場，卻被信一阻止。

「不用走。」信一：「他們都是我的兄弟，有什麼話，隨便說就可以了。」

狄偉無可奈何下，終於吐出一句震撼當場的話。

「信仔，這一次你絕不可以袖手旁觀，因爲逆鱗……逆鱗他……其實是龍捲風的親生子。」

狄偉說完這句話後，換來一陣沉默。十二少與吉祥當然答不上話，連信一也不知如何接下去。

良久，信一開腔：「偉叔，別拿哥哥來開玩笑。」

狄偉急道：「我不是說笑，逆鱗的確是哥哥的骨肉，不過這個祕密連逆鱗自己也不知道……」

信一皺眉，點了香菸，重重吸了一口，才再問道：「我認眞問你一次，你有沒有騙我？」

「沒有，我向你保證，我所說的一切，都是實話。」

「逆鱗怎會是哥哥的兒子？這到底是怎麼一回事啊？」

「我記得，那件事發生在六〇年代末期……」

狄偉呼了口氣，便再次揭開那段埋藏已久的故事。

六〇年代，『青天會』敗走，『暴力團』崛起不久，大老闆野蠻霸道，日夜挑起戰火，終踩到『龍城幫』的頭上。龍捲風出手，把『暴力團』轟個潰不成軍。兩大頭目相約一戰，可最後老大卻沒赴約，因爲就在決戰當晚，龍捲風的女人突然病發。

那一晚，龍捲風一直留在太太床邊，直至到她離開了這個世上。

每一次出門，她都擔心丈夫會有危險，縱然龍捲風的實力超然，她都很怕他會出事。所以在她臨終前，龍捲風答應她，從此不問江湖事。由那天起，龍捲風便下放權力，把幫會交給狄秋主持。

狄秋成爲龍頭接班人，但江湖上大多數人只認識龍捲風，沒有人把狄秋放在眼裡。他認爲自己也是有實力的人，因爲龍捲風的鋒芒太露才會把自己的功勞蓋過，所以他便要做些成績出來。

狄秋一鼓作氣，帶著一班兄弟，南征北伐，不斷擴大幫會的版圖。狄秋連贏了幾仗，打下了九龍區幾個地盤，愈打愈心雄，他以為打下去，遲早可以把整個九龍打下來。

可他終於惹上了一個麻煩人——喪波。

狄秋殺入喪波地盤，打倒了喪波幾名兄弟。及後當晚跟老婆宵夜的時候，便被喪波的人捉到觀塘巢穴，綁起來毒打。

「喪波，要不你就把我打死，要不就立即放了我，否則我一定要你後悔！」

「唬我？你傻的嗎？我喪波連警察也敢殺，你以為我會怕你這條魚毛（雜魚）嗎？」喪波執起木棍想也不想就砸在狄秋的面上：「別以為有龍捲風罩你，就可以橫行無忌，夠膽踩入我地盤，今晚我不止要搞你，還要跟你老婆慢慢玩呀！」

「你別亂來……你要打就打我，放了我老婆……」狄秋頭破血流，一陣暈眩。

「哈哈，懂怕了嗎？」喪波咧嘴一笑：「你沒有資格跟我談判，打電話給龍捲風，我要見他。」

龍捲風接到了狄秋的求救來電，隻身來到了喪波的地盤。

隱居多時的龍捲風因為狄秋再次露面江湖，在他眼中，喪波是個不入流的下三濫角色，當年震東夠惡了，龍捲風也可以在他手上救走兩名兄弟，這個喪波，又惡得到哪裡？

「龍捲風果然勇，叫你一個人來，你就真的一個人來，厲害！」喪波邊喝啤酒邊豎起拇指。

目睹龍捲風眞身，喪波霸氣全失，對他恭恭敬敬。

「我兄弟呢？」龍捲風身在一間貨倉，站了十幾個喪波的人馬，卻不見狄秋夫婦。

「放心，今晚我一定放人，不過龍捲風今日大駕光臨，小的眞的感到非常興奮，想跟你把酒談歡，其實我一直以來都很仰慕你，很希望可以交你這個朋友。」喪波舉起啤酒，吃吃笑道：「我敬你一杯！」

見慣風浪的龍捲風全不把喪波放在眼裡，他舉起桌上的啤酒，跟他碰了酒樽，就把啤酒灌入喉嚨。心想飲完這支啤酒喪波還不放人，便什麼也不用說，打！

可這一次，聰明一世的龍捲風竟著了對方的道兒，喝下整支啤酒後，便感全身發熱，神智亦模糊起來。

沒多久，龍捲風便漸漸失去了神智，仿如進入了五里雲霧，意識徘徊在現實與夢境間，在一片混混濁濁底下，龍捲風感覺到身體被一股暖流擁抱，叫他相當舒服。

那股暖流來自一個赤裸裸的身軀，她是狄秋的女人丁丁。

他撫摸著丁丁的肉體，愈來愈亢奮，沒意識的在其身上擺動著身軀，汗水與呻吟聲充斥著整個房間。

喪波等人看得津津有味，一邊發出嘲弄笑聲，一邊爲龍捲風「吶喊打氣」。

除了他們之外，還有一位特別觀眾……

狄秋被喪波封住了嘴巴，綁在凳上，迫他直擊著整個過程。

一個是自己的老婆，一個是自己的大哥，兩個一生中最重要的人，此刻在他的面前，赤裸裸地「糾纏肉搏」，狄秋想衝上去制止事情繼續發生，卻任他如何費勁也掙脫不了枷鎖。

任何男人都不可能接受到這一幕，何況是「龍城幫」的第二把交椅。

狄秋很想破天大吼，希望可以把二人喚醒，可嘴巴卻被封住，連哼也哼不出一聲，只能在內心呼天搶地。

他發狂地掙扎，如被萬隻螞蟻爬滿身體，心房更像給一隻有力的手掌揑著，生出了超出肉體所能承受的痛感。

全身肌肉與細胞都在嚎哭叫喊，毛孔噴出了憤怒的火焰。不過用盡了全身力氣，也未能掙脫雙手的繩索。

最終狄秋只有哭著接受這殘酷的事實。

二人完事，狄秋亦停止掙扎，哭光了淚。

雙目失去焦點，靈魂游離九霄，只餘一個心死的軀體，木無表情的頹然坐著。

放空了的腦袋，久久不能思考，腦子卻浮現了一句話——

我大哥幹了我的女人！

本以爲這段慘絕經歷告一段落，但自己的老婆竟又再擺動著身子，雙唇貼向龍捲風，露出一副極度渴求的樣子，一直往下吻……

她的苛索，得到了龍捲風的「回應」，二人又再一次幹起來。

狄秋閉起了眼，不忍看下去。不過喪波卻不容他錯過這場精彩動作場面，強行撐開他的眼皮，迫他繼續收看。

今天對狄秋來說，是一個永世不忘的屈辱，亦將嚴重影響他和龍捲風的兄弟情。喪波下了重藥，龍捲風跟狄秋的女人度過了好幾小時迷失時光後，才終於悠悠醒轉。一覺醒來，喪波等人已經離開，龍捲風見到眼下情景，心知出事了。鬆了綁的狄秋，第一時間就是為妻子穿回衣服，沒有望過龍捲風一眼就離去。縱然他知道錯不在龍捲風，但也不能當什麼事也沒發生過。

當晚，龍捲風找上喪波，鮮有出刀，因為他要確保得知今晚內情的人統統滅口！第二天，有人發現喪波與十數名門生的屍體被斬個稀巴爛，內臟與血肉混成一團，死狀恐怖，行兇手法殘忍。

從此，這事件就成了三人心中的祕密。

龍捲風與狄秋之間築起了一道鴻溝，二人再沒有跟對方說過一句話，彼此均知道，昔日的情義已到此為止，已不能像從前一樣稱兄道弟了。

這段尷尬的關係維持了兩個多月，直至狄秋知道了一件震撼的事，他便拉隊離開九龍城，回到元朗。

「之後……秋叔老婆有了身孕？」信一淡定說。

「嗯。」狄偉點了一下頭。

「但也不能斷定那是哥哥的骨肉。」

「大哥告訴我，發生那件事之前，他根本沒有跟嫂子『接觸』過，之後更沒有……所以那絕對是老大的兒子。」

眞相往往都是殘酷的，如非迫不得已，狄偉也絕不會把那段不堪回首的事情告訴信一。

信一終於也明白，好端端一幫人，何以會分裂成兩個陣營。

「其實也不是哥哥的錯，大成叔當日又爲何肯跟秋叔離開呢？」

「老三根本不知眞相，他只知道大哥跟老大無故不相往來，大哥突然撤離九龍城，他當時也有追問原因，可大哥一直支吾以對，避開話題，但老三的脾氣又怎會罷休，一怒之下，大哥便說出了一個謊言……他跟老三說，老大勾義嫂，幹了他的女人。」狄偉黯然：「如果我不是他的親兄弟，我想他也不會把眞相告訴我。」

信一嘗試代入狄秋，如果事情發生在自己身上，信一也未必可以大量到把眞相告訴身邊的兄弟。畢竟那事件的起因是因爲狄秋惹上了喪波，落得這個結果，他也有一定的責任。

逆鱗是哥哥的兒子，是不能不救的，不過信一似乎還有一個關口要過。

「當日秋叔爲了打贏我，不惜勾結雷公子，害得多名兄弟被燒死，我現在出手幫你們，怎對得起死去的手足？」

「其實那一戰，我們全部都是輸家！」

當下，狄偉便把雷公子設局嫁禍狄秋一事和盤托出。

信一聽後，如釋重負。

太好了，秋叔沒有下令殺過我的兄弟，萬事就有商量了。

「逆鱗是哥哥兒子一事，只有你們三個知道？」

「沒錯，就連老大和逆鱗也不知。」狄偉：「信仔……你會不會出手？」

「會！今次就算要我成世泡不到妞，我也可要救出逆鱗——」信一望著十二少與吉祥，然後說出一句激動人心的話：「力保『龍城幫』江山！」

龍城重組，黑道變天！

信一重出江湖這個決定，將會帶來一場轟動後世的——**絕地反擊戰！**

5.4 遺願

事不宜遲，信一答應狄偉出山後，便即駕車前往元朗。

自從上一次的彈劾大會後，信一已經沒有見過狄秋。這一次再會故人，信一的心情不禁有點緊張。

當日雙方關係惡劣，信一被一眾元老公審，哪有怯過？

就算澳門那一次，他跟ＡＶ在那棟神祕恐怖大廈險死橫生，也本死無大害，毫不緊張。

一個連死也不怕的人，還有什麼事物會令他緊張起來？

每個人的心中，總有一些人是你覺得重視、值得尊敬的長輩。儘管你是上市主席還是集團財閥，就算見慣了大風大浪，對過了無數大鱷（注），始終有些長輩，每次見著都會不知不覺令他們流露出純眞一面，會無故緊張起來。

不一定是害怕，那是一種奇妙的情感。

往元朗的路程上，信一的思緒墮入了某個盛夏的童年。

那一年，信一六歲。

信一父母離異，自小就由叔父藍森照顧。

藍森乃當時的華探長，是龍捲風的拜把兄弟，亦是藍男的生父。

某年某月，藍森因有要事離港，故把信一暫託龍捲風家中。

九龍城一酒樓內，龍捲風帶同信一跟狄秋茶聚，那時候二人還未決裂，龍捲風過著半退休的悠閒生活。

「老大，何以當起帶子洪郎來啊？」狄秋摸著小信一的頭：「這小孩一副精明相，哪裡鑽出來的？」

「他叫信仔，是阿森的侄兒。」龍捲風喝了口茶：「阿森舉家去馬六甲探親，他死要留在香港，所以就交給我照顧。」

「如此有個性？」狄秋輕力捏著信一的臉蛋：「叫我一聲秋叔叔，待會請你食雪糕。」

信一一手架開狄秋的手：「別碰我。」

「別看他小小年紀，聽阿森說，他不止淘氣，還很有火，不時跟人打架打到滿身瘀傷。有次以一敵三，把對手打倒，連大牙也給他打飛出來！」

「嘩！犀利啊，有膽識又長得帥，待他長大就決定叫他加入幫會，說不定可以成爲『龍城幫』的未來巨星！哈哈！」

信一沒理會狄秋，逕自吃著叉燒包。

龍捲風說得沒錯，信一既有火亦好戰，來到九龍城第二日，信一已經在球場跟人發生

注：喻在商場上倚仗財勢興風作浪以吞噬同行，霸佔市場的巨商。

碰撞，二話不說就動起手來。雖然對方人數眾多，但信一卻了無懼意，打了再算。結果幾個街童給他打得連爬帶滾走出球場，贏了一場架，換來的代價自是一身損傷以及……

一頓「藤條炆豬肉」。

龍捲風知道他跟人打架，當晚就以藤條狠狠教訓信一。

「叫你不要跟人打架，你卻不聽話，還把別人的大牙打脫！」

龍捲風邊說邊揮動藤條，信一的屁股挨了十幾藤仍不哼一聲，相當忍得。

「這小鬼很能忍啊，犀利！」狄秋笑說。

「再有下次，我連手也打斷你！」龍捲風放下藤條：「今晚罰站，不准吃飯。」

小信一雖然反叛，卻對龍捲風很是敬畏，不敢違逆他意思。

當晚就一直站在大廳，直到狄秋吃完晚飯回來，他仍然不哼一聲，站在原地。

狄秋拿著一紙袋在信一面前搖晃：「小鬼，你一定肚餓，只要你叫我一聲秋叔叔，這個熱騰騰的叉燒包就屬於你啦。」

信一餓得很，但性子極硬，低著頭，沒有接受狄秋的憐憫。

「難道你不肚餓？」狄秋打開紙袋，傳出叉燒包的香味：「眞的好香喔～～你眞的不想吃嗎？」

信一雙手卻抓著褲子，強忍衝動。

「這個叉燒包眞的很好吃啊，你再不出聲，我就要把它吃光了。」狄秋拿出一個叉燒包作勢放入口中。

信一很想一手把叉燒包搶過來，不過一再壓住了動作，忍得淚水都流出來了。

「倔強小鬼。」狄秋把那袋叉燒包放在信一的腳邊：「肚餓不吃東西會餓壞的啊！」

說完狄秋就走進房間。信一眼角不時望著腳邊的叉燒包，露出一副垂涎欲滴的樣子，餓到臨界，卻還在死忍。

幾分鐘後，龍捲風拿著一樽藥酒回來。

一見龍捲風，信一立即挺直腰板，站得直直的，生怕會被責罵。

龍捲風望著那袋叉燒包：「爲什麼不吃？」

那袋叉燒包其實是龍捲風叫狄秋帶給信一的，他比狄秋遲了回來，就是想讓信一把叉燒包吃掉。

想不到小信一卻比起想像中還要倔強，餓了一整天還要硬撐。

「你不准我吃東西嘛……」

「傻孩子，坐下來吧。」

信一甫坐下來，便覺屁股一陣熱燙，咬緊牙關，不哼一聲。

龍捲風坐在信一身旁，讓他背部朝天躺在自己的雙腿上，然後爲他塗藥酒。

「痛不痛？」

「不痛。」

「餓不餓？」

「餓。」

「祖叔叔帶你去吃東西好不好?」

「好!」

「想吃什麼?」

「熱騰騰的叉燒包!還有凍奶茶!」

「哈哈，年紀小小口味卻像個成年人一樣。」龍捲風挽著信一的小手步出門口:「祖叔叔打你，你有沒有惱我?」

「沒有啊!」

個性倔強的信一，對龍捲風十分尊敬。膝下無兒的龍捲風也相當疼愛這個頑皮小子，兩個沒有血緣關係的人，卻可以產生一份獨特感情。

或者這就是人與人之間的微妙緣份。信一受了教訓，果然學乖了，接下來的幾天，他也沒有惹是生非，可好戰的他，始終也有忍不住的一天。

這一日，他被幾個街童挑釁，先是口角，繼而動武，信一以一敵三，把他們打個連爬帶滾，自己呢?則換來一臉瘀傷。

信一獨個兒坐在公園，一想到將會被龍捲風責罰，就怕得不敢回家。待了兩小時，狄秋恰巧經過，看見信一的模樣便知道他又跟人打架了。

「又跟人打架！」

信一望了狄秋一眼，便垂下頭來，不發一言。

「你死定了，今晚肯定又會被祖叔叔大打一頓！」

信一還是繼續沉默。

「倔強小子……」

狄秋正要轉身離去，卻被信一抓住衫角。

無計可施的信一，終於放下倔強，換上一張楚楚可憐的表情：「秋叔叔，你可不可以幫幫我……不要讓祖叔叔知道我打架？」

「哈，你這小鬼終於會驚了！」狄秋蹲下來望著他：「你一臉瘀腫，就算我不說，你祖叔叔一看就發現！」

「你幫我想想法子啦。」

狄秋想了一會，突然靈機一觸：「啊，我有辦法！」

當晚，狄秋與信一吃過了晚飯後，便買了個超人面具給信一。

信一戴著超人面具站在門前，仍難掩緊張之色。

「秋叔叔，你的法子可行嗎？」

「放心啦，一會你千萬別除下面具，盡快上床睡覺，祖叔叔便不會發現了。」

「嗯。」

狄秋打開大門，見龍捲風坐在凳上看報紙，信一雙腳就抖震起來。

「別露出馬腳，自然點，進去！」

信一吸一口氣，衝入屋內，對著龍捲風擺出十字電光架式。

「十字死光，怪獸死清光！」

「鹹蛋超人（注）！」龍捲風一笑：「快吃飯吧。」

「秋叔叔跟我吃了，我現在力量充沛啊！」

「哦？」龍捲風放下報紙：「那你玩夠就沖涼睡覺吧，祖叔叔先去睡了。」

「嗯！」

避過一劫的信一向狄秋翹起拇指。

狄秋也做著同一個動作作回應。

自此，二人就建立了一份信任。

其後，龍捲風與狄秋決裂，信一歸邊龍捲風，兩幫人便變得生疏。

踏入青春期的信一，每到大時大節，也會到元朗探望他，可每次都遭狄秋冷淡對待。

他並不知道兩幫人發生了什麼事故，總以爲有一天會和解，但日子並沒有改變狄秋的強硬態度。

直到龍捲風過世，關係仍然沒有改善。

狄秋跟信一一樣，在此時此刻憶起那段前塵往事。

回想起來，自兩幫人分家以後，信一每年也攜帶了禮品來拜會自己，但每一次都被拒諸門外。

不知內情的信一，成了兩幫人的磨心，亦成了狄秋的發泄對象。

再想起早前對信一的所作所爲，狄秋終於也感到內疚。

信一有對自己幹過什麼大逆不道的事情嗎？似乎沒有啊。說到底，只是自己容不下這個小鬼成爲幫中龍頭。

安靜的大廳，傳來了一陣開門聲，狄秋往門口一看，狄偉與信一來了。

新舊龍頭，再度碰頭，這一次沒有劍拔弩張的緊張氣氛，雙方都露出溫和的神色。

不過狄秋的臉上，始終有一點尷尬，這位老人家，口硬心軟，明明知道自己錯了，卻開不了口說一句抱歉。

信一哪會不知狄秋的尷尬心態，他笑了一笑，然後翹起了拇指。

那個小小動作，是建立兩人之間互信的橋樑，也表示信一一直沒有忘記當日狄秋那個「恩」。

狄秋一見，展顏一笑。

這個簡單的動作，便化解了尷尬氣氛，足見信一處事爽快，胸襟廣闊，所有事情也可大而化之。

相比之下，狄秋更覺自己的度量狹窄，實在羞愧啊。

注：即超人力霸王（ウルトラマン Urutoraman），亦稱奧特曼。

望著眼前的信一，狄秋忽然發現，當日的倔強小鬼原來已經急速成長，舉手投足都有著龍捲風的氣度。

或許這就是自己一直所渴求擁有的——

領袖魅力。

狄秋同樣翹起了拇指，二人相視而笑。

信一記得，龍捲風臨終前曾說過，「龍城幫」一直有一道大裂縫，他已無能爲力修補，所以把這個重任交給了自己。

經歷過風風雨雨，信一終於不負所託，完成龍捲風的遺願了。

5.5 一切隨風

「信仔……請坐。」

信一坐下來，狄秋拿起茶壺準備斟茶。

信一輕力按著他的手背：「秋叔，讓我來。」

對上一次信一爲自己斟茶，已經不記得是多少年前的事。想起當年初見信一，再到早前用盡方法把他拉下台，狄秋只覺萬分感慨。

「信仔，以前的事……」

「以前什麼事啊？記性不好，全都忘了。」

二人曾經因龍頭之爭而傷了和氣，如今事過境遷，已經不用說什麼抱歉話。

「信仔，我跟雷公子的事，你也略知一二吧？」

「知道，其實你知不知雷公子的眞正身分？」

「他……不就是來自澳門的黑道嗎？」

「一個澳門黑道，何以要對我們『龍城幫』窮追猛打？」信一點起香菸：「火兒查到了雷公子的來頭，原來這頭瘋狗是震東的親兒子！」

「雷公子是震東的兒子？」

一聽到震東的名字，狄秋心有餘悸，想起了這個黑道霸王的種種惡行，便立即頭皮發痲。

在那一段火紅歲月裡，「龍城幫」跟「青天會」鬥個日月無光。震東的狠辣，狄秋早就領教過，想不到事隔三十多年，他的兒子竟然入侵香港黑道，上演一場復仇戲碼，向「龍城幫」討債。

雷公子跟「龍城幫」仇深似海，他又怎會放過逆鱗？

「秋叔，你放心，逆鱗對雷公子還有利用價值，我認為他暫時仍沒有性命危險。」信一續道：「他叫你這兩星期安心當你的龍頭，又叫你好好保存權杖，好明顯就是要你一個月後用龍頭棍交換逆鱗。」

「龍城幫」的最高權力象徵一旦落在敵人手上，以後「龍城幫」還有何顏面在江湖立足？

救回逆鱗一命，卻換來幫中兄弟唾罵，狄秋確實好生為難。

「他給你兩星期時間，我想，雷公子也正在部署什麼……」信一吸了口菸，思索著對方的下一步：「雷公子這次回歸，目的是要為父報仇，取回屬於他的一切，包括九龍城寨，現在他勢頭大好，以為吃定你。接下來，他應該會樹立『青天會』的旗幟，並公告天下。」

「『青天會』已經瓦解多年，他又如何在短短日子重組勢力？」狄偉。

「組團結社最緊要的就是金錢與人手，雷公子為求目的不惜工本，以我估計，他會買下整個『天義盟』，來一個借屍還魂。」信一想了想：「他選擇『天義盟』為合作對象，除了看中宋人傑貪錢，更重要是幫會已近夕陽，方便接管。」

一理通百理明，信一的推測合乎邏輯，完全能掌握到雷公子接著的每一步。

「我想，雷公子很快會再找你，他會叫你撤出九龍城，然後在城寨舉行造勢大會。」

「那我們……現在該如何應對？」狄秋甚爲緊張。

「如果雷公子找你，並要求你撤走，你一定要表現得十分激動，經一番擾攘，最後都是無奈答應。」

「之後呢？」

「之後就見招拆招。」

狄秋一愕：「？」

見招拆招，那即是連信一也想不到對策？

「放心，只要確定雷公子向你提出這要求，我就知道下一步怎樣走的了。」

「嗯。」

狄秋仍然難掩擔憂之情，此事關係到「龍城幫」與逆鱗的命運，如果有什麼差池，後果實在是難以想像。

「秋叔，相信我吧。」信一輕輕拍著狄秋的肩膀。

「信仔，一切靠你了。」

當晚，狄秋召了孟大成回來，三老一少，冰釋前嫌，由狄秋親自下廚，在舊居飯聚，把近日的煩事暫且放下，吃一頓安樂茶飯。
難得聚首，晚飯過後，四人便喝起酒來，互訴這幾年間發生的事故。
信一說到龍捲風的最後一戰，狄秋的心便揪了起來。
自兄弟鬩牆後，狄秋一直都不能釋懷，鎮日愁眉不展，就算取得龍頭大位，也不曾展顏。
因爲他始終放不下那個心結……
龍捲風是狄秋一生中最敬重的人，可偏偏又發生了那件男人絕不能夠容忍的事情，縱然狄秋知道不能全怪在龍捲風頭上，但也再難面對這位好老大。
狄秋的內心眞的痛恨龍捲風？看來不盡然啊，否則他又怎會視逆鱗爲親兒子般對待。
其實他早已原諒了對方，只是頑固的個性，叫他不能主動言和，想到跟龍捲風碰面的尷尬場面，他就覺得好爲難。
日子久了，雙方的裂縫就愈擴愈大，誰也不想跟對方見面，怕見了又會「觸景傷情」。
不如不見。
隨著龍捲風之死，往昔的恩恩怨怨，也該來個結束，讓一切隨風吧。
不過，狄秋內心還有另一遺憾……
那就是他永遠也不能對龍捲風說句抱歉啊。
一念及此，狄秋不禁老淚縱橫。

信一本想安慰，隨即又停住想法。

狄秋的複雜心情，是旁人無法可以理解的，哭一場作宣泄了出來，總好過一直把那份鬱結壓抑。

「信仔……是我老糊塗，妒忌你當上龍頭才勾結雷公子迫你下台……我對不起『龍城幫』的兄弟，對不起你和老大！」

狄秋甚是激動，終於一口氣把憋在心底的話吐出來。

「秋叔，別這樣，我沒怪你啊。」信一淡然地說：「哥哥跟我說過，就算何等聰明的人，也會有做錯事的時候，這是人生的歷練。所以他告訴我，做錯了事不要緊，最要緊就是知道自己錯在哪裡，以及如何彌補。」

「說得沒錯！」狄偉附和。

「雷公子以爲吃定我們『龍城幫』，我就要讓他知道，他惹了一幫惹不起的人！」

形勢比人強，信一仍可處變不驚，淡定地說出這番話。瞧見他的神態，狄秋才知道，信一的確充滿了自信與活力，這也是自己一直所欠缺的。

時不我與，這個時代，是屬於年輕人的了。

「信仔，龍頭這個位，我沒資格坐，不如……」

「這些遲些再說，最重要的就是我們槍口對外，同氣連枝，大成叔，你說對嗎？」

「你這小子說話有紋有路，我大成之前看錯了你。」大成舉起酒樽：「我敬你！」

「大成叔，玩敬酒如此復古，那我就連連戲，回敬你一句：以前誰對誰錯也好，都當粉筆字般抹光了它吧！」

四人同時一笑，糾纏多年的龍城內亂，終於得到大和解，龍捲風如果能看到這一幕，相信會感到很安慰吧。

除了狄秋外，其餘三人都飲個酩酊大醉，睡在狄秋的老家中。

凌晨三點，正當狄秋熟睡，電話突然響起，是誰會在這個時候來電？狄秋心裡有數。

「喂。」

「狄老大，沒吵醒你吧？」電話彼端，是討厭的雷公子：「我知你老人家中意晨運，特意選這個時段打給你的，哈哈哈。」

「有話快說，你要怎樣才肯放了逆鱗？」

「放心啦，令公子現在吃好住好，我保證他比以前更加皮光肉滑。」雷公子的聲線和語氣討厭到一個極點：「其實我也很想放了他，不過我知道，現在我放人，你們肯定深深不忿，找機會報復。我只想和平共處，眞的不想再打打殺殺了喔。」

「你想怎樣？」

「我想過了，爲免我們兩幫人繼續打下去，我建議由你出面，親自對外宣布，『龍城幫』永遠撤出九龍城。只要我統一九龍城，這一區以後就可以天下太平。」

「你要我撤出九龍城？」

狄秋表現得相當緊張。此時，信一已經醒過來，坐在狄秋的身旁，翹起拇指，示意狄秋再激動一點。

「九龍城是『龍城幫』的根據地，你叫我撤出這裡，我們以後還有立足地嗎？」

「九龍區太刺激了，根本就不適合你們，我勸你還是乖乖地返回新界安享晚年啦。」

雷公子：「就這樣決定吧，我給你三天時間，三日後，我們會全面接收九龍城。從今以後，城寨就是我雷公子的地方。」

「你……別太過分呀！」

雷公子突然強硬：「你不撤兵，三日後我就用我的方法把你們轟出城寨，結局還是一樣！不過到時我就不會保證你的寶貝兒子能否完好歸來。」

「你別亂來……」

「識趣的，就照我的話去做。」

「……好，我答應你……」

「Good boy！還有啊，我一個月後會在九龍城設宴，搞造勢大會，我要你拿龍頭棍來當賀禮，我收到你的賀禮，心情靚靚，自然會放人。」

「你……實在欺人太甚！」

「我就是要欺你，你奈何得了我嗎？我再說一次，三日後撤出九龍城，否則逆鱗就會在世上消失，清不清楚啊臭老頭！」

雷公子說完就掛線，狄秋呆呆地拿著電話筒，望著信一，一時間不知如何是好。

信一在狄秋手上拿過電話筒，放回原位，拍拍狄秋的肩膀，笑了笑：「放心，他的動作跟我所預期的相當接近。」

「那我們下一步該如何？」

「首先，千萬不可讓他知道我已經插手。」信一抓抓肚皮：「明天找人放個消息出去，說逆鱗落在雷公子手上，『龍城』內部正密謀對策。隔一天後，由我放消息你曾找我助拳，被我斷言拒絕。第三日，你無計可施，唯有屈服，撤出九龍城。」

「我們眞的要撤出九龍城？一旦走了這一步，以後『龍城幫』還有何威信？」

「有沒有威信，就要看這誰是最後的勝利者。」信一眼珠一轉：「這消息傳出去之後，雷公子肯定開心到蹦蹦跳，以爲你已經沒了主意，應該不會再出招。我們就要利用這段時間做好部署，營救逆鱗。」

5.6 訣別

狄秋照信一的計畫行事，第二天四出打探逆鱗的消息，表現焦急失措。

一晚過後，仍沒有任何消息，唯有硬著頭皮求助信一，卻換來對方冷言對待。

第三天，狄秋仍想不到任何對策，最終沒法子，迫於撤出九龍城。

「龍城幫」撤離九龍城一事震動江湖。自信一垮台後，「龍城幫」聲望已大不如前，嚴重內衰。想不到狄秋接掌不久，九龍城地盤竟被「天義盟」全權接收。

曾經風光的「龍城幫」，已取代「天義盟」，變成了無人看得起的——夕陽幫會。

「龍城幫」撤走，取而代之的就是由雷公子統領的「天義盟」大軍了。

第五天，雷公子帶著一眾門生，大刺刺地進駐九龍城寨，如皇帝般在城寨巡視了一圈，便來到「龍城幫」的賭館，坐在信一昔日的椅子上。

一坐下來，雷公子的激動情緒便湧上心頭。

這裡曾經是「青天會」的地盤，他記得兒時父親常跟他吃狗肉。在城裡簡直是小霸王，瞧見不順眼的人就動手打，看見哪個可愛的女孩就摸兩下，度過了好一段蝦蝦霸霸的快樂童年。

但自從父親吃了敗仗，一切開心的日子都結束了。

今天再次回到這個帶給他美好回憶的地方，雷公子實在難掩內心的亢奮。

差一點就要哭出來。

「『龍城幫』終於被我踹出九龍城，哈哈哈！」雷公子亢奮地說：「下個月就要在這裡大搞英雄宴，我要全江湖都知道，由我帶領的『青天會』載譽歸來，將會在香港幹一番驚人事業！」

雷公子躊躇滿志，矢志在香港黑道再起風雲。在場幾個心腹大將，邢鋒、虎青、King Kong、士撻、鱷魚，B輝打從心底替他高興，只有宋人傑心中有氣不能舒，不過事情已來到這地步，想改變也改不來，可以做的，只有陪笑。

「雷公子如日中天，『龍城幫』哪有能力跟你鬥？」虎青露出兩排煙屎牙。

「我有腦，也要靠你們一班實力派助陣才能成事。」

「英雄宴當日，你認為信一他們會否出來搞事？」

「信一現在沒財沒勢，只得一間爛公司，拍一大堆爛片，我知他現正忙著拍攝那部賀歲片，他哪有空來搞事？」

「那齣賀歲片找了幾個明星拍攝，聽說信一孤注一擲，把所有錢都押在此片，真的打算全力發展電影事業。」

「哈，外行充內行，早晚輸清身家。」雷公子不屑：「就算他真的夠膽走上來，我還有一項祕密武器，要他跪在我面前，舔我的鞋底！」

雷公子自信滿滿，對他的「祕密武器」胸有成竹，這次連邢鋒也不知他葫蘆裡賣什麼藥，但可以肯定，一定又是傷天害理的陰鷙事。

宋人傑在會議過程也心不在焉，懶理雷公子有什麼計畫，反正「天義盟」早晚要拱手讓出，他現在就如一個對公司沒有歸屬感的打工仔，老闆說什麼就隨意附和，毫無熱忱，夠鐘就下班收工。

「宋人傑，我們開會，你卻魂遊太空，我請你回來發夢呀？」雷公子瞪著宋人傑。

「對不起……雷公子……」宋人傑囁嚅。

「又趕著去做孝順兒嗎？」

「對……」

「你母親患了什麼病？」雷公子平和地問。

「肝癌。」

「她年紀多大？」

「快八十歲。」

「都一把年紀，死了也不可惜啦！」雷公子揚起一邊眉頭：「別誤會，我不是咒你老母啊，我真心覺得，一個人都活了這麼久，臥在病床都是浪費時間，倒不如早點了結，早走早好。」

宋人傑沉起了臉，想裝笑也裝不來。

「你老母一死，你又可以趁機會撈一大筆帛金，發達啦，哈哈哈！」

雷公子的話已觸及到宋人傑的神經，雙拳抓緊，很想破口大罵，可在這情勢下跟雷公子翻臉，自己將會一無所有。死忍嗎？又下不了這口氣。

宋人傑正處於進退維谷之際，雷公子揚手：「走走走，苦口苦臉的，破壞了大好氣氛！」

宋人傑點頭，起身就走。

「別理那廢柴，我們繼續。」雷公子：「King Kong，你那邊準備好了沒有？」

「一切妥當，兩天後便出發。」

「Good！這兩天叫你的同鄉不要去叫雞，留多點精力放在藍男身上。記得把輪姦藍男的過程拍攝下來，樣子要清楚點，性器官要多點特寫，多點動感，最要緊看見你們那黑色巨炮抽插的畫面，記得一定要見血！」雷公子抓著自己那話兒：「想起藍男被姦的畫面，我的小弟便硬起來，哈哈。」

虎青用肘輕碰King Kong肩膀：「你眞幸福，奉旨強姦，眞想跟你交換啊。」

King Kong咧嘴笑道：「來日方長，肯定還有機會。」

對於折磨女人這門技術，雷公子已經駕輕就熟，並已成癮。每次想起那些殘忍的虐待畫面，他就覺得亢奮。

除了虎青、King Kong和士撻在陪笑，其他人都沒有太大反應。他們雖然都是混黑道，但也很少會傷及對頭的妻兒，不至於泯滅人性。

尤其邢鋒，這個亦正亦邪的人，爲打倒對方，可以把善良的一面完全隱藏，但他亦有人性的一面，否則當日就不會放過藍男。

邢鋒當然知道雷公子是個怎樣的人，不過他又確實有恩於自己，既然選擇了跟隨這個人，他的所作所爲亦輪不到自己過問。

兩日後，台灣九份。

一個風和日麗的清晨。

火兒在家中吃過了藍男爲他做的早餐後，準備出門。

這段日子，火兒爲組織勢力，已打遍了台北的地下擂台，集結了一班拳手。

今日他的戰場將移師台中。

「吃飽了。出發前看看我的寶貝兒子。」火兒看著床上熟睡中的兒子：「妳看他長得跟父親一樣帥，長大必定也跟我一樣是個萬人迷！」

「哦？原來你是萬人迷，失覺失覺。」藍男打趣說：「那你一定有泡女啦。」

「絕對沒有！全江湖都知我用情專一，所以那些慕名而來的粉絲大多都只是遠觀而不能接近我的。」

「哼！」藍男沒好氣，爲火兒穿上外套：「吃飽就起行，早去早回啊。」

「遵命。」

穿上外套，正想出門，不知怎的又走到嬰兒床前，再看看兒子，然後就定睛看著藍男。

「幹嘛？」

「妳的眼睛很大啊。」

「傻瓜，我沒整容，眼睛一直是這樣子啦。」

「今天的妳，特別可愛。」

火兒輕吻了她的臉，藍男像個少女般羞澀一笑。

「突然好想留在家中陪妳，不如叫暴龍代我出戰，妳說好不好？」

「當然不好啦，別像個小孩子般耍性子，早點完成工作，早點回來。我爲你煮晚飯等你。」藍男笑道：「今晚煮滷水雞翼好不好？」

「好啊！」

火兒踏出大門，回望了藍男一眼，她的淺笑，總是那麼好看。

誰又想到，這一次的分別，或成永訣。

5.7 大禍

一個多小時後，火兒來到台北車站，同行的還有暴龍以及曾在地下拳賽跟AV交手的小鋼炮。

小鋼炮與火兒交手後，被他的神技所折服，投其門下。

小鋼炮熟悉台灣地下拳賽運作，多場賽事也是他爲火兒安排，算是火兒的一支盲公竹。

「洛哥，還有十五分鐘上車，先喝喝水吧。」小鋼炮把一瓶礦泉水遞給火兒。

火兒接過水：「台中那班傢伙眞的那麼厲害？」

「我上星期親眼看過他們的實力，每個都相當犀利，一拳便可把對手打昏。」小鋼炮手舞足蹈，七情上面：「如果洛哥可以把他們納爲己用，將會是你一大助力啊！」

火兒瞄了小鋼炮一眼，並沒回話。自踏出家門之後，火兒一直忐忑不安。

「洛哥，你今天好像心事重重，沒事吧？」暴龍。

「不知怎的，今日總是心緒不寧。」

「既然狀態不好，不如你回家休息，我代你出戰吧。」

「不行啊！這幫人很難應付，一定要洛哥親自應付啊！」

小鋼炮表現甚爲緊張，這個反應令火兒的不安感頓升。

「今天的行程取消，暴龍，我們走。」

火兒正要動身離開，小鋼炮卻拉住了他：「洛哥，這次機會很難得的……我們上車吧。」

火兒瞥了小鋼炮一眼，一手把他推開：「走開！」

火兒與暴龍正要離開車站，卻見十幾名刀手從四方八面突然撲出。

「暴龍，不用留手，給我盡情打！」

火兒與暴龍開打的同時，安在家中的藍男還未知道，一場大禍已經悄然降臨。

以King Kong為首的非洲幫，一行十人，一身殺氣的走進九份大街。

非洲幫個個惡形惡相，散發著一股生人勿近的邪惡氣息，旁人見著都往一邊避開，不敢跟他們有任何身體碰撞。

他們經過了一條長梯，穿過曲折的小溪，再步行一段小路，終來到一所舊式的住宅。

「是這裡了。」

King Kong停在舊宅的鐵閘前，從大背包中取出一個大鐵鎚，猛烈一撞就把破舊的鐵閘撞開。

「這裡偏離鬧市，附近又沒其他住宅，哈哈，待會可以玩得盡情一點。」

破閘聲響驚醒了午睡的藍男，自小在龍蛇混雜長大的她，養成了極高的警覺性，隨即開著監控電視，瞧見King Kong那班人正穿過小小的庭園，步向居所的門口。

身處大屋第二層的藍男知道大事不妙，首先考慮的，就是BB的安危。

該把ＢＢ藏在哪裡呢？刻下根本沒有太多時間讓她細想，於是她便抱起ＢＢ，走上第三層，打開儲物室的木門，再進入ＡＶ的房間，看見他抱頭大睡。

她腦中閃過一個訊號，就是求助ＡＶ，著他出手。

可現在ＡＶ的狀態，會有戰鬥能力嗎？如果連他也被發現了，有可能三個人一同送命。

權衡過後果，藍男決定還是把ＢＢ留下。

「兒啊，如果媽媽今日過不了這關……以後你要聽爸爸的話啊。」

藍男心裡說著告別話，便把ＢＢ放下，望著睡得香甜的他，眼淚已禁不住流下來了。

她多麼希望可以看著ＢＢ快高長大，然而她知道，到了此刻，這已是一個奢侈的渴望。

望了他最後一眼，藍男便轉身閂上門，把雜物堆在門前，走出雜物房，往下層的梯級走下去。

對方是衝著自己而來，是殺是抓也好，只要完成任務，而又沒發現屋內還有其他人，ＢＢ的性命便保得住了。

藍男回到第二層，聽見樓下一陣沉重步履，她可感到，索命的惡鬼已近在咫尺。在小屋內找個藏身處是可以的，但對方有備而來，又怎會放過每個可以匿藏的角落？若因此發現了ＢＢ的位置，藍男將會更加後悔。

「碰」的一聲，二樓的木門被破開，出現在藍男眼前的，是個身型健碩的非洲大漢。

二人四目交投，沒有說話，整個空間也靜止下來，靜得能聽到藍男的心跳聲。

幾秒過後，King Kong露出一個淫邪的笑容，吐出一句叫藍男心膽俱裂的話：「妳很漂亮，還未脫光妳的衣服，我已硬起來了！」

藍男已被嚇得魂不附體，臉色頃刻發青。

那班人明顯是雷公子派來的，看其樣子已可肯定是一班毫無血性的惡漢。

她知道接下來將受到人間最慘痛的對待，那是比死還要恐怖百倍的遭遇。

King Kong正要上前，廳中的電話響起。

二人同時望向電話方向，King Kong指著那電話，示意藍男接聽。

藍男慢慢步向電話之處，視點一直落在King Kong身上。

她拿起話筒，彼端傳來火兒的聲音。

「藍男，立即跟BB和AV離開……」

火兒跟暴龍打退一眾刀手後，立即致電藍男，希望趕得及叫她離開，可還是遲了一步。

「火兒……」藍男的聲線發顫。

King Kong步前，叫藍男把話筒交給他。

「火兒。」

話筒轉了另一個男聲，火兒全身寒氣直冒，如墜冰窟，緊張得雙唇顫抖。

「你們是誰？」

「我叫King Kong，是雷公子派我們來的。」

「你別亂來，敢動藍男一根毛髮，我保證，你的人生將會永無寧日。」

「哦？你在嚇唬我嗎？但為何我卻覺得你好像很害怕似的？聽到你焦急的聲線我就安樂了，因為我知道你還有一段路程才能趕回來。」

「你……別亂來……」

「放心，我奉命活捉你老婆，她活著才有價值啊。臨走前，我會留下一盒錄影帶給你，以解你相思之苦。內容由我一班兄弟手足親自演出，沒有馬賽克，保證精彩絕倫，哈哈！」King Kong發出叫人不安的笑聲：「別打算報警，只要我一聽到警車聲，就會把藍男的頭割下，再見。」

火兒的心情從未如此焦急緊張，怕得整個心臟都要跳出來。

他已乘計程車趕回家，不過就算用極速行駛，最快也要半小時以上才到達。

半小時，足可令藍男來回地獄再折返人間！

5.8 入魂

掛了線，King Kong以極度淫邪的目光盯著藍男。

藍男被盯得很不自在，正欲逃離，但被對方一手抓住。外套更被King Kong粗暴地扯了下來。

藍男忍不住發出驚叫，她並不是怕死，只怕接下來發生在她身上的事情，更怕此生此世無法再跟火兒相見。

遺憾不能一起把兒子養育成人。

樓下的叫聲傳到了上層的雜物房，驚醒了沉睡中的巨人。

藍男出事了，AV理應出手，問題是如何令一個喪失鬥志的人，重燃生命火花？

AV的舊患復元了沒有？沉淪了一段日子，體力必然大不如前，又如何力敵一眾大漢？

像有感應似的，念祖這時也睡醒了。小小的他張開眼睛，第一眼看見的不是自己的父母，而是一個陌生人，但他居然並沒有哭，似是知道AV不會傷害自己。

AV混濁的雙目跟念祖的清澈明眸對上，世界好像立即變澄明了。

念祖望著眼前人，竟還「咭」一聲笑了出來。

笑容可愛，充滿著生命力，無邪的純潔，如同一道和煦的陽光，衝破烏雲，打進早被污垢泥濘封鎖的內心。

命運安排他倆在這非常時刻擠在一起，必有其目的及意義……

念祖伸出小手——

當他的小小指頭觸及到AV手掌之時，AV感到一股暖流湧入自己的身體。

這暖流形成一股力量，在他的四肢百骸遊走。

誰又想到，一個小小的生命體，竟載著這股巨大能量。

爲絕望的人注入力量。

令已死的心，再度躍動！

小指頭抓緊大手掌，AV知道，他的人生，有了新的意義！

當一個人跌入了谷底，對人生喪失了希望，能令他再次振作的，就只有另一個生命對他的依賴。

藍男咬向King Kong的手腕，掙脫了他，瞎衝入了廚房，拿起菜刀架在自己的頸上。

King Kong冷笑：「割下去吧，不過我提醒妳，最好割深一點，否則死不了，妳將會非常痛苦。別妄想我們會就此放過妳，傷口不斷劇痛的同時，下體也被操到流血。好運死了，我們會照樣姦屍，照樣會把整個過程拍下來呀，哈哈哈！」

面對這班沒有人性的禽獸，藍男再沒有任何阻止他們的方法。

陷入絕望的她，忽然聽到一聲哭泣聲。

那是愛兒的哭聲！

King Kong一眾朝聲音望去。

「我求你們別傷害他……你們想對我怎樣就怎樣，我不會反抗了。」

藍男放下刀，跪在地上。

「我求求你們……」

一個母親，爲了自己兒子，可以不顧一切，可以放下自尊。

藍男已有被宰割、被蹂躪的覺悟。

哭聲漸大，藍男循聲而望，竟見AV一手抱著BB，另一手拿著面具，拾級而下。

無端鑽了個大男人出來，King Kong一時間也愣住。

AV走到第二層，沒望過任何人一眼，在King Kong身旁經過，步入廚房，蹲在地上，把BB交到藍男手上。

「嫂子，對不起，我不懂抱BB，一抱起他，他就哭了。」

這是藍男跟AV再遇以後，首次聽到他開腔說話。

藍男一陣感動，淚腺受到了刺激，眼淚失控地流下來。

BB在藍男的懷中，也不再哭了。

他對AV一笑。

AV摸了摸他的頭。

「他很可愛。」AV望向藍男：「之後的，交給我。」

藍男猛力點頭。

AV站起來。

提起拿著面具的手。

再一次……

啪——

戴上面具！

——**戰神入魂！**

那個曾經雄霸九龍城寨的競技場之神，已經完全復活。

AV雙瞳再度燃起了能燒光一切事物的火焰，對King Kong說：「雷公子的人，統統要死。」

AV渾身湧出一陣強大殺氣，猶如從地獄爬上人間的死神，King Kong對他也有點忌諱，但己方人多勢眾，他只一人，就算會打，也敵不過十人吧。

「全部上，先殺掉他！」

King Kong精明，大喝一聲，爪牙衝上，自己卻沒行動，讓他們做爛頭卒，試探AV的實力。

兩個不識死的爪牙撲前，各自在AV身上轟出一拳。

AV仿如銅牆，中了雙拳，仍不動如山。

「你們很弱。」

這是他倆在世上聽到最後的一句話。

下一秒，急風壓向面門，腦袋不知受到了什麼猛烈的轟撞，頭顱快要爆裂開來。

再過一秒，又是一陣劇烈的猛撞。

這一次他們可感到自己的鼻骨破裂，門牙掉落。

此刻才知道，他們的後腦，分別被面前這個巨漢抓住，剛才的兩擊，是面門跟面門撞擊的效果。

他們想求饒，卻太遲了，因爲第三記轟撞已經來了。

碰！

再一記撞擊，把他們的面骨壓爆。

眼球、牙齒和著濃稠漿狀的血水同時飛濺出來，轟得面目模糊。

兩顆頭顱連著那條如腸粉般沒了彈性的頸項，失去意識地垂下。

就這樣死了。

AV如扔垃圾般把兩具死物棄掉，面具背後的瞳仁，一直緊盯著站在最後方的King Kong。

AV的殺氣把整個空間籠罩，就算是King Kong此等殺人不眨眼的狠角，也不禁生出一陣寒意。

King Kong大吼：「上！全部上！殺了他！殺了他！」

唯有大吼壯膽，才能勉強驅去內心那股怯意。

頭頭下令，那班亡命之徒就一擁而上。他們自恃人多，以爲可以用人海戰術，令AV

難以招架。

他只有一人，時間一久，必有力盡之時。我方卻可以互補力量，只要耗盡了他的力氣，就可反撲殺之。

這是他們一廂情願的幼稚想法。

事實是，AV的拳頭，威力好比火山爆發，每一擊都擁有能轟碎骨骼的超級爆炸力。

轟——轟——轟——轟——轟——轟——轟——

七擊，結束了七條性命。

亡命之徒，當眞亡命了。

King Kong簡直不敢相信剛才所發生的一切。

在他眼前的，根本不是人類，而是一頭殺人怪物！

King Kong眞應該趁他剛才殺人的短短時光逃亡，錯失了，就再沒機會。

他彷彿預見了自己被那頭怪物撕斷四肢的恐怖景象。

「到．你！」

兩者的實力與氣勢相差太遠，**King Kong**猶像一頭被猛獸盯上的小鹿，想走，但雙腳卻不聽使喚，使不出力氣，連逃跑的本能也失去掉。

AV已站在**King Kong**面前，死亡的氣息籠罩，叫**King Kong**雙膝一軟，跪了下來。

「大哥……冤有頭、債有主，害你的人是雷公子……今天我只是奉命行事……我發誓會棄惡從善、改過自新，請放我一馬吧……」

AV沒回話，只一手抓住了King Kong的頭髮，把他慢慢拉起。

AV把King Kong拉高到跟自己平視，跟手中的獵物四目交投。

King Kong已被獵人牢牢抓緊、盯著，叫他全身抖震，極度不安。

乾脆的死其實並不可怕，最可怕是等待死亡的來臨。

AV沒任何動作，只不發一言的望住他，似在欣賞著這頓美味主菜。

太快吃下肚，太沒趣味了，AV要慢慢享受捕食的過程，要看清楚這頭獵物瀕死時的恐懼模樣。

King Kong當然也知道對方的用意，到了這個時候，求饒已經失去了意義，要存活，就得用盡所有力氣，死命做出反抗。

為了活命，King Kong向AV打出一拳。

不過在恐懼與死亡的巨大壓力籠罩下，King Kong的拳又慢又沒力量，輕易就被AV一手截住了。

AV把他的拳頭包在掌心，另一手同時出拳，打在King Kong的手肘關節上，啪嘞一聲，骨骼便穿出皮肉。

驚見手骨破體而去，King Kong又痛又懼，發出悽慘的狂嗅。

「吔～～好痛呀！」King Kong痛得面容扭曲。

慘叫聲並沒有喚醒AV的惻隱心，反令他更加亢奮。

接下來，將會是更血腥、更暴力的限制級情節。

King Kong瞧見AV的手按住了那根穿體手骨，已知大禍臨頭。

「大哥……不要這樣……」

「有沒有後悔跟隨雷公子？」

「很後悔！我眞的很後悔！我發誓以後會做一個好人！我求你放過我！放過我呀！」

「懂得後悔，很好。」AV雙目吐出精光：「但已太遲了！」

一語甫畢，AV猛力一抽，便把King Kong那根手骨硬生生地扯離肉體。

那種痛楚，已經超越了人體所能承受的範疇，痛得King Kong死去活來，在地下猛烈滾動。

「瘋子！瘋子！他媽的黐線瘋子！死變態！」

求饒試過了，反抗失敗了，死到臨頭的King Kong唯一可以做的，就是破口大罵，圖以發泄來減輕痛楚。

這又是一個大錯特錯的行爲。

AV把手中的骨頭弄斷成兩截，往King Kong的雙膝插下去，換來更巨大的嘶叫。

接下來的五分鐘，King Kong不斷在劇痛與死亡邊緣中輪迴折返，受盡慘絕人寰的折磨，才得以死去。

AV從地獄回到人間，在浴火中重生，體內的血液再度燃燒。

對朋友，他可以義無反顧，捨命相隨；對敵人，他卻化身成爲凶殘惡鬼，爲他們帶來連場噩夢。

誰害過他，定會血債血償，百倍奉還！

下面傳來一陣急速步履，火兒從樓梯走上來，看見眼下血肉橫飛的情境，先是一愕，再見藍男與BB無恙，心情終於定下。

「火兒……我和BB都沒有事啊！」

不久前藍男還以爲會跟火兒陰陽永別，差一點，自己就會落在那班禽獸的魔爪中。能度過這一大劫，是幾生修來的福氣。

火兒雖然不在現場，但也絕對能夠感受到藍男的恐懼，因爲他在趕回來的路程上，腦海閃出了無數畫面……

藍男落入他們手中，連生性樂觀的火兒也感絕望，沒想到回來後，會出現這個驚喜。

除此之外，還有另一更大驚喜。

「AV……」

是AV拯救了藍男與自己的孩子。

二人目光接上，沒有對話，卻可感到對方體內，正在熱血沸騰。

良久，AV終於吐出一句叫火兒雞皮疙瘩、等待已久的話……

「返香港！」

—飛機上—

「喂，小子你別吵啦。猋咕咕～猋咕咕～」大概是起飛時的氣壓，惹得念祖哭個不停，火兒根本拿他沒輒。

「讓我來吧，寶寶乖、寶寶乖，媽咪錫錫～」這次念祖居然連藍男也不賣帳，小鬼哭得更大聲。

有時看他們兩個新手爸媽雞手鴨腳、手忙腳亂的，蠻搞笑。

「AV，笑什麼笑，讓你來。」藍男把哭鬧中的念祖交到我手上。

下一秒，我覺得我實在太犀利了！在戰場上，我也沒試過那麼自豪。

念祖止住了哭，向我咧嘴而笑，然後乖乖地伏在我的胸膛上，閉起眼睛睡著了。

第六章 Chapter Six

6.1 重整旗鼓

King Kong事敗的消息，當晚就傳到雷公子耳邊。

由於己方無人生還，雷公子只能靠台灣的眼線提供情報。

那一晚之後，火兒一家便在台灣消失，雷公子的眼線也無法得知他的下落。

雷公子還未知曉AV已跟火兒會合，只以爲King Kong之死是火兒所爲。

他認爲，火兒的能力比自己預期更爲強大。

雷公子除了著力追尋火兒的下落之外，暫時也沒有進一步行動。

至於火兒身在哪裡？當晚他已跟AV及藍男祕密回港，並跟信一聯絡，相約在元朗會面。

信一跟狄秋表面仍然不和，雷公子並不會想到兩幫人暗度陳倉，故此信一認爲在狄秋的地頭會合火兒，較爲適合。

狄氏家祠旁邊的祖屋內，信一跟狄秋正等待火兒前來。

自從火兒離港後，二人便沒有見面，信一一直期待著他們重聚的一天，因爲他記得當日在機場禁區跟火兒道別時，心裡曾默唸：當我們下次再見時，就是雷公子末日倒數的開始。

期待已久的時刻終於來臨，而且連另一個兄弟AV也再次振作，信一眞想快點跟他們見面。

外面傳來兩聲敲門聲，信一一打開門，便見火兒、AV、藍男，還有他的外甥。

眼前的火兒，比他離港前更健碩，看來他在台灣的日子下了很大的苦功。

之後，信一的視點落在AV身上。

脫下面具的AV，擠出淺笑，但信一仍可看到笑容的背後，發生在他身上的悲慘故事。

那段經歷就如烙印留在AV的皺紋上。

這個男人，曾經獨自留在絕望深淵之中，就連他自己也以爲永遠被鎖在無底黑洞裡面。

可幸的是，他最終也被救贖。

「信一哥，請問看夠了沒有呢？看夠了的話，不如先請我們進屋吧。」抱著兒子的火兒笑說。

「進來啦！」

步入屋內，狄秋釋出善意，走到火兒面前。

「跟你們介紹，這位是狄秋。」信一一笑，望向火兒：「他就是火兒了。」

「狄爺，幸會。」

火兒從信一口中得知兩幫人和解的經過，雖然火兒還有點在意狄秋曾經搭上雷公子，不過既然信一已原諒了他，狄秋也認了錯，那就無謂再把舊事記在心，一笑泯恩仇算了。

「你叫我秋叔可以了。」狄秋有點尷尬：「火兒……對不起……」

「以前的事，不要記在心了。」火兒善意一笑。

「嗯。」

自從跟信一和解之後，狄秋霸氣全消，現在的他，表面看來跟一個尋常的老人家沒兩樣。

信一雙眼發光望著火兒手中的念祖：「給我抱抱。」

「你小心啊！」火兒把念祖交給有點笨手笨腳的信一。

「行啦！」

信一望著手中剛醒轉的念祖，水汪汪的眼珠眨了一眨，模樣可愛極了，信一跟他眼神接上，居然莫名感動起來。

「外甥多像舅，這小子雙眼跟我一樣迷人，長大後一定是個大帥哥。」

念祖像聽得懂信一的話，發出嘻嘻一笑。

「很可愛啊！」信一已被完全融化了。

看著信一這個傻樣子，藍男也泛起了笑容。

AV伸手摸著念祖的小腦袋，念祖以小小指尖觸及AV的指頭。

「這小子連AV也不怕，有美色又有膽識，像我啊！哈哈……」

AV心想，信一當然不知道，念祖就是我重生的動力，若不是這個小小的生命體，自己很可能仍然一蹶不振。

是他拯救了我啊。

信一把念祖交給藍男，便開始談正事了。

信一把連日來發生的事情概括說了一次，得知來龍去脈的火兒，即時得出一個結論。

「在造勢大會來臨前，逆鱗的性命暫時不會有危險。」火兒續道：「在他的眼中，現在的『龍城幫』已不成氣候，對他全無威脅。他最在意的，是龍頭棍，那是『龍城幫』的幫會信物，只要得到了它，他便永遠可把『龍城幫』壓在腳下。」

「既然他如此重視龍頭棍，何不一早叫我拿去交換逆鱗？」狄秋不解。

「第一，勝利已沖昏了他的頭腦，他認爲你已再無反抗能力，所以不急於一時。他要在『青天會』再次樹立旗幟之日，由你親手送上信物，這是對『龍城幫』最大的侮辱。」

「到那時候，『龍城幫』將會淪爲江湖笑柄，我和逆鱗更成爲過街老鼠！」狄秋怒火上升：「殺死我們太容易，對他來說太沒快感，他要我們活受罪，要我們成爲其他幫會的恥笑對象！」

「秋叔，別動氣。」信一拍拍狄秋的肩頭：「我們已洞悉了姓雷的詭計，又怎會讓他得逞！逆鱗是他的唯一籌碼，只要在造勢大會前救出逆鱗，雷公子再惡也無法逼你交出龍頭棍。」

「但……逆鱗一定藏身在一個祕密的地方，我們可有辦法找出來嗎？」狄秋不禁憂心。

「距離造勢大會還有一星期……」火兒自信地說：「一星期已足可把江湖弄至天翻地覆了。」

火兒沒有正面回答狄秋，但他看來半點擔心也沒有，似乎很有信心可以在造勢大會前尋找到逆鱗的藏身處。

到底他是想出了什麼法子，還是只是在穩定軍心？

「不用想太多，一切就交給我們去辦吧。」火兒：「秋叔，信一跟你和解以及我回港一事，是個重大祕密，除了幾個自己人外，千萬別向任何人透露，否則給雷公子知道，讓他有了防範，這場仗就難打了。」

「嗯，我已吩咐了大成跟狄偉守住祕密了。是了……」狄秋欲言又止，對信一說：「跟你們接觸過後，我知道自己眞的落後了，『龍城幫』如果一直由我掌權，一定會逐漸褪色，直至失去光彩……我認眞想過，待事情結束後，我便會退下來，把龍頭之位還給你。」

信一知道，狄秋這番話是發自眞心的。一間公司，如果想持續，是絕不能欠缺活力與朝氣，一旦老化，便返魂無術，只會一直走下坡。

狄秋是對「龍城幫」有感情的，之前因權力而喪失理性，冷靜過後，反省過了，明白有些機會在年青時候錯過了，到了垂暮之年才苦苦追求，得到了也沒有好結果。

「我明白你意思，不過我有個建議。」信一：「如果你不反對，我想『公司』之後行雙龍頭制。」

「我說過了，現在是年輕人的世界，我不想阻礙你們發展……」

「秋叔，你誤會了，你是『龍城』的開山元老，地位永遠在我之上，我又怎可能跟你平起平坐呢？」

「到這個時候還顧及我的感受，信仔對我眞的很不錯了。」狄秋心想，然後又道：

「那你想找誰跟你搭檔？」

「龍頭這個三煞位，除了要夠江湖地位，更加要有實力、有頭腦。」信一頓了頓，望著火兒：「火兒是很好的人選。」

火兒沒有驚訝，表現淡定。能攀上幫會權力高峰，是很多古惑仔的最大願望，但對火兒而言，只要能助信一再掌「龍城幫」便已足夠。

一旦當上龍頭，就有千萬種事項需要處理，「龍城幫」經歷了一場大劫，內部已五勞七傷，整頓軍心、重組架構、財政處理等都是當前急務。

解決了內部問題，就要重建「龍城幫」在江湖上的威信與地位。

火兒雖有點小聰明，但這些年以來，他都是靠一腔熱血、一雙拳頭來建立自己的聲名與地位。

成爲龍頭以後，他就得玩政治、耍手段，到了非常時期，更有可能要做一些情非得已的決定。

還有，火兒現在已非身無長物，他有了家庭，有了下一代，很多時候都要顧及另一半的感受。

藍男嘛，她既然是江湖阿嫂，就知道有很多時候，都是一句老話：人在江湖，身不由己的。

信一是她世上最信賴的親人，他這一著一定有其原因，總之不會加害火兒就可以了，其他的事，也不能干涉太多。

藍男的微笑，令火兒心領神會。

「信仔，你的決定，我沒異議。雖然火兒在『龍城幫』的日子尚淺，不過只要解決了雷公子，樹立了威勢，我想沒有人會反對。」

「嗯。」信一再一次尋求火兒答覆：「你認爲如何？」

他知道，信一這個決定，有遠見，也有點私心。

經過狄秋的篡位事件，信一明白，自己的個人能力有限，有可能抵擋不了強大衝擊。雙龍頭就不同了，就算其中一人出了狀況，另一人也可鎮守，所以他一定要找一個絕對信任的人來「共享成果」。

火兒無疑是最適合的人選。

事到如今，他也很難推搪了。

「好，解決雷公子之後，我便跟你一起，共掌『龍城幫』。」

提到了雷公子，AV臉上的肌肉不由自主地揪了一下。

他知道，造勢大會當天將會跟雷公子碰頭，了斷所有恩怨。

至於信一，他不但要打垮「青天會」、清除雷公子的所有勢力，更要讓全江湖知道，龍捲風的門生後人，個個都獨當一面，實力澎湃——誰也招惹不起！

6.2 團聚

跟狄秋會面過後，火兒、信一、AV、藍男下一站來到果欄與大老闆見面。

大老闆在果欄一單位內來回踱步，焦急之情表露無遺。

「爸爸，你別那麼心急啦，他們已在前來路上，你在我面前走來走去也不會提早見到火兒哥跟藍男姐的。」坐在沙發上，正在看電視的喵喵說：「我要看張國榮啊，別擋住電視啦！」

「爸爸想見新抱仔跟乖孫兒也不行嗎？」大老闆氣道：「他是妳的侄兒來的，難道妳不想快點見到他嗎？」

「想啊，如果像你這樣走來走去可以快點見到他們的話，我照做便是。」喵喵視線沒離開過電視螢幕。

「妳現在眼中就只有張國榮，再沒有我這個爸爸了！」大老闆突然暴怒，關了電視。

「你幹什麼呀！」喵喵彈起身，嗔道。

「喵喵，妳以前怎會如此大聲跟我說話。妳變了，妳真的變了……妳明明喜歡華仔，怎會突然轉了口味？」大老闆摸著光頭，一臉苦惱：「唉……少女心事，但願我亦了解我也能知！」

「變的不是我，是你才對。」

「我變？我哪有變？我還是跟以前一樣帥啊！」

「你以前總把我鎖在房間，又不准我跟男同學接觸，是個專制的恐怖大魔王。」喵喵：「不過自從我死過翻生後，你對我就完全不同了，所以我現在才可以跟你隨心說話啊！」

「嘻嘻，原來是我變了。」大老闆露出少男般的害羞傻笑（很噁心），突然又激動起來：「說起來眞是多得火兒把我罵清醒，我才能痛改前非。所以啊，現在我把他當成親兒子般看待。」

「不過火兒哥好像沒有承認過這段父子關係呢。」

「妳知道嘛，兩個沒有血緣的人能成爲父子，跟見鬼一樣都是講緣份。」大老闆無視喵喵的話：「火兒是妳大哥，他的兒子就是長子嫡孫。」

「說不過你。」喵喵已沒好氣。

門鐘響起，大老闆如小朋友迎接聖誕老人般興奮開門。

一打開門，失望極了。

「原來是你們。」

來的是十二少與吉祥。

「火兒還沒到嗎？」十二少步入屋內。

「還沒啊，我等到花兒也謝了啦！」

大老闆正要把大門關上，梯級傳來了回應的聲音：「什麼花那麼易謝啊？」

一聽見那個熟悉聲音，大老闆雙眼立即發了光。

「寶貝兒子！」

久違了的火兒終於出現，大老闆咧嘴大笑，走上前熊抱著火兒。

「哈哈哈哈，哈哈哈哈，哈哈哈哈……」

大老闆笑得合不攏嘴。

「喂，你別一味對著我『哈哈哈哈』啦，你笑起來的樣子很可怕，我怕我的兒子今晚會做噩夢呀！」

大老闆的視線落在火兒揹著的念祖身上。

「他……就是我的乖孫兒……」大老闆眼泛淚光：「好趣致啊！」

大老闆故意擠出善良一笑（相當恐怖），挨向念祖。

「喂，別挨得那麼近，你會嚇怕他的！」火兒皺眉。

「小乖乖，你感覺到嗎？」大老闆依然故我，全不把火兒的話聽進耳內：「我感覺到啊！」

「你又感覺到什麼啊？」

「血濃於水的感覺喔！」

「你黐線！血什麼濃，於什麼水啊？就算你是念祖的乾爺爺也沒血緣關係的！」

「呵！你終於承認你是我的乾兒子了！」大老闆一臉得意的看著喵喵：「喵喵，妳聽到吧！是他親口承認的，我沒強迫他啊，哈哈！」

「有時候眞不知你是眞傻還是假癡。」

經過一輪沒營養的對話後，火兒等人便步入屋內。

再見火兒，十二少終於從他的臉上看出那份自信。他記得一年前「龍城幫」爆發內戰，個個如困愁城，無法展顏，身上好像被一股黑氣籠罩，如何努力也走不出陰霾。

士別三日，火兒連帶那份失去了的光彩，一同回來了。

還有AV，曾經失去了生存意義的人，靈魂一度墮落地獄。

經過千載紅塵，歷盡人間滄桑，AV終於從黑暗走出來，再次輪迴超生。

我們總會在某個時候，遇上令人喪失鬥志的事情，那就像一股暴風惡浪，任你有多強大的能力，也難以抵擋它的來襲。

別妄想可以憑個人之力死命頑抗，那只會被淹沒得更快。

能夠做的，就是在那段時間韜光養晦，等待風暴過去。

然後，再一次起步、再一次重生。

火兒五虎由互不相識，到結爲出生入死的好友，又在種種的際遇下，走上不同的路途，南轅北轍。

各自經歷了人生低潮，度過了一段逆境日子。

但他們之間的友誼，卻沒受時間與地域限制，只要一息尚存，這份情義也永遠不會磨滅。

風浪過後，今天又再走在一起了。

火兒等人加上大老闆圍著圓桌坐下，抱著孩子的藍男跟喵喵則坐在另一邊的沙發上，逗弄念祖。

火兒由台灣發生的事故說起，再由信一接話，簡略地把「龍城幫」大和解一事道出。

「這一年發生的事當眞峰迴路轉，去年你們跟狄秋還勢成水火，到最後竟然再次站在同一陣線。」十二少。

「人生就是如此奇妙。」信一從口袋正想取出菸包，望了望不遠處的念祖，便收起來。

「信一哥好像把世情都看透了。」吉祥打趣說。

「不能說看透，歷練而已。」信一笑說。

「哼！說歷練，老子比你多上幾億倍呀！」一見信一，大老闆就忍不住挑釁。

「幾億？知道了、知道了，知你有幾億精蟲無用處了！」信一輕佻一笑。

「什麼無用處呀？只要我願意，香港小姐也肯自願跟我交配呀！」大老闆激動。

「噗……」信一本想強忍，但過了兩秒就憋不住爆笑了：「哇哈哈哈哈哈哈哈哈哈哈哈哈哈哈哈哈哈哈哈哈哈哈哈哈哈哈哈哈哈哈哈哈哈哈哈哈哈……」

「你笑什麼笑？」

「哇哈哈哈哈哈哈哈……」信一淚水也飆出來。

「不准笑呀！」

「大老闆，我服了你……哈哈哈哈哈……我認輸了，連香港小姐也垂涎你的美色，我不認輸也不行了！哇哈哈哈哈哈哈哈哈哈……」

大老闆氣得一臉通紅，突然彈起身來，吼道：「收聲！我要跟你打！」

「打什麼啊？我剛才不是認了輸嗎？你泡妞神功天下無敵，我怎敵得過你？」信一拭去淚水。

「起身！我要跟你打呀！」

火兒把大老闆按下：「大老闆，信一只是說笑，你不要動氣啦。」

「我不是說笑啊，我是眞心佩服他的。」信一取笑中帶欽佩地說。

火兒瞥向信一，用眼神傳話：「別再惹他了！」

信一聳肩，終於肯收口。

經火兒一番安撫，大老闆暫且消了氣，乖乖坐下來。

又一輪小學雞鬥嘴後，正式進入會議重心。

「我們要在『青天會』造勢大會前，把逆鱗救出來。」火兒說：「你們認爲雷公子會把逆鱗困在哪裡？」

「最安全的，當然是他們的地頭銅鑼灣。」吉祥想了想又道：「不過好像太正路……雷公子妄自尊大，目空一切，他很有可能把逆鱗藏在九龍城！所謂最危險的地方就是最安全的地方。」

「吉祥說得沒錯，我看過一些犯罪書，裡面解讀過一些罪犯的心態，有不少智慧型罪犯都中意把藏參（注）位置放在受害者家人的附近。」火兒有條不紊：「他們覺得自己的智慧淩駕於其他人，把肉參藏在附近，到釋放他一天，就可以讓全世界人知道，跟他作對的警察有多無能，同時彰顯自己的智慧及膽識。」

「照這樣分析，逆鱗藏身在九龍城的機會比銅鑼灣大。」信一撥了撥頭髮：「就當他眞的藏在九龍城，那裡一定駐重人手，就算我們知道藏參位置，要救逆鱗，難免有一場血鬥。」

火兒接話：「能救走逆鱗，當然理想，但萬一失敗，讓雷公子發現我們原來已跟狄秋和解，有了防範，之後就痲煩了。更重要的是，雷公子一怒之下，很可能會殺掉逆鱗。」

「所以救逆鱗的最好時機，就是造勢大會當天。」十二少首次開腔：「我們要兵分兩路，救逆鱗與進攻雷公子，要同步進行。絕對不容有失！」

「還有另一問題，現在九龍城已經被雷公子佔據，我方人馬一旦出現在這裡，一定會很快讓雷公子知道，所以這次就連尋找逆鱗位置也要不動聲色。」信一補充說。

「救參一事，到時由我跟吉祥執行。」十二少：「雷公子那邊，留給你們『龍城幫』吧。」

雷公子跟「龍城幫」的恩怨橫跨兩代，在情在理，都應該由信一、火兒來處理。現在最大的難題是，如何可以知道逆鱗被藏在哪裡？

眾人思考著這個難題，似乎在短時間內也難以得到答案。

良久，火兒打破了沉默。

注：藏參指收藏人質的地方。參即指被綁架者（人質），也是肉參（肉票）。

「在宋人傑身上下手吧。」

「宋人傑？」十二少疑惑。

「他跟雷公子的關係建立於金錢與利益之上，並無互信可言。」

「宋人傑的確是最大機會出賣雷公子的人。」信一想了想：「不過既然他跟雷公子沒有互信，未必會知道藏參位置。」

「這就要他自己想法子了。」

「看你一副胸有成竹的樣子，你已想出方法利誘宋人傑？」

「沒啊。」

「哦？」

「不過每個人都有弱點，只要找到它出來，對症下藥，我就不信收服不了他！」

「哈，我就是喜歡你夠自信！」信一笑說：「有實力又有頭腦，『龍城幫』有你這個未來龍頭，一定會更上一層樓呀！」

此言一出，十二少與吉祥同感愕然，大老闆更加暴跳如雷。

「什麼!?你要當『龍城幫』的龍頭!?」

「這是信一的意思，解決了雷公子之後，我就會跟他共掌『龍城幫』。」

「共掌『龍城幫』？即是雙龍頭？信一哪有資格跟你平起平坐？」大老闆心急：「你要當龍頭，我大可把整個『暴力團』交給你！」

「你的好意，我心領了，其實『龍城幫』經歷了內戰後，需要時間重整架構及軍心，如果我拍拍屁股走了，豈非很沒義氣？」火兒努力安撫。

「講義氣當然對啦，但也要看對手。」大老闆煞有介事瞄向信一：「我怕你不懂帶眼識人，被人利用了也不知。」

「對啊，當初火兒就是沒帶眼識人，才被人家下了江湖格殺令，避走進九龍城寨！」信一一臉得意。

「你幹嘛翻舊帳？對於那次事件我已經悔疚過，相當痛恨自己，你爲什麼要在我的傷口灑鹽？爲什麼要一再離間我們父子倆的親厚關係？」大老闆指著信一：「你的心腸很歹毒啊！」

大老闆愛惜火兒，總希望有一天他能回心轉意返回「暴力團」，如果他成了「龍城幫」的龍頭，那麼這個願望就難以實現了。

他對信一其實不是憎恨，而是妒忌。

「別動氣，別動氣，信一無心的，別記在心。」

「火兒，老實告訴我，你還有沒有怪我？」

「都過了這麼久，我早已沒放在心上啦。」

「那麼，你爲什麼不肯回來『暴力團』？」大老闆將問題帶回原點。

「我都說過啦，『龍城幫』現在需要我嘛。」

「那……如果有一天……」大老闆欲言又止。

「如果什麼啊？」

「如果有一天……」

「說啦！」火兒不耐煩。

「如果有一天——我跟信一同時掉進水裡，你會救哪一個？」

全場靜寂。

然後——

「哇哈哈

哈哈！」

這一次撲克臉十二少也忍不住笑了。

連AV也都笑得全身抖動。

笑得最誇張的信一，直接倒在地下，抱著腰在左右翻滾。

「哈哈哈哈哈哈哈哈哈哈哈哈哈哈哈，他媽的，快要笑死我了！」

「有什麼好笑？」大老闆又尷尬又憤怒。

「好笑過周星馳啊！哈哈哈哈哈哈哈哈哈哈哈哈哈哈哈哈哈哈哈哈哈哈哈哈哈哈哈哈哈哈哈哈哈哈哈哈哈哈！」

「不准笑呀！」

「哈哈哈哈哈哈哈哈哈哈哈……我不行了！很肚痛！我要快窒息了！」信一雙手按著肚皮，笑翻天：「不用選了，火兒哥，如果有一天我跟大老闆掉下海，不用理我，你先救他吧！如此出色的笑匠，死了實在太可惜啦！」

笑彎了眼的藍男，突然覺得，眼前這一幕跟當年火兒出關後，跟信一等人在阿柒冰室商議作戰計畫的情境很相似。

不同的是，當年他們的敵人是大老闆。

如今大老闆已淪爲大家的恥笑對象。

「笑夠了啦！再笑就翻臉！」

笑過了後，又再返回剛才未完的議題。

「火兒，你剛才好像漏了我的位置。」大老闆一副摩拳擦掌的姿態，似乎很期待大戰之日：「上一次我拉肚子才會打輸，這一次一定可以轟爆那個邢鋒跟雷臭B！」

在火兒與信一的角度，這一次想以「龍城幫」的旗號跟雷公子作一死戰，就算十二少也只是作爲他們的輔助支援。大老闆參戰無疑打高一線，但火兒偏偏不想。

況且，他們已有共識，雷公子一定要留給AV收拾，大老闆一旦落場，誰都無法控制，隨時壞了大事。

要說服大老闆不要參戰，並非易事，一個搞不好，他又往一邊亂想，以爲自己是祕密武器，到最後還是走到戰場亂搞一通。

大老闆一心跟他們共同進退，要勸服他留下來，難啊！

信一等人的目光同時投向火兒，把這項艱鉅任務交給他了。

「大老闆，你不可以跟我們走上戰場！」火兒直截了當。

「爲什麼呀？」大老闆又再激動起來：「我知道你不想我受傷，我答應你，由今日開始直到決戰當日，我都不會打邊爐，那你可以放心吧！」

「你誤會了，我不是擔心你的身體狀況，而且我有另一個任務交給你。」

「什麼任務？」

「這個任務，我相信全江湖……不、不，是全世界，甚至全宇宙只有你一人才可以做得到。」

「哦？那到底是什麼任務？」

「保護藍男和你的乖孫兒！」

「吓？你要我做保護證人組？」大老闆揚起一邊眉毛：「我覺得有點大材小用。」

「藍男是我的心肝，念祖是我的命根，他倆若有什麼意外，我也活不下去。」火兒認眞道：「雷公子一再派人對付藍男，上次若非AV出手，她已經落在他們的手上……我怕他死心不息，誓要捉到藍男爲止。」

「雷臭B這死變態！我操他媽的祖宗十八代！」

「大老闆，除了你，沒一個可以令我放心。」

「放心！我大老闆保證，新抱仔和乖孫兒在這裡絕對安全！」大老闆拍心口：「寶貝仔，保護他們的任務交給我！」

有大老闆這一句，火兒眞的可以放心了。

藍男最擔心自己會影響到火兒的狀況，如今有大老闆作保護，就是最強的後盾，火兒便可以無後顧之憂——全力一戰！

火兒、AV、信一、十二少與吉祥，體內的血液正在翻滾燃燒，五人也在期待著大戰之日。

雷公子是邪惡的根源，一日不除，對眾人來說都是一大威脅。這一次不但要把雷公子殺掉，還要把他整個派系連根拔起。

當這五個大男孩聚在一起時，就會產生強烈的氣場，有一種能抵千軍萬馬、能改朝換代的大能。

他們已隱隱預見大戰那一天的沖天火焰……

那團烈火，將會把「青天會」的旗幟燒成灰燼。

距離這一日，已不遠了。

—大老闆家—

眼前的場面，相當夢幻。

我們五兄弟，跟藍男喵喵念祖，居然會和大老闆一起同枱吃飯。像個大家庭般。

枱上的餸菜，是一人一味煮出來的：藍男煮滷水雞翼、火兒燒叉燒、十二少蒸開邊蒜蓉蝦，我燜了最拿手的南乳豬手。飯後，還有大老闆親手切的愛心巨型生果盤。

突然，吉祥怪叫：「大家來看。」

他像是非常吃驚的，指著墊枱的報紙。

我趨前一看，原來是張陳年報紙，上面，印著一個鬚刨（刮鬍刀）廣告。

吉祥結結巴巴：「這……這個……男model……好像……」他看著我。

「像我？哈，的確是我。沒告訴過你嗎，我以前兼職做模特兒。」

6.3 反擊

三日後，在宋人傑身上發生了一件震撼事情。

這一晚他到醫院探望母親時，發現她不在這裡。

宋人傑最著緊母親，對於這次失蹤，宋人傑認定是雷公子所為。

「天義盟」的壽命已在倒數，加上母親身體欠安，他已無心戀戰江湖事。

對於「公司」的未來動向也再無任何意見，每次開會也心不在焉，料想因此惹起雷公子不滿，對他做出一點「教訓」。

雷公子雖是個喪心病狂，但宋人傑並非罪犯彌天，故猜想對方只是來個小懲大戒吧。

步出醫院，宋人傑正想致電雷公子認錯之際，一輛停在馬路旁的跑車打開了門。

「宋人傑，上車。」

宋人傑步前，彎腰一看，坐在車子裡的人赫然是十二少。

十二少跟信一等人同氣連枝，他無故找上來，似乎沒什麼好事，一時間，宋人傑也不知如何是好。

「你還想見你母親的話，就給我上車。」

「？」宋人傑即刻步入車內：「你捉了我母親？」

「沒錯。」十二少踩油門。

「你別亂來呀！你們跟雷公子的恩怨與我無關，更加與我母親無關……」

「一句無關就想撇清關係，世上哪有如此便宜的事？」十二少冷冷說：「雷公子壞事做盡，我好友那個未出世的兒子也是給他害死，你跟他合作，就算準了有一天會橫屍街頭吧。」

「好好！就算我跟他搭上了是做錯了，也是我宋人傑個人問題，你要復仇找我好了，別爲難老人家！」

「想不到你也挺孝順。」

「別廢話，你要怎樣才肯放過她？」

「你放心，殺人父母此等行爲，不是我們的風格。」

「那麼你到底想怎樣？」

「我想做件好事，爲你母親延壽續命。」

「你說什麼？」

「令壽堂她患了末期癌症，留她在醫院，跟等死無異，所以今早我已把她送往泰國，求見白龍王。」

人稱生神仙的白龍王，曾經爲多名絕症病人祈福續命，相信與否也好，反正得到他施福的人都能比預期活得久。

問題是，能夠獲白龍王接見的，都是非富則貴、有頭有臉的名人，十二少就算在香港混得再好，也只不過是名古惑仔，又如何能取得求見機會？

宋人傑即時生出這個疑問。

「我知道你想什麼，憑我一個十二少，白龍王當然不會賣我帳，但如果賀新出面的話，那就不同說法了。」

一言驚醒，賀新跟「龍城幫」關係友好，有他出手，一切就易辦。

「你爲何要幫我？」

「開門見山，我要你告訴我逆鱗的藏身之處。」

「逆鱗是狄秋的人，何以十二少要插手此事……」宋人傑腦袋急轉，心想：「唯一解釋，就是他們已跟信一和好，而信一又不便出面，所以就派十二少出來。」

宋人傑雖然對雷公子沒好感，不過一旦讓他知道跟十二少暗度陳倉，後果實在難料。

「雷公子作風如何，你們也見識過了，這次如果我幫了你，若給他發現，就算有十個白龍王也保不了我的命啊！」

「你也知道雷公子是瘋的，你留在他身邊，早晚也要死。」十二少徐徐道：「看你能待到中秋，還是新年？」

宋人傑並不是蠢材，他也認同十二少的話，留在雷公子身邊，又豈會有好下場？只是要離開也要等待一個好時機，否則惹怒了他，後果也是難料的。

「我知道雷公子已把『天義盟』鵲巢鳩佔，我更知道他會在下星期搞造勢大會，這天之後，江湖就再沒有『天義盟』，雖然你凡事錢字當頭，但我想你也不會希望『天義盟』滅在自己手上吧？」

「你也跟雷公子交過手，也該知道他的處事手法。」宋人傑語帶唏噓：「被他壓在底下的感覺你以爲好受嗎？每次被他當眾侮辱，我也很想反抗，也很想跟他翻臉，但奈何我已跟他搭上了，有什麼法子？」

宋人傑大概做夢也沒想過，自己竟有一天會向十二少吐苦水。

當一個人對前路感到茫然、找不到出路的時候，就需要找一個傾訴對象，把悶在心裡的事情訴說出來。

十二少雖跟自己不是朋友，但宋人傑最少知道，他絕非是個陰險小人。

「如果我給你一個奪回『天義盟』的籌碼，你有否膽量去賭這一局？」

「？」

對於一個瀕死的人來說，沒有任何話比「再活一次」更加吸引。

「不怕告訴你，我會在雷公子造勢大會當晚，來一場大龍鳳（注）。」十二少字字鏗鏘：「我要把他的旗號一網打盡，永不超生！」

「你清楚雷公子的實力嗎？」

「比你更清楚。」

「那麼你……有多大信心？」

注：香港俗語，來源於六〇年代初一個粵劇團「大龍鳳劇團」，慢慢地引申為：故意做場好戲給其他人看，用來騙人，或者是騙取同情的狀況。

「百分之一百。」

十二少不是個愛吹噓的人，他說得如此有信心，想必已有部署，更大的可能是，「龍城幫」的人將會全力出擊。

整段對話中，十二少也沒有提過「龍城幫」，反而令宋人傑覺得，這場戰爭跟「龍城幫」脫不了關係。

留七分清醒以度生，留三分癡呆以防死。宋人傑清楚，什麼事情不該問，什麼事情不該說。在適當的時候裝蠢扮傻，絕對可以活得更久。

把雷公子連根拔起，對此刻的宋人傑來說無疑是個天大喜訊。

只要雷公子死了，「天義盟」又會再次落入宋人傑的手上，之前在雷公子身上賺回來的錢，更加可以袋袋平安，太划算了。

「我可以跟你合作，但問題是……我也不知道逆鱗被藏在哪裡。」

「你宋人傑詭計多端，要在幫會中找一個人的下落，又怎難得倒你？」

「嘿，你太抬舉我了。」

「世上沒有免費午餐的，你要奪回『天義盟』，自己也該出點力。」十二少：「還有一事，我必須要你答應，事成之後，你可以繼續當『天義盟』的龍頭，不過你們從此附屬『架勢堂』。」

附屬「架勢堂」，說白一點，就是要把「天義盟」的利益重新分配。

這個條件無疑辣了一點，但相比起一無所有，尚可接受。

「讓我考慮一下。」

「好，我等你答覆。」十二少：「待所有事結束後，我保證你們可以母子團聚。」

十二少把宋人傑母親留起來，是爲己方買個保險。萬一宋人傑突然變卦，也有籌碼在手。

下車後，宋人傑在屋苑附近逛了一圈又一圈，他不斷消化剛才跟十二少的對話，又爲大戰後的不同結局作預測。

十二少一方打勝仗當然是最理想，若然他輸了，又會如何呢？

讓雷公子知道自己出賣他，又會怎樣呢？

會是死路一條啊！

但一直留在雷公子身邊，失去尊嚴的活著又有意義嗎？選擇當個順民，雷公子會一直「善待」自己嗎？

不會，任誰都知道，順民，從來都是當權者政治的工具，當失去了價值，就會被棄用。

但以雷公子的作風，並不會就此放過宋人傑，只會把他如狗般畜養，閒來無事就來踐踏他的尊嚴，永世把他壓在腳下。

當不滿與委屈等負面情緒攀升到一個點，即使一直視尊嚴如無物的人，也會生出反抗的意志。

宋人傑那顆反抗的心，已經在躍動了。

不過，背叛雷公子始終不是一件小事，他還得好好考慮清楚，斷不可隨便下決定。

宋人傑思潮起伏間，電話卻在此時響起。

「喂。」

「廢柴，我是雷公子，半小時後在港澳碼頭集合。」

「啊……」

宋人傑還未有機會問話，雷公子便已掛線。

跑慣江湖的宋人傑依稀覺得，不會有什麼好事發生。

6.4 特備節目

除了宋人傑，B輝、鱷魚、士撻、虎青等人亦接到雷公子的通知，夜赴澳門。

一到碼頭，他們被安排坐上一台小型貨車，然後蒙著雙眼，開始這一趟神祕旅程。

車子開始走的是平路，後來顛簸起來，眾人也不知道目的地在哪裡，更加不知道雷公子何以把他們召集過來。

被蒙著眼，又不知道前往哪裡，難免會有點兒緊張。

畢竟雷公子是無惡不作的狂人，誰又知他會否想出了什麼邪惡點子。

不過雷公子正值用人，應該不會對他們不利吧？

眾人當中，宋人傑最爲擔憂，私通十二少一事萬一被發現了，後果絕對不堪設想。

一想到雷公子的殘忍手段，宋人傑便感到膽戰心驚，未到目的地已經汗流浹背。背後像有一隻惡獸盯著自己，叫他甚感不安，渾身顫抖，卻又無從逃避。

不足一小時的車程，宋人傑卻像經歷行刑般漫長。

車停下，眾人仍未可以解下黑布，一個跟一個被領著往前走。

他們雖然被蒙著眼睛，但卻知道進入了一個室內的空間，在這裡拐了幾個大圈，又沿著一道梯級往下走，一路走，直到平路，再穿過一條長長的路徑……

蟄伏在黑暗的惡獸，一直緊隨著宋人傑。

愈走愈近，等待機會，向前噬咬。

在黑暗中左拐右轉，加上無形的恐懼與壓力，弄得宋人傑的思緒一團糟，已不能好好思考。

正當宋人傑腦海一片迷糊，想不出任何東西來之時，便有人爲他們脫下蒙眼黑布。

他們被領到一間房間。

「辛苦各位了！」

眾人雙眼未能適應光線，一時間難以視物，但卻認得這個聲音是屬於雷公子。

當雙目回復視力後，他們發現自己正身處一間約百多呎的昏暗房間。

房間並無特別，但不知何故，身處這裡，卻有一種叫人坐立不安的氣氛。

一身大汗的宋人傑，尤其緊張。

「各位手足兄弟，這段日子辛苦大家了，爲答謝你們對『公司』的付出與支持，我今晚會送一份大禮給大家！」

聽到雷公子此話，宋人傑不禁舒一口氣，起碼他知道，雷公子應該沒發現他曾跟十二少會面。

但轉念又想，邢鋒是雷公子的心腹，要是有什麼大禮，又怎會沒他的份兒？

在場只有宋人傑暗感憂慮，其他人一聽到有禮物收，立即笑逐顏開，剛才的疑慮一掃而空。

「要大家遠道而來，這份禮物當然不會隨隨便便。」雷公子伸出舌頭，舔唇：「接下來你們將會看到一個特備節目，整個過程，你們也可以參與其中，絕對是一次有趣、好玩又刺激的奇妙體驗。」

雷公子說得甚是興奮，露出了一張狐狸臉，宋人傑看在眼裡，愈發心寒。

「要當這節目的現場觀眾，入場費最少也要一百萬，身分更要經過嚴格審核，眞是有錢也未必可以買到入場券！」雷公子獰笑著說：「所以啊，你們是很幸運的人。」

看著雷公子的恐怖笑容，宋人傑可感到，接下來的「奇妙體驗」，絕對不是什麼好東西。

「相信大家也很心焦、很期待呢，我也不賣關子了，即刻爲大家獻上——雷公子的溫馨密室！」

語畢，前方亮起幾盞大光燈，眾人透過面前的玻璃，瞧見細小的空間中央坐著一個手腳被上鎖的女人，神情十分驚慌地左右張望。

「這是單面玻璃窗，只有我們看得見她，她看不到我們的。」雷公子敲敲面前那片玻璃，笑了笑，又道：「除了我們之外，同時間還有其他觀眾參與這場精彩節目。」

女人前後左右都被鏡子包圍著，每一面鏡子的後面，正有不同的眼睛盯著她。

「未正式開始之前，我要告訴你們，以下是個非常精彩刺激的互動節目，雖然隔著玻璃，但你們是可以透過這東西親身參與。」雷公子拿著一個麥克風說道：「跟我們一起玩的，都是社會上的富有人士，有的更是名流大亨，所以待會大家不用害羞，盡情玩，盡情開心就可以了。」

雷公子伸手入褲內，擼動下體，焦急之情在臉上呈現出來。

「還沒開始，我那話兒已經亢奮得硬起來啦，哈哈哈哈……」

笑聲未盡，密室內其中一面鏡子打開，一名上身赤裸、體型結實、頭戴摔角手面罩、下身只穿一條貼身內褲的大漢，雙手推著一張手術桌，走到那女人的旁邊。

摔角大漢望了女人一眼，然後徐徐地把手術桌上的布塊揭開。女人一看，臉容便失控地扭曲，淚水奪眶而出。

布塊上整齊地放滿不同的手術用具，還有一些不知有何用途的「器材」。

「求你們放了我……我發誓可以當作什麼事都沒發生過……」

慘絕的哀求當然不能令雷公子產生半點憐憫。她表現得愈驚慌，雷公子便愈感興奮。

「來來來，事不宜遲，房間A的朋友，你可以開始啦！」

接下來，一個經過變聲器發出的聲音從密室響起。

「用小手術刀，把她的尾指割下來。」

此言一出，宋人傑等人無不感到訝異，只有雷公子以極度高漲的情緒期待著之後要發生的事情。

摔角男按照指令，執起手術刀便往女人的尾指割下來。

劇痛，換來慘絕的叫聲。

在場的雖然都是十惡不赦的惡人，但也從未試過對手無寸鐵的女人下手。

一時間也不知如何反應，只覺得眼下景象很不眞實，但又很血肉。

斷指只是前奏，接著是更慘烈的折磨，包括是鎚頭、砸腳趾、剪舌頭以及……紅燒鐵棒插下體。

尺度一再挑戰官能，連鱷魚此等狂人也差點看不下去，反而士撻臉上的肌肉抽搐了一下，嘴角泛起了殘忍的詭笑，似乎很對胃口。

至於另一惡人虎青，起初還有點愕然，但很快便已接受，而且覺得很好玩。

「到我們了！」雷公子摩拳擦掌，對著麥克風說：「用匙子把她的眼珠挖出來。」

冷血的一句話，叫女人失控抓狂，猛晃身體，發出淒慘的嘶叫聲。

摔角漢往她的頭顱連砸了幾拳，把她轟至半昏半醒。

然後拿起匙子……

「吔～～～～～～～～～～」

又是一陣慘絕人寰的咆哮。

宋人傑一直闔起雙眼，不敢直視。

虎青強裝鎮定，但心底裡卻是覺得這玩意兒很有趣、很刺激。

B輝、鱷魚冒起了冷汗。

士撻甚是回味。

「人人有份，別客氣，到你們啦！」雷公子望向宋人傑：「宋人傑，你先來。」

「好……好……」宋人傑走到雷公子身旁，對著麥克風說：「轟……她三拳……」

「什麼？」雷公子瞪大眼：「轟三拳算是什麼？每人只有一次機會，別浪費呀！」

「我想像力沒你那麼多……想不出什麼其他手段了……雷公子……你就放過我吧……」

「你簡直無藥可救！」雷公子拍了宋人傑的後腦一下：「隨便你！」

除了士撻與虎青外，其他人也不想折磨女人，但不出手就會惹起雷公子不滿，故只好收起僅存的人性，當一頭嗜血狂魔。

B輝、鱷魚後，就到虎青，最後是士撻，受盡最慘痛的折磨，女人最終得到了解脫，離開了這個人間地獄。

女人死了，雷公子還把她仍未變冷的屍身切成肉塊，與他一班手足飽餐一頓「人肉鐵板燒」。

血腥殘酷夜於此結束，當晚各人也帶著不同的心情回港。

有人心有餘悸，一闔起眼就瞧見那女人的淒慘模樣；亦有人相當回味，像挑起了底裡的殘酷獸性，一發不可收拾，很想再嚐殘殺的滋味。

不管是惶恐與亢奮，經歷這一夜的人都不能入眠。

他們也有同一個疑問，雷公子的動機是什麼？

單細胞的虎青認爲，雷公子勝仗連連，自覺居功至偉，得到特別的獎勵，是天經地義的事。

較有腦袋的B輝和士撻卻看深一點，他們認爲，雷公子表面是給他們作獎賞，實際是要讓他們知道，我雷公子是沒人性的，出賣我及與我爲敵者都沒有好下場。要他們乖乖地留在他身邊，對他忠心不二。

他們的想法一致，既選擇了與魔同行，便不要妄想可以走回頭路。

頭腦最靈光的宋人傑，則發現最核心的問題，雷公子不但是瘋子，更是一個喪心病狂，跟隨這種人，無論你如何忠心，最後都不得善終。

雷公子想威嚇他們，又怎會猜到，反令最膽小的人離心更重，加強了宋人傑的背叛決心。

6.5 計

想了一晚，第二日宋人傑致電十二少，答應跟他合作。

接下來，宋人傑就要想法子查探逆鱗的下落。

宋人傑雖不清楚逆鱗被藏在哪裡，但卻知道藏參處由士撻及他兩名手下輪流看守。當晚宋人傑便約了士撻，像他這種笑裡藏刀的老油條，自然有其辦法在對方身上套取資料。

宋人傑相約士撻在九龍城區一露天大排檔見面，士撻遲了半小時才出現，明顯不把宋人傑放在眼裡。

「龍頭，約我出來有什麼好事呀？」士撻穿了一雙人字拖，昂首闊步，一副目中無人的樣子。

「不是一定有要事才能找你吧，大家聯絡一下感情不可以嗎？」宋人傑堆起了笑容。

「聯絡感情？」士撻一屁股坐在宋人傑對面，一臉狐疑：「我加入『天義盟』後，你好像也沒跟我說過什麼⋯⋯怎麼突然約我出來？」

「其實我早已經留意你。」宋人傑笑道：「邊吃邊說吧。」

桌上放滿了鮮鮑魚、象拔蚌、巨大帶子、龍蝦等貴價火鍋食材，士撻看見已垂涎欲滴，老實不客氣，把大量食物放入鍋子裡。

宋人傑便爲士撻斟酒，一杯又一杯，之後便隨意說說「公司」最近的事兒，不著邊際閒聊起來。

酒過三巡，酒精開始發揮效果，宋人傑要出招了。

「再過幾天，『天義盟』便完成歷史任務，我這個龍頭要功成身退了。」宋人傑苦笑：「以後是你們新一輩的世界啦。」

士撻笑了一聲，受用非常，他以爲宋人傑自知幫中的地位早晚不保，所以巴結自己。「傑哥，你眞會說笑，『公司』有雷公子、邢鋒這兩個大人物，又怎會是我們這些後輩的世界了？」士撻的「謙虛」連三歲小孩也騙不了。

「雷公子志在打擊『龍城幫』以及樹立『青天會』的旗號，根本無意在香港黑道發展。」

「他花了那麼多錢，又招攬了那麼多人手，一定想在此幹一番大事，又怎會無意發展？」

「你也清楚雷公子的脾氣吧？爲求達到目的，可以不計任何後果，甚至開罪賀新，退出賭業也在所不惜。所以他根本就不在意金錢，只在意『龍城幫』的存亡。如今『龍城幫』已四分五裂，不成氣候，最大的對手已經沒有了，你以爲雷公子會一直搞下去嗎？」

宋人傑一口氣說：「雷公子是個好勇鬥狠的人，他的狠勁因爲跟信一互鬥而變得強大，鬥得愈狠他就愈興奮、愈有動力，當『龍城幫』倒下了，『青天會』抬頭之後，我相信他就會失去了當日的鬥心，也懶理幫會的發展。」

宋人傑這番話似乎不無道理，士撻未及消化，他又繼續說下去。

「所以很快雷公子下放權力，把『公司』交予有能力的。」宋人傑煞有介事：「邢鋒無意管理幫會，虎青、鱷魚空有蠻勁，並非管理層的材料，依我看啊，你跟B輝最有可能成爲雷公子眞正的接班人。」

宋人傑的話，的確令士撻內心一陣飄飄然。自大的士撻從沒有懷疑過自己的能力，經宋人傑一說，簡直有種一言驚醒的快意。

宋人傑有意無意把B輝拉下來，無非是令這番話沒那麼明顯，這又是一著高招。士撻從不把B輝當成一回事，所以他幾乎已認定自己是「公司」的未來辦事人。酒精令士撻變得鬆懈，內心的喜悅完全在面部表情中反映。

看見士撻的滿足神情，宋人傑心中暗笑。他說那麼多，目的只是令對方的戒心減低。接下來士撻毫無防範，跟宋人傑痛快暢飲。宋人傑順著對方的喜好，話題不絕，不時誇讚一下。

士撻警覺性大降，宋人傑便趁機爲他不斷斟酒，一杯又一杯，士撻已大有醉意。沒多久便完全失去正常的思考能力。

「士撻，你沒事吧？你住哪裡？我送你回去。」宋人傑攙扶著士撻。

「不用你送……我自己懂得回去……」

一身酒氣的士撻，甩開宋人傑，拖著蹣跚步履往前走。

一路上，士撻跌跌撞撞，碰到了路人，都會破口大罵一番，又不時吹噓自己將會是九龍城的領導人。

酒醉了，卻更加囂張跋扈，不可一世。

好不容易，二人來到區內一棟工業大廈，乘電梯到達目的樓層後，宋人傑繼續扶著士撻。

士撻在樓層繞了幾圈，終於在一單位門口停下。

「開門！」士撻猛按門鈴：「士撻哥回來了，快給我開門！」

一名門生從單位內打開門，宋人傑便放開他，由他步入單位內。

「你扶住他。」宋人傑說：「他喝得很醉呢。」

門生扶著士撻，正爲宋人傑的出現感到疑惑之際，他已經轉身走了。

宋人傑倒也精明，明知進去會有可能被對方懷疑，故此把士撻送到門口自己就走了。

其實如果再保險一點，宋人傑應該從遠處目送士撻，知道他停留在哪個單位就算。

不過這樣就無法確定逆鱗是否藏身在這裡。

剛才他停留不過一陣子，但就在門生把大門打開的電光石火間，宋人傑已瞧見單位內有一個被黑布蓋著的籠子，他推斷，逆鱗被困在那籠子裡。

之後宋人傑便致電十二少，把剛才的事情如實告之。

「大家認爲如何？」十二少掛了線，望著面前的信一與火兒說。

果欄內，火兒與藍男的住處，已成爲十二少等人的臨時會議室。

「我認爲宋人傑這次値得相信。」火兒。

「宋人傑並不蠢，他也知道留在雷公子身邊早晚都沒有好下場，所以他是希望我們可以打勝仗的。」

「你倆覺得逆鱗藏身在那棟大廈的機率有多大？」十二少。

「應該有七成以上。」火兒：「事到如今，我們也只好相信直覺，順著去吧。」

信一心道：「哥哥，你在天有靈，保佑我們可以把逆鱗帶回來。」

「這段期間，我和信一要繼續保持低調，到了那一天才可以正式出手。」火兒：「十二少，大戰當天我們『龍城幫』會總動員出擊，營救逆鱗的事要拜託你了。」

「我保證，只要逆鱗在單位裡面，一定會把他安全救出來。」

爲免打草驚蛇，三人暫時按兵不動，決定在造勢大會當晚，兵分兩路，一方面由火兒信一帶領，正面衝擊雷公子。另一方面，十二少與吉祥就進行營救逆鱗行動。

散會後，單位內只留下火兒跟AV。

會議期間，AV並沒有發表意見，因爲嚴格來說，他不是江湖人，他關心的，只是復仇的事情。

「AV，我知你想什麼，放心，姓雷的人頭一定留給你。」

「嗯。」AV沉默了一會：「多謝你把我從台灣帶回來。」

「要說多謝的應該是我，若不是你出手，藍男和念祖相信已經死了。」

「做兄弟，有今生無來世，哪計得那麼多？況且如果要計，就要我跟你在城寨相遇那一日計起了。」

AV輕笑，可笑容背後盡是滄桑歷練。

「如果救不到逆鱗，到時候打還是不打？」AV。

這個問題，剛才AV一直想問，他並非關心逆鱗的生死，他只擔心到時逆鱗還在雷公子的手上，信一會否因此而受制於雷公子？

「信一他們立場如何，我管不了，我只知道，當日再沒有任何事情能夠阻止你轟爆雷公子！」

哥哥的兒子當然要緊，但這一戰關係重大，一旦落場便不能猶豫，否則被雷公子壓住了，輸掉氣勢，那就不好了。

所以火兒知道，無論如何都不可以被任何事物影響到自己的決心。

萬一救不出逆鱗，那就唯有祈求哥哥在天有靈，保佑他的兒子度過這一關吧。

AV太慘了，若不能復此大仇，生生世世都會在痛苦的輪迴下度日。

只有親手殺敗雷公子，小優的靈魂才能安息，AV才可能繼續活下去。

作爲AV的好友，火兒已決定當日無論出現任何狀況，都不能阻止他們同行殺敵的決心。

就算犧牲逆鱗，也在所不惜。

「來，碰一杯。」

火兒表明立場，AV沒有婆媽答謝，只用上最直接的動作道出感謝之情。

酒樽交碰，二人把啤酒灌入喉嚨，在大戰前夕痛飲一場，爲我們兄弟倆的一致決心乾杯。

然而，火兒哪會想到，當日會出現意想不到的變數，令他的殺敵決心出現動搖。

第七章 Chapter Seven

7.1 青天會

烈日當空，無風無雲。

沒有任何山雨欲來的氣氛，也沒有狂風雷暴的戲劇效果。很好的天氣。

今日，是雷公子期待已久的大日子。

站在天台上，腳踏城寨，俯瞰著眼下景色，雷公子心情從未如此舒暢。

他一臉躊躇滿志，雄心萬丈，彷彿已把眼下的整個九龍城握在手中。

城寨建築特殊，大樓與大樓貼近得幾乎相連，驟眼看下去猶似一個巨大空中廣場。

雷公子利用了這裡的地理環境，在幾棟大樓天台筵開數十席，作爲樹立「青天會」旗幟的重要場地。

今晚過後，再沒有「天義盟」，也沒有「龍城幫」，香港江湖將要來個大洗牌，以後「青天會」就是上天下地、唯我獨尊的第一大幫。

雷公子難掩喜悅，一想起狄秋那失魂落魄的焦急樣子，他就禁不住由心發笑。

站在他身旁的邢鋒卻維持一貫漠然。

「邢鋒，怎麼總是繃緊著臉？你不爲我高興嗎？」

「今天是你的大日子，我又怎會不高興？只是，我習慣了無時無刻都提高警覺。」

「狄秋那老頭手上無強將，連他的寶貝兒子也在我手上，他就如一隻被我折斷了四肢的蟑螂，只要我動一指頭就可以把他捻死！何用擔憂？」

「令我憂心的人當然不是狄秋……」

「你擔心信一會出現？」

「還有火兒，他在台灣突然失去蹤影，我覺得他已經暗中回港。」

「信一、AV、大老闆也非你敵手，有你在場，有什麼需要擔心？」雷公子信心十足：「況且我有祕密武器在手，他們若出現，我保證他們會跪在地上，任我宰割。」

「哦？」

雷公子胸有成竹的樣子，似乎全不把信一當成像樣的對手。

他所說的祕密武器連近身邢鋒也不知是何物。邢鋒不禁在想，到底雷公子是托大，還是眞的掌握了什麼驚人事物？

「我已跟『大龍堂』、『四海幫』、『忠義會』等幾個社團達成協議，他們之後會歸邊『青天會』，以我們爲首。」雷公子輕視一笑：「世界上所有人都是看利益的，我答應他們之後一起打江山，打回來的地盤，五五平分，打仗所有的費用由我方負責，即是說，他們不用一分一毫，就可以得到更大利益。」

雷公子從來都不吝嗇金錢，他認爲只要有花碌碌的銀紙，世上便沒有辦不到的事情。

如日方中的他拉攏到各大幫會，決意延續震東未圓的夢，在江湖上興風作浪。

再過一陣子，城寨便會遭清拆，重奪九龍城寨只是意識形態，只爲亡父出一口烏氣。

雷公子的計畫是，先打「暴力團」，再滅「架勢堂」，之後便逐區殺下去，直至打到一統黑道，制霸江湖爲止！

今晚過後，雷公子就會正式以「青天會」的旗號，展開其黑道大業第一章。

晚上八點，各路人馬開始踏入城寨。

與此同時，十二少與吉祥已在工業大廈附近，準備營救逆鱗。

工廈某單位，一室窗戶全版黑布密封，大廳中央，逆鱗雙手被反鎖在椅背，一臉瘀傷，鼻孔還流著血。

「你也挺挨得，打了你十分鐘，連我拳頭也感到痛楚你也不哼一聲，犀利！」士撻摸著右拳對逆鱗說：「跟你相處了十幾天，你今晚就要走了，臨走前，雷公子叫我好好招待你，但你一點也不感痛楚，我很難向他交代呢。」

「要殺就殺。」

「你知道嘛，你的命是很重要的，怎可以隨便就說死啊？」士撻亮出一把水果刀，不懷好意地笑著：「不如我們玩個遊戲，猜猜你接下來，你身上哪部分會脫離軀體？」

士撻二話不說，把水果刀戳入逆鱗大腿。

逆鱗繼續強忍。

皮肉之痛不能令逆鱗叫痛，士撻大感沒趣。

「果然能忍。」

三日前士撻在澳門玩了那個殘殺玩意後，意猶未盡，上了癮。看他不懷好意的表情，就知他要在逆鱗身上延續那邪惡玩意。

逆鱗雖然知道即將要面對痛苦酷刑，但雙目仍好比猛虎，炯炯有神，盯著士撻。

士撻非常討厭被盯著，明明自己處於強勢，沒理由會被對方嚇唬。

他走到逆鱗身後，手起刀落，在逆鱗的食指指頭上，劃了一道口子。

刀鋒前後拖拉，傷口愈割愈深，指頭被割開兩邊，皮肉分離，指紋那邊如剝下來的香蕉皮。

逆鱗劇痛，仍不哼一聲，咬緊牙關。

「就不信你不怕痛！」

士撻抓住那片連著皮肉的半邊指頭，發力一扯，把那片皮肉強行撕離肉體。

「吔——」

十指痛歸心，逆鱗再能忍，也終於忍不住發出咆哮。

「哈哈，還以為你是鐵鑄，原來也會痛、也會叫。」士撻把撕下來的肉片掉在逆鱗臉上。

「你最好爽快殺了我，否則……」逆鱗目光如炬：「我一定會報復！」

逆鱗的話極具威嚇，士撻眞想一刀把他刺死。不過雷公子說過要留他一命，士撻豈敢胡來？

「為何不動手啊？不是連殺我也沒膽量吧？」逆鱗訕笑：「我知道了，一定是雷公子不許你殺我吧！你這種看門狗當然不敢抗命啦。」

士撻氣得答不上話，只能緊握著刀柄，跟逆鱗對視。

「怎麼不出聲？給我說中了吧！看你像什麼，連個動彈不得的人也把你嚇唬，叫你殺我又不敢下手，頂多只能做些微不足道的小折磨，還有什麼伎倆啊？儘管拿出來啦，不過你要記住，今日你怎麼對我，我必定雙倍還給你！」

逆鱗的眼神相當凌厲，不是隨便說說就算。

士撻突然進退維谷，既不能下殺手，再折磨他又怕日後會被算帳。

「不知所謂的廢柴！」逆鱗鄙視著士撻。

「你雙眼好討厭！」士撻決定動手，提起刀，朝逆鱗臉上刺去：「我幫你挖它出來！」

十二少與吉祥已在單位門外。

他們找了個開鎖師傅靜悄悄地把大閘的鎖打開。

吉祥提起手中的大鐵鎚，猛力一揣，破開大門，衝進去救人。

單位內不見逆鱗，只見一人正在看色情電影。

地上有一個空著的鐵籠，跟宋人傑形容一樣，看來收藏逆鱗之處會不時變更。

「逆鱗在哪？」十二少一瞪那男人。

男人立即拿起身旁的對講機：「士撻哥！十二少來救……」

吉祥反應好快，上前把那男人轟開，然後奪去他手上的對講機。

「士撻，放了逆鱗！」

士撻正要對逆鱗施以酷刑，卻傳來吉祥的聲音。

士撻先是一驚，過了兩秒才定下神，知道吉祥應該去了另一單位。

「吉祥，你別這麼大聲呀，我一驚就會失控，失控就不知會發生什麼事！」士撻對著對講機：「你是不是想幫逆鱗收屍？」

明知逆鱗在對方手上，卻束手無策，吉祥當下急了。

最麻煩是，事情曝了光，士撻若通知雷公子的話，後果就不堪設想。

另一邊廂，火兒、AV跟信一等人已蟄伏在九龍城，只要收到十二少救出逆鱗的消息便殺上城寨。

可等了又等，卻仍未有十二少的消息。

復仇心切的AV快要按捺不住……

7.2 反擊

情況危急，幸好十二少臨危不亂，望向窗戶，眉頭一緊，似乎想出了什麼法子。

十二少奪過吉祥手中的對講機，走近窗口：「逆鱗，想辦法撞向窗口！」

十二少不知道逆鱗的處境，若他被困在籠子裡，根本沒可能脫身，但此際已到了刻不容緩的時候，怎樣也要搏一搏，成功與否，就是看逆鱗的命數了。

事實上逆鱗並沒有被困在籠中，只有手腳被鎖在凳上。

逆鱗知道機會只有一次，錯失了，就繼續淪爲雷公子的把柄。

他這種人，天生硬性子，寧死不屈，想也不想便發力一蹬，連人帶凳撞向窗戶，用頭錘把玻璃窗轟破。

十二少探頭出窗，看見下面一單位玻璃窗爆破，認定那就是逆鱗的藏身地點。

「找到了。」十二少動身：「小吉，就在樓下三層！」

落在地上的逆鱗一頭是血，看來這一撞擊力對他傷害不少。但見他對著士撻發笑，笑得士撻心底一寒。

「你笑什麼笑……」士撻當然也知道大難臨頭。

「哈哈哈哈！」

士撻驚恐的表情已掛在臉上，逆鱗只笑得更加大聲。

「你以為我眞的不敢殺你！」士撻抽起逆鱗，用手中的水果刀抵住了他的頸項。

「動手呀！」

只要失去理性，士撻就眞會戳下去，但剛烈的逆鱗就算到了這種危險關頭仍不甘處於下風，相當逞強好勝。

門外傳來一陣巨大的轟擊聲，大門被破開，十二少與吉祥來了。

面對昔日的老大與「阿公」，一陣懼意湧上。

怎麼了，士撻不是已經今非昔比，在「天義盟」位高權重了嗎？為何面對著二人仍然會懼怕起來？

原因簡單，論詭計論心狠手辣，士撻或許在二人之上，但講到實力，又怎及得上他們？

就算單打獨鬥，士撻也沒信心可以壓過吉祥，更何況還來了個十二少。

他手上只有逆鱗這個籌碼。

「你們敢走前一步我就殺了他！」士撻把刀尖戳入逆鱗頸上。

「他不敢殺我的，殺了我，他不能向雷公子交代。」逆鱗一再挑釁：「更重要的是，我死了，你也出不了這個門口。」

逆鱗戳中了要害，士撻再也接不上任何話來，怒得漲紅了臉，眞想一刀殺了逆鱗就算，但一時之快，卻換來無窮後果，士撻當然不會亂來。

現下情勢，士撻當眞是進退維谷，正苦惱如何走出這困局，吉祥開口了。

「放了逆鱗，你可以走。」

「！」

對士撻來說，這是個極之吸引的交易，巴不得立即放了逆鱗，離開現場。

不過，世上又哪會有如此便宜的事？

士撻猜想吉祥的下一步，可想來想去也想不到。

「不用想了，我吉祥一句就是一句。要殺你，機會多的是，用不著此刻出手。」吉祥傲視士撻：「你沒有選擇的了，放人吧！」

或者士撻可以放手一搏，跟吉祥十二少拚命，但勝算大概只有一百萬分之一點一，搏不過。

正如吉祥所說，士撻再沒其他選擇了，放開人質，是唯一可以做的事。

別無他法，士撻放開了逆鱗，然後慢慢走向門口。

吉祥跟十二少站在門口前方兩旁，即是說，士撻要走出去必須要在二人中間經過。

他逐步向前行，手中一直緊握著那柄水果刀。

這柄刀當然對二人起不了任何威脅，只是當一個人被恐懼感包圍時，就要找些依賴。

士撻走到二人身前，心跳得很快，被他們的巨大氣場壓得幾近窒息，連抬頭的勇氣也拿不出來。

他曾在廟街一役差點可以把吉祥了結，此刻卻像個窩囊廢……只因他當日仗著King Kong、邢鋒在現場才有恃無恐，在敵方陣地耀武揚威，儼如江湖大哥大一樣，如今落單了，即打回原形，變回初出道的小混混。

失去了依靠，士撻根本什麼也不是。

士撻步出大門，終於可以呼出一口氣，然後發足狂奔。

一安全，惡念便生。他只想盡快會合雷公子，做出大反擊，用殺戮抹去屈辱。

士撻走了，逆鱗望著面前兩人。

這是他首次與十二少、吉祥見面，雖不認識，但從剛才在對講機上聽到了二人的名字，故知道他們的身分。

他們是信一與火兒的朋友，如今前來營救自己，逆鱗大概猜到是怎麼回事。

「我老爸跟信一已經和好了？」

「聰明。」吉祥爲逆鱗鬆綁後把他攙扶起來：「你大腿的傷可以嗎？」

「死不了的。」

「那就走吧，我送你返元朗。」

「等等……我知道雷公子今日在城寨搞了個造勢大會，你們選擇在這時候救我，信一應該在那一邊有所行動吧？」

流著哥哥血脈的逆鱗頭腦果然靈光，十二少凝視著他，突然生出了一份強烈的預感，這個叫逆鱗的小子，只要再加點歷練，他日定會在江湖有一番大作爲。

「嗯，只要我通知信一把你救出，他便會立即動手。」十二少說。

「我跟你們一起去！」

「但你大腿還在流血。」

「如果這樣也撐不過來，我以後就不用出來混了。」

「走吧。」

即將爆發的世紀大戰，百年一遇，錯過了飲恨一生。無論傷成怎樣，逆鱗也希望在現場見證。

十二少也不拖拉，立即致電火兒，告知他逆鱗已經安全。

掛了線，火兒望向身旁的信一及AV，吐出一句話：「現在就去殺個痛快吧！」

振奮的話，激動二人，再蔓延至身後的Happy、暴龍，以及每一個來自台灣的火兒幫。

跟雷公子的所有恩恩怨怨，都要在今晚做個了斷。

逆鱗事情已經解決，火兒再沒有任何後顧之憂，誓要把雷公子碎屍萬段。

7.3 祕密武器

城寨天台上，雲集了過百賓客，場面鼎盛，大部分都是有頭有面的江湖人物。

雷公子染指香港黑道短短日子，已把「龍城幫」轟個四分五裂，實力毋庸置疑。誰也不想開罪這聲勢浩大的狂人，故受邀者大多都賞面出席。

雷公子要成為香港第一人，總不能四面樹敵，於是他以銀彈政策，向一些三線幫會下手，把他們結集，欲擴大版圖，鞏固勢力。

打垮「龍城幫」令雷公子信心大增，下一個目標就是「架勢堂」，然後到「暴力團」，還有「洪興社」，只要把這幾個所謂大幫除掉，一統江湖便指日可待。

他當然知道，這不是一朝一夕可以達成的事，在這之前，一定會經過無數場械鬥，所以他便要備好彈藥，準備迎接一場又一場的大戰。

雷公子是好戰的，一想到接下來將要爆發戰爭，他就感到興奮了。

「多謝各位大哥今日來臨，開始晚宴之前，雷某想說幾句話……」雷公子站起來，拿著麥克風說：「相信不少人以為我是澳門人，但其實我跟大家一樣，百分百是來自香港。三十年前，家父地位崇高，德高望重。他為人重情義，喜提攜後輩，一生光明磊落，故深受各方人物擁戴。龍捲風知道家父個性率眞，一次又一次挑釁他。我父宅心仁厚，不但放過他，而且還助他在自己地盤建立勢力，但龍捲風這小人卻以怨報德，有點勢力便囂張無度，挑戰家父。我父一時大意著了道兒，被這小人害慘，給攆出九龍城寨……不過邪不能勝正，『龍城幫』鳩佔了城寨多年，終於回到我手上，證明雷家才是這片地方的眞正主人！」

雷公子振振有詞，內容雖然與事實有所出入，不過勝在七情上面，情緒高漲。

「我正式宣布，『青天會』的旗幟，由今日開始，再次樹立！我雷公子向大家保證，與我同路的，一定會比之前賺得更多！」

在座所有人都交足反應，聽完這番豪情壯語，同聲歡呼附和。

此時，跟雷公子同桌的虎青電話響起。

「虎青，出事了！剛才十二少帶了大班人來，我奮力迎抗可惜仍被他救走逆鱗！」

事態嚴重，虎青掛了線立即向雷公子匯報。

得知事情，雷公子沒有大怒，只翹嘴一笑。

「還以爲他們已經無反抗能力，這下子好玩了。」

選擇在這天救人，雷公子當然猜到是「龍城幫」的部署，但他卻仍然擺出一副兵來將擋的姿態，似乎不把信一等人當成一回事。

連他身旁的邢鋒也不知道雷公子何以能如此淡定，但不管雷公子有什麼厲害法寶也好，邢鋒亦不敢鬆懈，他已進入戒備狀態，準備迎戰「龍城幫」。

上次在廢車場，火兒沒有落場，只跟邢鋒的座駕擦肩而過。這次「龍城幫」反擊，火兒必定會出現，邢鋒期待能在戰場上跟他相遇。

前方遠處傳來沸騰的人聲，邢鋒的視線穿過十幾張圓桌，瞧見幾個人帶著大幫人馬走到大台上。

雖然相隔了兩幢大廈的距離，但眼尖的邢鋒卻認出站在最前方的三人。

——信一！AV！火兒！

在他們身後的，還有Happy仔、細寶、暴龍，以及一大群跟隨火兒由台灣而來的打手。

「龍城幫」全員盡出，這一晚就要跟雷公子來一個終極大結算。

AV從遠處看見雷公子，眼球噴出了火，他已按捺不住，現在就要把他撕開千段萬段！

「龍城幫」跟雷公子之間，沒有任何談判或議和的可能性存在，火兒祭起兵刃的同時，信一及其門生也亮出利刃。

其他幫會的頭目看此情勢，便知難免一戰。他們既已跟雷公子搭上，就不能置身事外。

在座來自不同社團的人，雖各懷鬼胎，但大多都不怕開打，因爲從牌面來看，他們的確佔了優勢。

論人數，「龍城幫」那邊頂多三十人，己方是他們的幾倍，一個好運，把火兒、信一此號人物扳下，身價便急升十倍。

萬一眞的敵不過他們，也可留力自保，然後靜悄悄地退場，讓其他人上。

「兄弟們，上！」火兒振臂高呼，帶頭上前。

火兒有所行動，邢鋒亦準備動身。

雷公子卻按住了他，然後從地上的袋子裡取出一物，「碰」的一聲擺在桌上。

「給我站住！」雷公子拿著麥克風，對信一等人大吼：「你們再敢走上前一步，我保證，你們會——終身後悔！」

距離太遠，信一根本看不清雷公子拿出來的到底是什麼事物，但雷公子的聲音好像吃定了他們，除非這是韜晦之計，否則那東西應對「龍城幫」相當重要。

事到如今，雷公子就算虛張聲勢，也只能拖延一會，但信一卻覺得對方似乎不是玩什麼嚇唬技倆，而是胸有成竹。

信一腦子急轉，猜想那是什麼東西。

會是龍頭棍嗎？不可能，出發前已確定它仍在狄秋手上，而且保管得相當安全。那會是什麼？信一見到那東西似是個圓盅，至於裡面藏著什麼，就不確定。

火兒同樣不敢妄動，但AV卻如被勒住韁繩的野馬，想不顧一切地衝前。可他又明白，今晚除了是自己的復仇夜，也關係到「龍城幫」的生死存亡，己方兩大元帥停住了去勢，AV唯有跟隨。

「以爲帶一大班人來就可以壞我大事？」雷公子把那圓盅的蓋打開：「你敢亂來，我就把裡面的東西沖水飲！」

雷公子要把盅內的東西飲掉又怎能威脅到信一？除非那是極度重要的事物……

信一與火兒此刻終於知道，雷公子的把戲。

「雷公子，把你手上的東西還給我！」信一又怒又急。

「別天眞啦！如果我會把它交給你的話，我又爲什麼把它弄到手上呀？死蠢！白癡！

廢柴！」雷公子怒罵，擦了擦鼻頭，趾高氣揚：「所以說『龍城幫』的人就是不會用腦！你兩個廢柴，給我下跪！」

要在眾目睽睽下跪地，信一和火兒顏面何存？他倆是「龍城幫」的頭目，一旦跪下，這場仗未開打便輸了氣勢。

最大問題是，雷公子手中之物甚具威力，二人就好像被他綁住雙手，捏住了喉嚨，只要雷公子喜歡，隨時把他倆勒死，連反抗的能力也沒有。

「你倆好像聽不到我的話……」雷公子把盅內的粉狀物倒進清水的杯裡：「還不給我跪下，我就把龍捲風的骨灰飲進肚內，然後他便會成為我的一坨屎給拉出來！」

雷公子的祕密武器，原來是龍捲風的骨灰！

這一著好毒啊，試問信一又怎可以讓龍捲風受此屈辱？

雷公子一旦飲下去，便覆水難收，神仙難救。

信一和火兒實在不能讓這一幕發生……

萬個不情願，二人也得放下手中刀，跪在地上。

「龍城幫」大軍氣勢一泄如注。

「哈哈哈哈哈！什麼龍城第一刀？什麼龍捲風傳人？在我雷公子面前還不是像隻雞仔一樣被我玩弄！只要我喜歡，我要你們幫我吹簫也行呀！」雷公子拿起手中的杯子：「火兒，把刀拾起。」

形勢比人強，火兒別無他法，只好照做。

「現在給我把信一的右手斬下來！」

此言一出，全場無人不感愕然，要火兒親手斬掉信一的手臂，誰都知道那是沒可能的事，但不照做，雷公子便會把龍捲風的骨灰吞進肚內。

信一對龍捲風有一份深厚的感情，除了是自己的長輩，信一更加視哥哥為一生中最敬重的人物，把他當成父親一樣。

當年圍城之戰，哥哥為保城寨安危，帶病上陣，最終戰死沙場。信一心裡向哥哥承諾，一定要將「龍城幫」推上更高峰。

如果他阻止不了這事情發生，連龍捲風這三個字也保不住，以後做什麼也是枉然了。犧牲一臂，能保住龍捲風的威名，信一認為值得。

但斷了一臂，雷公子又會否信守承諾？

信一也想不出法子，望著火兒，把決定權交到他手上。

「我數三聲，你不把信一的手斬下來，我就飲下去了！」雷公子拿起水杯。

「三……」

沒時間了，斬與不斬，現在就要決定！

「二……」

雷公子的杯子已貼近唇邊。

火兒望著地上的刀，知道再沒有思考的時間了。

「一！」

7.4 開戰！

「你以爲我不敢？」

雷公子拿起杯子，準備飲下！

「火兒，動手呀！」

信一狂吼！

火兒拾起地上一物，虎目盯住雷公子，力聚一點，手中之物如箭離弦，向前疾射。

火兒的動作太快，正把骨灰水喝下的雷公子根本意識不到將要發生什麼事情，但身邊的邢鋒卻極度機警，雖看不清火兒擲出所爲何物，不過再細小的動作也逃不過他雙眼。

飛擲之物甚爲快速，莫說是尋常之人，就連邢鋒也未能捕捉，直至那一物飛到眼前，他才瞧出，那東西是一枚——筷子！

邢鋒伸手捕捉，五指一抓。

掌心卻空空如也，落了空。

一聲清脆的玻璃爆破聲，破空響起。

雷公子手中的水杯應聲破碎，還未把骨灰水灌進喉嚨，他便急急地把口腔的水吐出。

因爲玻璃杯爆開，幾塊碎片掉進他的口內，若非他及時吐出，喉嚨將會被強行割開。

望著地上碎片，雷公子跟邢鋒一樣愣住了，剛才眞的險象環生，差一點便一命嗚呼。

雖猶有餘悸，但雷公子很快已清醒。皇牌被毀，怒火難擋，一手拾起龍捲風的骨灰龕往地上砸去。

乒——

瓦龕爆碎。

骨灰隨風一吹，如星塵散落。

「殺了他們！我要『龍城幫』的人全部都去死！」

賓客們抽出桌底下的西瓜刀，向「龍城幫」撲殺過去，正式拉開大戰的序幕。

信一也不確定雷公子有否把骨灰水吞進肚裡，但事已至此，只要把這賤人殺掉，便可以阻止那件屈辱事情發生。

所以，雷公子今晚必須要死！

哥哥的骨灰隨風飛揚，散落在信一等人的身上。

——就好像跟哥哥並肩而上。

「哥哥，你在天有靈，一定要保佑我們把那大賤人殺掉！」

信一拾回佩刀，同時間正有兩個手執鋼刀的人撲向自己。

二人眼神充滿殺氣，勢凶夾狼，好像跟信一十冤九仇。

信一在江湖也算是有名有姓，以往怎會有人敢如此「無禮」。

他們之所以敢動手，除了因爲聽命於雷公子，更大的原因是，他們不把信一放在眼裡。

吃了一場敗仗之後，信一的名氣一落千丈，再加上沉寂了一段日子，大部分人都以爲信一已經回塘，所以他的對手以爲信一已經是過氣大哥，他的刀已經生鏽，不足爲患。

但這個想法，只會令他們跌入萬劫不復的死地。

信一實在很不爽，他要以行動讓對手知道，龍城第一刀跟以往一樣，依然見血封喉，犀利無比！

來襲的二人，還未揮刀，就已經倒下。

信一的刀，今晚就要飲盡敵人的鮮血！

「龍城幫」另一核心人物火兒，握刀在手，往敵人身上狂砍，砍得血花四濺，砍得慘嚎連連。

從前的火兒，凡事都盡量留一線，很少做到趕盡殺絕，但這一次就不同了，跟雷公子對陣，留力只是迂腐的行爲，隨時讓仁慈壞了大事。

眼前的雖然不是直屬雷公子，但他們爲虎作倀，也是死不足惜。

火兒手起刀落，每一刀都看準了敵人的要害，務求用以最短的時間解決對手。

數秒間已令幾人倒下，猛如烈火的氣勢直殺入敵陣，出手俐落，開膛破肚。

他收起了慈悲一面，把體內那頭野獸釋放，變回了那個初出道、爲求完成任務可以不顧一切的狠角——陳洛軍！

除了「龍城」兩大戰神猛虎出柙，另一個重要角色也殺入戰場。

AV等了這一日已經等得太久了，在他避走台灣，最失意失落的日子裡，真的曾經打消過復仇的念頭。那時候他失去了鬥志，過著行屍走肉的生活，終日與痛苦爲伴，每當合上眼，就想起小優在他面前被肢解的畫面，在萬劫輪迴下活著，活得沒有尊嚴，活得沒有意義。

他有時候也會問自己，既已對人間再沒有任何留戀，何以還要貪戀人世？死了就一了百了，告別苦痛，把前塵往事作了結，總好過痛苦地度過每分每秒吧。

或許連他自己也不知道，在潛意識裡，那股復仇之火從沒熄滅，一直在等……

等待再次爆發的一天！

面對眼前敵人，個個手持利刃，但AV從來都不喜歡舞刀劍，就算面對千軍萬馬，依然故我，在戰場上只會用上最原始、也最具爆炸力的武器——拳頭！

不世仇人就在眼前咫尺，誰敢阻他的去路，他就用拳頭把攔路者逐一轟爆！

轟！轟！轟！轟！轟！轟！轟！轟！轟！轟！轟！轟！轟！轟！

他要盡情發泄，發泄再發泄！

聽著敵人的骨折聲，AV異常亢奮，把積存已久的負面情緒訴諸暴力，用敵人的鮮血，來祭小優的亡魂！

幾個主將戰意大勇，大大提高了「龍城幫」的士氣，Happy仔、暴龍、細寶以及一眾人馬跟隨而上，殺入敵陣，展開混戰。

戰幔一拉開，「龍城幫」就佔盡頭威，雷公子看在眼底下當然不爽，但他卻沒有泄了氣勢，因爲他還未使出邢鋒這隻皇牌。

現在跟「龍城」開戰的都是其他幫派外援，雷公子一直按兵不動，本意想借助他人之手削減敵方實力，但那些人似乎不太中用，再打下去只會增加「龍城幫」的氣勢，不出手不行了。

「給我把那班廢種砍個稀巴爛！」

雷公子一聲令下，虎青就如甩開枷鎖的猛獸向前撲殺。

手執一柄巨大開山刀的他，粗暴地撞開己方人群，直闖敵陣。

虎青的視線鎖緊細寶，殺了他，十二少必定痛心非常，只要令十二少痛苦的事，虎青都會出盡全力去做。

「細寶，虎青爺爺來殺你了！」

虎青雙手握緊刀柄，砍向細寶。

虎青本已相當慓悍，再加上殺氣騰騰，令面容更加猙獰凶惡。

大刀橫劈，勁風撲面。

實刀未至，細寶已可感到此刀勢道極猛，故不敢怠慢，提刀迎擋。

「噹」的一聲，兩刀交拚，爲二人之戰敲響鐘聲。

虎青率先攻入「龍城幫」陣地，「青天會」的人馬也殺入戰場。

B輝與鱷魚搭檔上陣，他們一直都在等待一個吐氣揚眉的機會，今日如果爭取得好表現，只要殺敗一兩個「龍城」要員，便可在江湖立威，抬起頭來，躋身江湖大哥大的行列。

「青天會」的喜宴被「龍城幫」搞得一片混亂，雷公子卻沉住了氣，沒有動怒。他只在想，是誰把逆鱗的藏身之地供了出來？

雷公子心中有了一個人的名字，怒目四顧，卻已發現宋人傑在混亂之間不知跑到哪裡。

雷公子不怒反笑，笑自己的失策，他沒想過宋人傑敢出賣自己，這又讓他上了一課，如何忠心的狗，也有反撲自己的可能。

宋人傑一定要死，就算他走到天腳底下，雷公子也會找到他出來。

不過目前要解決的，是這班戰意如虹的「龍城幫」。

雷公子的人數比「龍城幫」多出幾倍，照理應該佔上優勢的，但眼下情形，「龍城幫」的人好像戰意旺盛，全沒有因爲人數問題而影響戰意。

「打垮一個『龍城』仔，賞金一萬！殺一個大將，一百萬！」雷公子拿著麥克風大吼：「火兒、信一、AV的狗命，每條五百萬！」

這班人全都是因爲利益才跟雷公子走在一起，利字當頭，一聽到雷公子開出的盤口，個個眼目都發出精光，注入了銀彈力量，再續未完之戰。

現場一片混亂，身爲雷公子的近身，邢鋒當然要保護他的安危，故他一直都站在雷公子身前，還未參戰。

「邢鋒，你上。」

雷公子知道，「龍城幫」人數雖少，但他們團結，打下去，給他們打出個士氣來，實在不利自己。

所以邢鋒必須要落場，只要他出手，定可敲山震虎，震懾全場！

——天下無敵的邢鋒，終於踏上戰場了。

7.5 廝殺

邢鋒隨手拿起一張摺凳走進人群，一見敵人就揮動武器，身手之好，令同伴喝采，敵人抹把汗。摺凳在他手上猶如靈蛇擺動，對方還未瞧到他如何出招，頭顱便給砸個正著，或頭破血流，或昏死地上。

不及抵擋，就已命中。

落點奇準，一擊即中，不消半分鐘便把十幾名「龍城」人馬轟下。

高手，有著高手的氣場，邢鋒的強大，已達「屈機」(注)的級數，散發出來的氣勢，連相隔幾十米外的火兒也可感受得到。

眼見邢鋒如狼入羊群，把己方兵馬宰殺，火兒只想盡快破開人海，上前營救。

奈何敵軍人數甚多，要殺出血路，也非一時三刻可以做到。

火兒一急，手臂竟被劃了一道口子。雖不能造成太大傷害，卻叫他們知道，火兒並非想像中厲害，也會受傷，只要把他的力氣耗盡，便可以將之擊倒。

邢鋒殺得天昏地暗，把敵方打個潰不成軍，把「龍城幫」浩浩蕩蕩的氣勢擊碎了。

注：屈機是一個電子遊戲術語，源自香港，狹義是指玩者利用電子遊戲中的漏洞或不當手段達到目的，廣義是指現實生活中有人利用不正當或不公平的方法達到目的，甚至可以純粹指那些展現強大實力而令對手毫無招架之力的人或行為。

人海中，有個大塊頭特別強悍，中了邢鋒的攻擊竟沒有倒下，雖然給砸個一頭血，雙目仍然有火有神，不屈不折。

「你不是無名小輩，你叫什麼名字？」

「暴龍！」

報上名字，暴龍祭起拳頭向邢鋒轟過去。

以暴龍的體型來說，動作已經不算慢，但在邢鋒眼中，他仍然是不入流。

邢鋒一動，暴龍便感到一陣勁風撲過來，他知道，自己將會被這道勁風轟個腦袋四分五裂。

來到這個時刻，任暴龍如何閃躲，也不能阻止將要發生的事情，因爲邢鋒的快已超越尋常人的想像境界。

除非，有一個比他更快的人出手。

錚——

暴龍的耳際響起了一道清脆的金屬磨擦聲。

張目一看，眼前出現如煙花的燦爛火光。

那是凳柄與鋼刀擦出的火花。

誰有能力在那千分之一秒間擋住了邢鋒的攻擊？

邢鋒自然心裡有數。

「很久不見了，龍城第一刀。」

邢鋒泛起了一個跟故人久別重逢的笑容。

「別來無恙嘛？」

信一仍舊從容。

「你若非『龍城幫』的龍頭，我們或許是朋友。可惜。」

邢鋒掉下摺凳，在地上隨手拾起一刀。

「人生有一兩件憾事，才有意思。對嗎？」

信一緊握刀柄。

「沒錯。」

邢鋒收起了笑容。

「不過你是雷公子的人，所以我們永遠不可能是朋友！」

信一殺氣外露。

「來吧。」

邢鋒手中閃出寒芒。

他們差不多在同一分秒向對方展開攻擊。

噹噹噹噹噹噹噹噹噹噹噹噹噹噹噹噹噹噹噹噹噹——

疾風迅雷的剎那間，二人已交了好幾十刀。

乒裂——

直至邢鋒的刀抵受不了猛烈衝擊碎裂，急速的交拚才暫遏。

「你的刀不行，再選一把。」信一說。

邢鋒在地上再拾起一刀。

然後——

噹噹噹噹噹噹噹噹噹噹噹噹噹噹噹噹噹噹——

乒裂——

尋常的鋼刀還是碎開。

論速度論招式，二人只在伯仲之間，不分軒輊。

「再選一把。」

撇開立場，邢鋒的而且確是個難得的對手，信一寧願公平一戰，也不要在兵器上佔上便宜。

他把佩刀棄掉，跟邢鋒一樣，隨便在地上挑一把刀。

邢鋒與信一吸一口氣，便迎向對方。

提刀而起——

又再展開疾烈無比的激戰。

兩柄鋼刀於彈指間碰擊了超越三十次，雙方的出手都是又快又烈。

在未遇上邢鋒前，信一以爲自己的刀法在江湖上已幾近橫掃，論刀法，連龍捲風也未必勝得了他。

如今眼前的對手竟可以和他鬥個難分難解，激起了那股遇強愈強的爭勝心。

雙方交了近五十刀——

每一發攻擊，都如狂風暴雨，勢如破竹。

每一記抵擋，都不可以有半分差池，否則將命喪於對方刀下。

二人已在對方的刀口度過了生死邊緣五十次。

他們同樣驚訝，對手的實力竟可跟自己如此接近。

信一愈攻愈急，刀勢愈來愈猛，反之邢鋒雖然似被壓下，但他的神色卻不慍不火，全沒半點壓力。

邢鋒明白，當兩人的實力相差無幾，刀法上的變化與速度，其實也不會有太大的距離，到了這個時候，就得看誰先找到對方的破綻。

保持冷靜，就是致勝關鍵。

邢鋒留意到，信一每次出刀後，回刀時右胸位置都露出缺口，他看準了這一道破綻，乘信一回刀時，便出手突襲。

上一秒還在擋格，下一秒已變招反擊，這一下變化來得極之突然，信一一眨眼便見那道寒芒撲噬過來。

在那幾近不可能反擊的機率下，信一的刀竟然可以在極刁鑽的角度接下亡命一刀。

信一的反應與刀法，又一次令邢鋒感到愕然與佩服。

既然沒有破綻可尋，接下來便以快打快，雙方都毫無保留地做出進擊。

刀光與火光在天台上閃耀飛濺，沒有任何巧妙招式，純粹是力度和速度的比拼，誰的刀制住了對方，誰就是勝利者。

兵——

又是一記慘烈的刀碎聲。

這一次，兩柄刀同時破碎。

二人鬥得火紅火綠，信一也懶得再換另一把，拋下斷刀，就往前衝。

邢鋒也棄掉手中刀，穩住下盤，擺下防守架勢，迎接信一攻勢。

信一轟出兩拳。

邢鋒以前臂擋住。

「再來。」邢鋒。

信一的拳被輕易擋開，心中有火，猛一吐勁，便力聚雙拳，一口氣向邢鋒狂轟。

但邢鋒的雙臂卻像一堵銅牆鐵壁，把拳勁一一擋住。

連打出了十數拳也徒勞無功，邢鋒的防守仍然固若金湯，無堅不摧。

信一不忿，打得更快更狠，但任他如何費勁，還是未能轟破那堵牆壁。

「沒刀在手，你還是不行。」

一輪快打後，信一招已老，接著就是邢鋒出手的時間了。

鬥刀法，邢鋒壓不住信一，但比拳腳，邢鋒自然信心十足。

邢鋒的拳，疾如電，暴如雷，信一居然招架不住，心口中拳。

碰——

沒有驚天動地的架勢，卻有著驚天動地的威力。

力發千鈞，把信一打退了十幾步。

正想上前再戰，卻被一手按住。

「你幫其他兄弟。」火兒盯著邢鋒：「這個人，留給我。」

火兒來了，來跟邢鋒一決生死了！

望著邢鋒，火兒腦內閃出了藍男當日在醫院痛哭的畫面。

若非邢鋒受命挾走藍男，她便不會遭到小產的慘痛經歷。

身爲藍男的男人，身爲「龍城幫」的戰神，他要——

親手打爆邢鋒！

7.6 絕世邪鋒

虎青力度極猛，細寶雖然舉刀擋下，但仍被迫得不住後退。

細寶一退，虎青便如蠻牛猛進，揮刀狂砍。

論體型論力氣，虎青都在細寶之上，故露出一副吃定了對手的狂妄姿態，一味猛攻。

細寶只守不攻，擋得甚感吃力。

「手軟腳軟，你怎能跟我鬥？」虎青咧嘴大笑：「我不但幹你的女人，現在連你也幹掉，好讓你倆相映成趣呀！哈哈哈哈……」

這番話任誰聽了也沒有可能不動怒，細寶一身是火，擋下了虎青一刀，竟然不顧一切，用頭頂撞向虎青面門。

「虎青，我跟你拚命！」

這一著是不理智的，但怒火中燒的細寶已管不了那麼多，既然力氣拚不過他就來個硬碰硬。

面門被撞個正著的虎青，鼻孔出血，驚魂未定，又中了另一記猛撞。

二不離三，細寶拚了命地正打算發出第三記撞擊，卻被什麼力量勒住了衝勢。

「你很喜歡這玩意嗎？」虎青棄了刀，一手抓住細寶的頭髮說：「我就跟你玩個夠！」

位置互換，虎青往後仰，猛力發勁，頭如炮彈炸向細寶面門，轟得細寶鼻骨爆裂，面門也給轟個爆裂似的。

「再來！」

第二擊已把細寶轟至半昏迷。

但虎青意猶未盡，正打算轟出第三擊，似乎要把細寶活生生撞死！

正要發擊，一個聲音喝住了他。

「虎青！」

虎青認得這聲音，那是他的宿敵十二少。

虎青在監房的日子天天都希望親手殺掉十二少，如今十二少來了，虎青對細寶興趣頓失，手一甩，把他放開。

「這條死魚，我送給你！」

吉祥上前扶住細寶：「撐住啊。」

細寶無力一笑：「放心，我死不了……」

「你兩個給我滾開！」虎青拾起地上的刀。

十二少踏前一步：「小吉，讓開。」

「阿大，這一戰，請讓給我……」吉祥瞪著面前的虎青：「我要跟虎青打。」

當年一戰，虎青刺破了吉祥一目，成了他一世最大屈辱，不時也會在夢中重現這慘痛一幕。

要拭去夢魘，吉祥必須用自己雙手，手刃仇人。

「單眼仔，你要送死，我虎青一定成全你！」虎青猛吼，就往吉祥之處衝殺過去：「我就先殺你，再殺十二仔！」

「小吉，阿大撐你！」十二少遞出佩刀。

吉祥握住刀柄，從劍鞘抽出十二少的武士刀，順勢橫劈。

兩刀撞擊，爆出刺耳聲響。

甫一交擊，吉祥已知自己跟虎青的力量有差距，但吉祥有的是那種年輕人打不死的鬥志，明知硬碰硬不是好法子，他也無懼一切，一拚過後，深深吸了口氣，便發動密集狂攻。

也不知砍出了多少刀，虎青竟被那綿密攻勢打得難以還手。

「單眼仔怎會如此敏捷？這幾年他進步了不少！」虎青心道。

虎青跟很多上了位的大哥大一樣，總是看不起新一輩，在他眼中，那些後輩角色永遠都是小混混，不曾想過時間是公平的，你在前進的同時，其他人也在成長，你慢下來，便被後浪湧上、超越。

如果你一直恃老賣老，以爲可以一世把後輩壓住，那就注定要給拉下馬了。

「碰」的一聲，虎青的面門竟然中了吉祥的飛膝。

這一飛膝力度出乎虎青意料，中招後連爬帶滾的往後翻。

吉祥順勢而上，雙手握刀，一躍而起，然後——往下直砍。

「虎青，你玩完了！」

吉祥俯劈而下，躺在地上的虎青及時橫刀在前，擋住了吉祥的刀。

「單眼仔，你以爲吃定我？」虎青暴喝，一腳踹在吉祥的下體：「我連春袋（陰囊）也踢爆你呀！」

下體重創，吉祥全身無力，痛得按著小弟弟狂飆淚水。

在失去了戰鬥力的瞬間，已足夠讓虎青來個大反擊。

寒芒直取吉祥腹部，站在後方的十二少緊張非常，想上前阻止，卻已鞭長莫及。

血花在吉祥的身上濺起，但虎青卻一臉愕然。

「單眼仔……」

吉祥一手是血，他竟徒手握住了虎青那柄刀的刀身，阻截了它的去勢。

把握著那千分之一秒的機會，吉祥抽刀向虎青迎頭劈至。

虎青一時間不知如何反應，失去方寸，舉臂就擋。

下劈之勢既急且烈，把虎青的前臂斬下來。

斷口狂噴血水，虎青眼見這個情景，只感到一切來得很不眞實。

幾秒之前明明自己佔著優勢，怎麼此刻會這樣？

直到痛感傳上腦袋，他才知道，自己的人生正步向滅亡。

「單眼仔……吉祥……說到底大家也是同門一場……」

虎青正想求饒，眼前便閃出一道銀光，頭頂只感一陣清涼……

腦海一片空白。

之後出現在他眼前的，是一個荒謬的畫面。

虎青看見自己的頭顱掉在地上。

最後，自己也都倒下來了。

吉祥戰勝了，但剛才硬接虎青一刀的傷勢也不輕，十二少撕下衣服一角，爲他包紮。

「小吉，沒事吧？」

「沒事。」吉祥望著細寶：「你又如何啊？」

「撐得住。」

「既然你倆都沒事，那我們三兄弟就一起上吧。」十二少說。

這個畫面是十二少期待已久的，自從跟細寶分道揚鑣後，已沒想過可以跟他站在同一個戰場上。

如今，他們三個又可以像昔日一樣，並肩同行。

虎青陣亡，但「青天會」不止他一人，其他戰鬥還在不同的角落上演。

士撻從工廈回到天台，甫一回來便見大戰展開，他便隨手執起一柄鋼刀，混入人海，參與大戰。

還有鱷魚和B輝，他們要一夜成名，故拚了命的狂砍，愈戰愈勇，雖也有中刀，但已傷了十幾名「龍城幫」人馬。

他們倆相當合拍，互補不足，狀態佳勇。二人也相信，只要維持著這個勢頭，就算遇上火兒，也未必會敗在他手上。

但他們未遇上火兒前，先遇上他的門生，暴龍與Happy仔。

鱷魚和B輝交換了個眼神，就算殺不了火兒，幹掉他們一兩員大將也算是有個交代。

殺念一動，二人便提起傢伙衝向敵人。

「Happy仔，今日我就要把你砍個稀巴爛！」

面對昔日門生，鱷魚又妒又恨。自Happy仔跟隨火兒之後，名氣日盛，風頭早就蓋過了自己。

鱷魚不甘，更加不忿，何以當日那個不起眼的小鬼頭，轉眼間可以成為黑道天王的接班人？

還不是他死好命，遇上了火兒！

鱷魚絕不承認Happy仔的實力，為了證明自己一直都在Happy仔之上，鱷魚一定要把對方殺之而後快。

「呀！」

鱷魚挾著怒潮咆哮之勢揮刀砍向Happy仔，Happy仔卻不為所動，右腳往後踏，眉頭一緊，提刀，一蹬而起。

兩柄鋼刀在疾風迅雷間交鋒。

二人的身影在對方身旁急速掠過。

一刀過後，一切回歸平靜。

鱷魚感覺有異，垂頭一看，驚見肚皮被劃了一道血痕，腸子在那缺口擠出體外。

Happy仔那一刀，把自己開膛破肚！

鱷魚到了此刻才記得，一年多前曾敗在對方手上，Happy仔的實力早已被印證，只是自己一直不願接受才再一次低估了他，所以亦再一次敗在他的手上。

今次一敗，連命也賠了。

瞧見鱷魚倒下，正跟暴龍展開劇鬥的B輝也分了心，面門中了暴龍的重拳。

「鱷魚！」

摯友被擊倒，B輝戰意大減，雖然不敢確定鱷魚生死，但已知他受傷不輕，只想盡快帶他逃出戰場。

可中了暴龍的重拳，整個腦袋都在晃動，步履蹣跚，連站直身子也感困難。

這時候暴龍再發一記重拳，B輝終於不支暈死過去。

那是兩幫生死相搏的一戰，上了戰場，就要有陣亡的覺悟，強存弱亡，要怪就只能怪自己實力不夠。

B輝鱷魚相繼敗陣，「青天會」另一當紅人物士撻卻正在陣上殺得性起。

走上戰場之前士撻已經吃了大量軟性毒品來麻醉自己，故雖然身上中了幾道刀傷，仍好像不感痛楚，在戰場上瘋狂揮斬。

他愈砍愈狂，面上呈現出嗜血狂魔的猙獰相，分不清對方是敵是友，總之見人就斬，斬斬斬！

只有在失去理性的血腥殺戮裡頭，才能壓得住他對十二少與吉祥的恐懼。

「殺！殺！殺！殺！」

抓狂中的士撻突然覺得揮刀的手臂不聽使喚，如何費力也使不出勁來。

瞧清楚才發現自己整條臂膀不見了。

我的手臂呢？

怎會這樣的，上一秒明明還連著身體的……

藥品不止麻醉了他的痛感，連思考的能力也變慢，士撻還未意識到自己的臂膀已被斬下，他只覺得這個畫面好奇怪。

他望了望膊胳的斷口，又望了望前方，才發現眼前站了個人。

那個人又動了手中的刀，再一刀就已經割破了自己的喉嚨。

跟十二少走上戰場的逆鱗剛好看到這一幕，出刀之人雖背向自己，但他認得這個身影。

一年前自己還跟他鬥個你死我活，沒有跟他正式交手，眞是幸運。

那個男人的刀法早已名動江湖，只是沒有親眼看過，不知是否如傳聞中般神。

如今親眼目睹，果然貨眞價實，名不虛傳。

男人回頭，跟逆鱗目光交接。

兩個男人，在血肉橫飛的戰場上相視微笑。

隨著這一笑，以前的針鋒相對，恩恩怨怨也化作了雲煙。

「死不了吧？」信一笑說。

「『龍城』仔有那麼容易死嗎？」逆鱗帶點輕佻。

「哈！」

眼前的逆鱗，雖然仍有點稚氣，但看眞一點，他的眉頭眼角，自信的笑容都跟故人很像、很像。

「這種場面，百年一見……」信一望著逆鱗大腿上的傷口：「你撐得住嗎？」

「可以！」

「Good！」信一與逆鱗踏步：「那就跟我一起見證雷公子的末日吧！」

「青天會」的要員或死或敗，情況好不樂觀。但別忘記在他們的陣營中還有一個絕世邢鋒！

只要他還未敗陣，誰也不敢斷言「青天會」已經輸了。

火兒跟邢鋒的生死決展開，他們雖然站在不同陣營，但彼此也視對方爲難得一見的對手。

知己難求，找個讓他們看得上眼的對手更難。難得遇上，他們也不想在兵器上佔便宜，所以用上最直接、最公平的對決方式。

——拳與腳。

雙方交了十數招，邢鋒一直處於守勢，他這個人，能忍，也沉得住氣，時機未到，他可以一直忍、一直等。

像獵豹捕捉獵物，可等上大半天。

只爲等到一擊撲殺的機會。

「碰——！」

邢鋒出手了，就在擋下了火兒攻擊後的一瞬間，便向火兒胸口轟出了一記實而不華的日字衝拳（注）。

霸道如大老闆也抵擋不住邢鋒的拳，火兒中了那一擊，便凌空往後飛。

三米、五米、十米，退勢仍然未盡。

火兒退勢未止，邢鋒卻已趕上。

「你輸了。」

邢鋒語調淡然，但火兒可感受到，這句話不是說笑的，因爲接下來，邢鋒的攻勢，威力將會好比十級颶風般暴烈恐怖。

注：詠春拳的一種拳法，「日」就是以中指至尾指的構圖，衝拳就是以此三指作為拳頭主要攻擊目標的位置。

7.7 世紀賤人的最後狂呼

邢鋒的攻勢來了，一口氣轟出了如黑色暴雨的超猛快拳。

碰碰碰碰碰碰碰碰碰碰碰碰碰碰——

當日他轟敗逆鱗的打法，如今施展在火兒身上，他深信，火兒的結局將會跟逆鱗一樣。

碰碰碰碰碰碰碰碰碰碰碰碰碰碰——

邢鋒雖知火兒相當耐打，但他對自己的實力有絕對的信心。

第一輪攻勢未能將對方擊倒，換了口氣，便再打出第二輪快拳。

面對這輪又暴又烈的連打，火兒只能交叉雙手抵擋，無法找到反擊的機會。

邢鋒就是要把對方的所有動作封死。

碰碰碰碰碰碰碰碰碰碰碰碰碰碰——

碰碰碰碰碰碰碰碰碰碰碰碰碰碰——

已經到了第四輪的攻擊，火兒雖然仍處於挨打狀態，但卻沒有倒下的跡象，任邢鋒的拳再密再猛，始終未能扳下他。

自信十足的拳勢竟攻陷不了防衛，這是邢鋒出道以後從未遇過的事情。

一向深藏不露的邢鋒鮮有地露出殺意，就連跟大老闆對陣時，也是從容不迫，氣定神閒。

但面對火兒，他眞的感到壓力，自知不加把勁，是難以把他打倒。

換了口氣，緊了眉頭——要來眞的了！

「就不信攻不破你！」

碰碰碰碰碰碰碰碰碰碰碰碰碰碰碰碰——

碰碰碰碰碰碰碰碰碰碰碰碰碰碰碰碰——

碰碰碰碰碰碰碰碰碰碰碰碰碰碰碰碰——

碰碰碰碰碰碰碰碰碰碰碰碰碰碰碰碰——

碰碰碰碰碰碰碰碰碰碰碰碰碰碰碰碰——

碰碰碰碰碰碰碰碰碰碰碰碰碰碰碰碰——

轟了不知多少拳，還是未能把火兒擊倒。

拳頭仍然在瘋狂猛打。

在未打倒對方之前，邢鋒是絕不會停手。

噗——

猛烈的衝勢，在千分之一秒間被截下。

就連邢鋒差點也不敢相信，他的右腕竟然被火兒扣住。

「！」

萬分愕然的邢鋒愣了半秒……

未及回神，面門便似被一記鐵鎚轟中！

火兒反擊了，那一拳挾著怒潮咆哮的氣勢轟在邢鋒面門上！

吃個正著的邢鋒強忍痛楚，隨即反擊，日字衝拳結結實實打在火兒的胸口。

邢鋒精通中國武術，出招其疾，變化其精，加上輕靈身段及空明澄澈的頭腦，故出道以後未逢敵手，絕對是百年一遇的武學奇才。

論底子論招式，邢鋒無疑在火兒之上，可在台灣的日子裡，火兒差不多每天都參與地下拳賽。

每一場比賽都是進修的經歷，不同的對手，有不同的長處，只要將其吸納再融會貫通，便能將戰鬥力提升。

當與無數拳手對決之後，不論戰技、速度、力量和反應，火兒都進入了另一個境界。

最重要是，他是龍捲風和阿柒的傳人。

火兒與邢鋒同時放棄了防守，抓狂似地揮拳猛砸！

他們便如兩頭史前野獸撲噬向對方。

再沒有留力餘地，豁盡所有力氣轟轟轟轟轟轟轟！

——不拚腦子，只拚力量，直至把對方轟下！

不知轟爆了多少個對手，也不知道身上添有多少道刀傷，ＡＶ的拳仍然一直地轟，一直地轟。

他的目光，一直死盯著前方的雷公子。

兩方的距離不斷拉近，很快就可以把那個不世仇人轟個粉身碎骨。

他的眼神充滿了仇恨，也充滿了期待。

那雙眼盯得雷公子怒火上沖，恨不得把AV的眼珠挖出來！

「誰給我打垮這大塊頭，我給他一千萬！」

一千萬是一個相當驚人的數字，不少被AV嚇怕了的人，也因爲這個銀碼而重新注入力量。

貪婪遮蓋了理性、壯大了膽子，明知衝過去是以卵擊石，也甘願當炮灰，如飛蛾撲火。

「他再能打也只是一個人，一起殺上去呀！」

「殺呀！」

這群人喪失了常性，妄想爭得一個機會，殺敗AV，從雷公子手上取得豐厚獎金，一夜盡收名與利。明知實力不足，卻振臂吼叫，企圖提高士氣，情緒一下子被這種群體互相激發的熾烈氣氛拉高，做出單獨時絕不會做的自殺式行動。

不停出拳的AV，雖然耗了不少體力，但仍拳拳有勁，每一擊都命中，將撲過來的嘍囉轟飛。

嘍囉再多也只是嘍囉，雷公子當然沒期望過他們可以殺得了AV。

在雷公子眼中，這群人全是沒腦袋的貪錢怪，存在就是被支配、被利用。

他們的作用就是阻擋AV，消耗他的體力。

不自量力的人何其多，如蝗蟲撲向AV，或被打飛或給轟個暈死，纏了好一陣子也沒有人傷得了他。

AV無疑是能打，但說到底也是副血肉之軀，鐵鑄的身體也有乏力之時，就在力量下降一刻，終被趁虛而入，大腿中了一刀。

刺中AV的人笑容還停留在臉上，人已被轟到老遠。

這一刀雖未爲AV帶來嚴重創傷，但卻製造了一個缺口，令其他人可以成功近身。

血花在AV身上濺出，中了幾刀的他暴喝，一口氣打退了幾人，然後又換上了另一批人過來。

一浪接一浪，以人海戰術纏死AV，打算把他的力量耗盡爲止。

AV萬料不到雷公子竟主動出擊，混入人群，趁AV忙於應戰之際，一刀刺入他的腰間！

「我今生今世也吃定你呀！」

刀鋒直送入腰，AV忙以左手握著雷公子的手腕，止住去勢。

右手拉弓，正想出拳，背門又被偷襲，給劃上一道長長的傷痕。

背門一痛，抓住雷公子的手也鬆開，轉身打出一記橫鎚，把後方的人轟開。

精明的雷公子一擊得手便即退了。

「哈哈哈，那大塊頭體力已耗得七七八八，送他一程！」

牆倒眾人推，AV一失勢，那班人便一併湧上。

對方人數太多，就算AV有強大的實力，也難免會給纏至筋疲力盡，到那時候，伺機而動的雷公子便又會伸出魔爪。

火兒愈打愈有，愈轟愈烈，每一擊都猶如一枚小型炸彈，似要把邢鋒的筋骨炸個四分五裂！

再持續這種節奏的互相轟擊，邢鋒實在沒有把握可以勝得了他。

邢鋒是「青天會」的靈魂人物，一旦敗下，己方陣營便成骨牌效應，樹倒猢猻散。

所以無論如何邢鋒也絕不可輸！

「吼——火兒！跟你拚最後一回！」

劇痛刺激起邢鋒的神經，令他潛伏於體內的力量也一下子迫發出來，聚於一拳。

蓄勢待發的一拳，藏著能粉碎所有血肉之軀的巨大爆炸力！

同一時間，火兒亦祭起霸拳。

至剛至烈的一拳，注入了把眼前事物燒成灰燼的——**火紅熱血！**

火兒之前已經輸了很多，廟街之戰輸掉了未出世的兒子。

元朗一役賠了阿鬼和一眾兄弟的性命。

「龍城幫」失去了太多，這一次再也不能再輸呀！

火兒與邢鋒各中了對方近百拳。

劇戰至此，雙方均知道已差不多到了最後階段。

到了這地步，除了看自己的拳打出去有多重，更重要的是能承受到幾多衝擊。

誰抵得住對方的強大轟擊，誰便是這一戰的最後勝利者。

使出了全力的邢鋒，始終未能把火兒扳下，他開始擔心，那一雙天下無敵的拳頭，是否遇上了打不倒的對手？

當邢鋒出現這個念頭時，打出的拳已經失去了「勢」。

莫論單打獨鬥還是兩軍交戰，致勝的關鍵，往往取決於哪一方的「氣勢」較強。

邢鋒失了「勢」，相反火兒卻氣勢如虹，大有氣呑天下的張狂霸氣。

就算技術比不上邢鋒，此刻的他，已把對方壓下來了！

碰／碰——

兩記重擊聲爆響，火兒與邢鋒的拳同時轟在對方面門上。

受此重擊，二人也被強大的撞擊力轟退。

火兒的鼻孔狂噴鮮血，耳膜內不住響起嗡嗡聲，眼前的事物模糊扭曲。

這一拳雖未能擊倒火兒，但肯定爲他帶來了相當嚴重的傷害。

邢鋒的情況也好不到哪裡，雙手抱頭，痛得失控地狂嚎。

挺直的鼻樑作不尋常的扭曲，面骨破裂，雙目溢出血水，眼球幾乎給打了出來，腦袋像要爆裂似的。

爆頭般的撕心劇痛，叫未嘗一敗的強人直認——我敗了！

人總會在某些階段，遇上不同的挑戰，任你何等聰明絕世或蓋世無敵，也有機會面臨超出預期的巨大衝擊，就好像骨牌一樣，如何奮力抵抗，也無法阻止倒下的命運。

——絕世邢鋒終於跪倒地上，落敗戰場！

火兒一步一步的走到邢鋒面前，只要再補一拳，便可把他的神話轟個灰飛煙滅。拳頭握得勒勒作響，本應毋須再有任何考慮，但火兒卻在猶豫。

邢鋒跟隨雷公子為虎作倀，殺死了阿鬼……但在廟街那一役，他最終也放過藍男，令她逃過大劫。

如果藍男落在雷公子的魔掌上，下場可能比小優更恐怖、更慘痛。

藍男的命運，只是一線之差，當時邢鋒若狠下了心，火兒和藍男以後便再沒有故事。

火兒俯視邢鋒，心想這個人還未至於滅絕人性……雷公子今晚是死定了，你邢鋒沒了這靠山，也休想可以在香港立足。

「雷公子一定過不了今晚，你給我滾到老遠，別再讓我在香港看見你，否則——我一定會親手殺了你。」

擺下驅逐令，火兒在邢鋒身邊經過。

重創的邢鋒最後也撐不下去，暈倒地上。

曾經力挫ＡＶ、信一、大老闆等高手的邢鋒，幾近是黑道最耀眼的新星。

隨著一戰落敗，其光環也在一夜消失，變得黯淡無光。

從此江湖再沒有邢鋒這一號人物，屬於他的輝煌戰績，也將會連同「青天會」的旗號，長埋歷史。

火兒轟敗邢鋒，以皇者姿態走出戰場，但他的好友正被人海重重圍困。

AV正忙於把那班死纏不休的貪錢怪轟走，一道刀光突入，在人海中疾走，掠過之處拉出一道血痕。

與此同時，一記猛烈的力量向人海炮轟，衝擊力好比疾馳中的馬匹，既霸且快，尋常人的體格絕對承受不起。

被轟擊的人都給離地飛起，著地一刻最少有幾條筋骨碎裂。

得到兩個強援相助，不消一刻，纏著AV的那些人不是被打退，就是昏死地上。

AV、火兒、信一，當代最強的三個男人站在同一陣線，誰還敢走進他們的範圍，不是白癡就肯定是燒壞腦。

放眼戰場，「青天會」已被轟個面目全非，難成氣候。再加上邢鋒、虎青等主將已經落敗，雷公子戰陣明顯氣數已盡。

先前還士氣如虹，抖擻精神的盟友，見雷公子大勢已去，已知道這一場仗輸定了。他們因為利益而跟雷公子走在一起，當然不會拿自己的性命來開玩笑，雖然搞了一大輪也得不到任何獎賞，但保命要緊，退場算了。

用金錢堆出來的團結，一擊而潰，跟腐土沒兩樣。

期待已久的盛事弄得一場糊塗，雷公子怒得一臉通紅，心情激動得差點就要掉下眼淚。

他一直深信金錢可以令那群蠢人爲自己賣命，也對邢鋒的實力有百分百的信心。只要邢鋒在他身邊，一定可撐起半邊天。

但邢鋒敗了，盟軍也散了，「青天會」最終也難逃宿命，敗在「龍城幫」手上。其實邢鋒敗陣那一刻，雷公子便應該乘亂而逃。但這樣一逃，何時才能東山再起？屬於他的澳門勢力已經瓦解，香港的地盤也沒有了，還可以去哪裡？

或許餘下的身家足夠他在台灣平凡過一輩子，但像雷公子這種野心家是不會甘心的。所以，他寧願留守戰場至最後一刻，跟「青天會」共存亡。

兩軍之戰正式結束，「龍城幫」壓倒性擊潰「青天會」。

現在，就要解決另一場——「私人恩怨」！

火兒、信一、十二少、吉祥、Happy仔、逆鱗、細寶、暴龍等人全部站在AV身後，接下來已沒有他們的事了，可以做的，就是食花生，看好戲。

「猛虎不及地頭蟲，敗在你們手上，我無話可說！」

「你無話可說，但我有啊。當年你老爸震東贏不了龍捲風，今日你一樣要輸！」火兒盯著雷公子：「有什麼遺言要說呀？」

「說你老母！我最錯，就是沒有親手把你老婆捉走，否則我一定會日操夜操，把她操爆、把她操爛爲止！」

提到藍男，火兒難以沉得住氣，正要說話，卻被信一阻止。

「人家大限快到，由得他吧。」信一從容：「雷公子果然是雷公子，到了這時候性格依然貫徹──人衰口賤！我見你死到臨頭仍可挺直腰板，也算是個人物。別說我不近人情，接著的一戰，我們不會插手，如果你能在AV手上活過來，我信一親自駕車送你去機場。」

從來只有雷公子掌控別人的生死，何曾試過如喪家犬般被施捨？

「信一！你算老幾？我出來混的時候，你毛也未長出來呀！」

「對啊對啊，不過現在我的毛毛已很茂盛呢。」

「這個氣氛，你說什麼毛毛啊！」火兒用手肘撞向信一。

「是他先說的！」信一指著雷公子。

「你兩個他媽的短命種，當我雷公子是什麼人？今日虎落平陽，要劏要殺，快手一點！」

「虎落平陽？要劏要殺？粵語片年代嗎？跟你有代溝，收線啦。」信一吸了口菸：「AV，你等這一天已等了很久，口賤男就交給你，慢用。」

「來呀──！」

雷公子向AV出拳。

AV五指張開，把雷公子的拳頭揑著。

──等了千年萬年，就是等這一天！

轟！

一顆眼球給轟出窟窿。

壞事做盡的雷公子，生命終於走到倒數時刻了。

7.8 結局・起始

「今日是我『青天會』樹立旗號的大日子，卻被他們弄得一團糟！」

中了AV一拳，雷公子只覺得視覺有點怪怪的……

「我雷公子在縱橫澳門街，連賀新也要給我幾分面子，這班廢物憑什麼跟我鬥？」

他慢慢摸向面部……

「邢鋒怎可能會輸？我又怎可能會輸？他媽的！他媽的！他媽的！他媽的！他媽的沒道理呀！」

指頭觸及右眼眼窩，濕漉漉的，觸感異常……

「爲什麼會這樣？我的眼球去了哪裡？」

無儔勁度的一拳，把雷公子的眼球連根拔起轟離眼窩，只餘下一個血洞。

「他們竟敢對我下手……」

一生專橫跋扈的雷公子，完全不能接受這個殘酷事實。

AV鬆手，雷公子便如爛泥倒在地上。

雷公子是死定的了，但太快了結他又不夠大快人心，AV打算慢慢享受。

大勢已去，雷公子自知再難翻身，任他如何張狂霸道，臨死前總有求生意欲，一代梟雄，此刻如喪家犬匍匐爬行，尋找活路。

雷公子回首一看，只見AV一雙怒目死盯著他，渾身充斥著復仇火焰，那強大的霸氣逼得人難以喘一口氣。

從來天不怕地不怕的雷公子，生出了來自死亡的恐懼。

原來行刑前的一刻，眞的好恐怖！

AV的手抓住了雷公子的頸項，把他凌空抽起，近距離盯著手中獵物。

雷公子驚得全身抖震，不敢直視AV。

落得如此下場，他開始後悔……自己明明是萬金之軀，在澳門呼風喚雨，就因爲發展得太順利，養成了目空一切的橫蠻性格。

在他眼中，所有的人命都如糞土般下賤卑微，只要他一個不順眼，就可以令那些一文不值的生命生不如死。

要吃就吃、要姦就姦，完全無視生命的價值。

對他來說，失去了龍捲風的「龍城幫」，只是個由一班污合之眾管理的九流幫會，只要略施小計，便可以把他們搞個四分五裂。

的而且確，他曾經令「龍城幫」內鬥深化、撵走信一，再把狄秋玩弄於股掌，所有事情都按照著他的劇本進行。

勝利沖昏了頭腦，以爲自己可以凌駕所有人，可以控制所有事，從沒想過劇本的角色會走出故事發展。

就因爲贏得太多太順利，令他失去了防範、令他急於樹立「青天會」的旗幟。

雷公子在香港得來的勢力，都只是用金錢堆砌出來，虛有其表，不存在任何互信與情義，整個架構全無根基可言，又怎抵得住真正的衝擊？

此刻覺悟，已經太遲了。

雷公子驚恐的表情完全流露臉上。

「我求你……放了我！」

AV一直盯著雷公子，就是等待這一句。

現在，可以動手了。

他的手，緊握著雷公子的手腕。

「AV……你別亂來，放了我，我把一半身家分給你……我發誓以後不會踏足香港……」

抓住雷公子的手往後拉扯。

「知錯了嗎？」

「我知錯了！知錯了！求你不要這樣！」

「當日我也有求過你，如果你肯放過小優，今日的一切便不會發生。」

AV猛力一拉。

「由一開始，你就不該惹我！」

整條臂膀給AV硬生生扯了下來！

雷公子失禁，撒了一褲子尿。

吔——

手臂被強行撕下的痛楚非筆墨所能形容，雷公子的劇痛慘叫，響徹城寨天台，AV聽得大感痛快。

「好痛呀！他媽的好痛、好痛！」

雷公子撕破喉嚨的叫聲，對AV來說就猶如一道興奮劑，令他的腎上腺素激增，他媽的痛快極了！

「你那麼喜歡吃人肉……」

AV舉起雷公子的斷臂。

雷公子已可預料到會有什麼恐怖的事情發生。

「不要……不要……」

AV將臂膀的斷口，野蠻地塞進雷公子的口內！

「現在就給我吃個夠吧！」

臂膀比雷公子的口腔大，AV猛力推進，直撞牙齒，又扭又轉，粗暴塞入，皮肉與血花在雷公子的嘴角飛濺。

有點像甘蔗塞入榨汁機的效果，又殘忍又荒誕。

「吃下去！吃下去！」

斷臂塞入的觸感極度噁心，雷公子胃內一陣抽搐，吐出穢物，嘴巴卻被塞住，連同血肉吞回肚子。

「咕……咕……咕……」

一生食人無數的雷公子，哪會想到自己有這一日？

這一幕，名副其實的——食自己！

無比難受，全身肌肉一陣鬆弛，糞便從屁眼噴出。

雷公子哭了，如果現在有一個願望，他只求痛快一死。

但好戲還在後頭，斷肢卡在口腔，再塞不入，AV也不勉強，雙手握拳，準備向雷公子的面門發出毀滅性大轟擊！

「雷公子！你玩完了！」

轟！

「食呀！食呀！食呀！食呀！食呀！食呀！食呀！食呀！食呀！整條手臂也給我吞下去呀！」

皮肉！鮮血！牙齒！骨屑！噴射式溢出！

斷臂被狂轟入內，塞爆了雷公子的口腔。

雷公子受盡折磨，終於走上了人生絕路。

斷臂骨骼貫穿口腔，插進腦袋，刺破了醜陋靈魂。

一生作孽無數，遺禍人間的舔血狂魔——死了！

死得如此難看，如此沒尊嚴，眞箇是天理循環，報應不爽。

那個可恥兼噁心的死相，將會成爲他的黑歷史，流傳千載，遺臭萬年！

一直纏繞AV的恐怖夢魘，已成過去。

AV終於爲小優手刃賤人，激動得落下了淚。雖然他的世界，猶如天空破開了一道永不可能修復的裂縫，餘生將會永恆傷痛，但以後殘缺的日月可以照常升起，光明可以重新照耀自己了。

火兒、信一、十二少、吉祥，拍拍AV兩臂，展露一笑，他們的情義，早已心照不宣，在心中。

「經歷過無數的風風雨雨，這班好友一直站在我兩旁，與我度過每一個難關，一起流過血、流過汗。有你們當我的同伴，是我一生最大的運氣。謝謝你們，在我失意失落時，把我扶起。」

——AV如是想。

兩軍之戰於此落幕，兩代的宿怨，亦作了個終極了斷。

「龍城幫」再一次把雷氏家族擊敗，「青天會」徹底灰飛煙滅，殞落於大江湖上。

往後幾天，道上便流傳著「龍城幫」的威猛事蹟。

Happy仔、暴龍、細寶、吉祥這幾個新一代已長出稜角，獨當一面。

尤其吉祥，與虎青一戰贏得俐落漂亮，甚具大將風範，成爲炙手可熱的火紅人物。

不過有時候，不是人人都有角色，好像逆鱗，因有傷在身而無法參戰，雖然可惜，但來日方長，日後總有他發揮的機會。

還有十二少，這一戰始終是「龍城幫」與「青天會」之爭，救出逆鱗已完成了他的任務。雖沒有動手，但他坐鎮現場，毋疑令「龍城幫」打高兩班。

說到最厲害的，一定是火兒、AV與信一了。

信一御駕親征，在戰場上遇敵殺敵，所向披靡。

沉寂一時的火兒強勢回歸，如天神般降臨，技壓全場，擊敗邢鋒，破滅了他的不敗神話。

AV赤手空拳殺傷了過百人馬，徒手轟爆雷公子，把其靈魂徹底粉碎。

又完成一場惡戰了。

火兒忽然想起兩年前決戰「暴力團」。

那時候，他們五兄弟，空手空臂破壞了一支軍團，憑的就是那股年輕的鬥心與團結。

如今身邊的同伴增加了——

火兒、信一、AV、吉祥、十二少、細寶、逆鱗、暴龍、Happy仔，將會是一個更強大的組合，只要這班男人聚在一起，縱使面對千軍萬馬、天塌大事——

他們同樣可以撐得起！

—小優父母家—

我下跪在兩老跟前。

出事以後，我一直不敢面對他們。直至多年後的今日，我終於再次厚顏無恥地出現在這兩個被我害慘了的老人家面前。

正正式式捎來死訊——失蹤多年的女兒，已經跟你倆天人永訣！你們白頭人送黑頭人！

「阿杰……」一隻溫柔的手輕輕搭在我肩膊上。

我抬起頭，直視那跟小優相像的輪廓，心在絞痛。

「對不起，對不起，對不起……」

她搖頭：「不用說對不起。錯的不是你。」

說罷她轉身入房，不一會出來時，手上多了一本簿子。

「後來，我們找到了小優的日記簿；要隔很久以後，我們才敢翻看……那時才知道，小優她……真的很愛你。而她一直那麼善良，即使到了天上，也一定想心愛的人過得好好的。」

我接過那本日記，忍不住嚎啕大哭。

「阿杰，我想我有資格代那孩子說：我不怪你，我從來都不怪你。請你以後好好生活。」

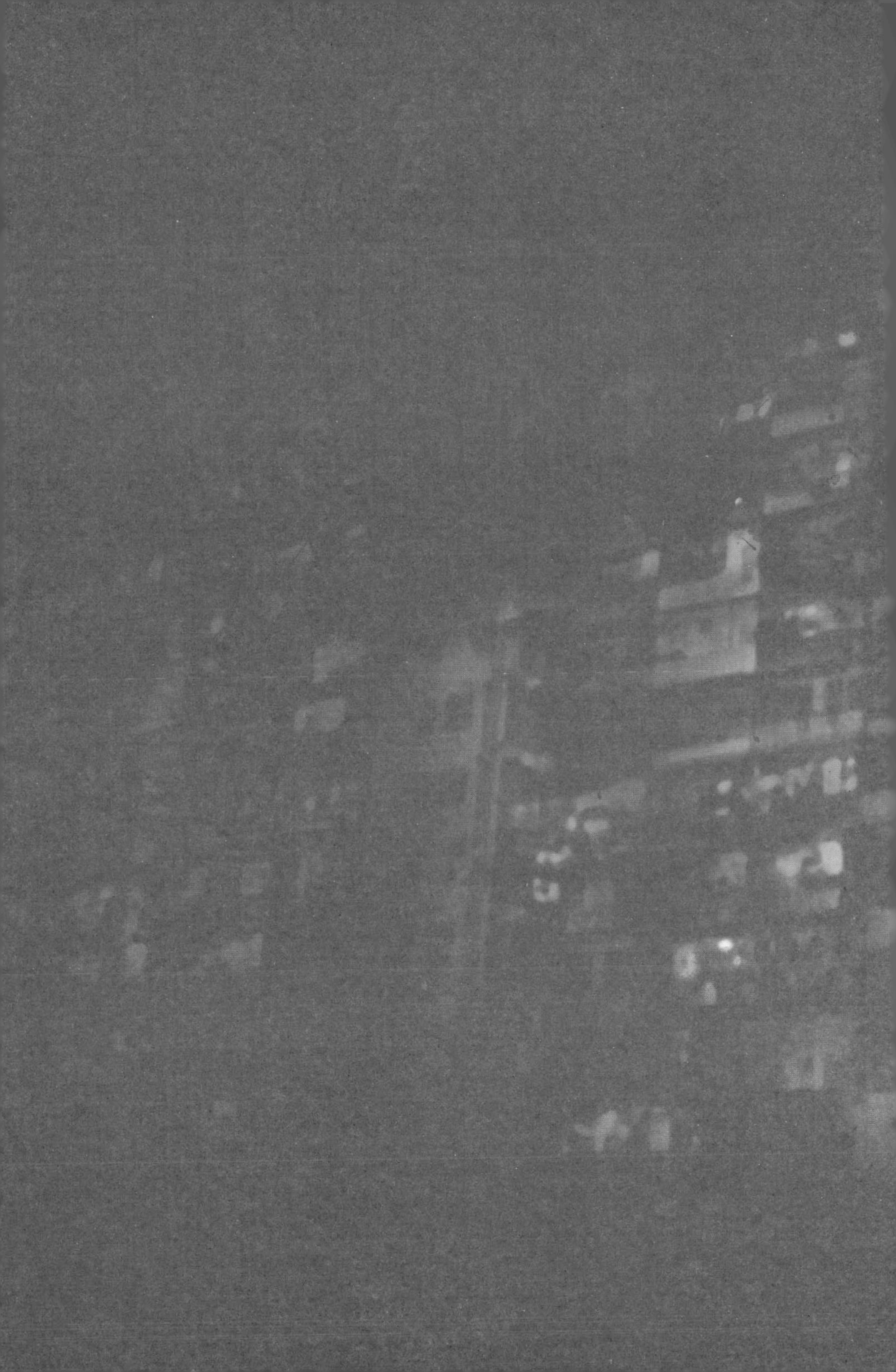

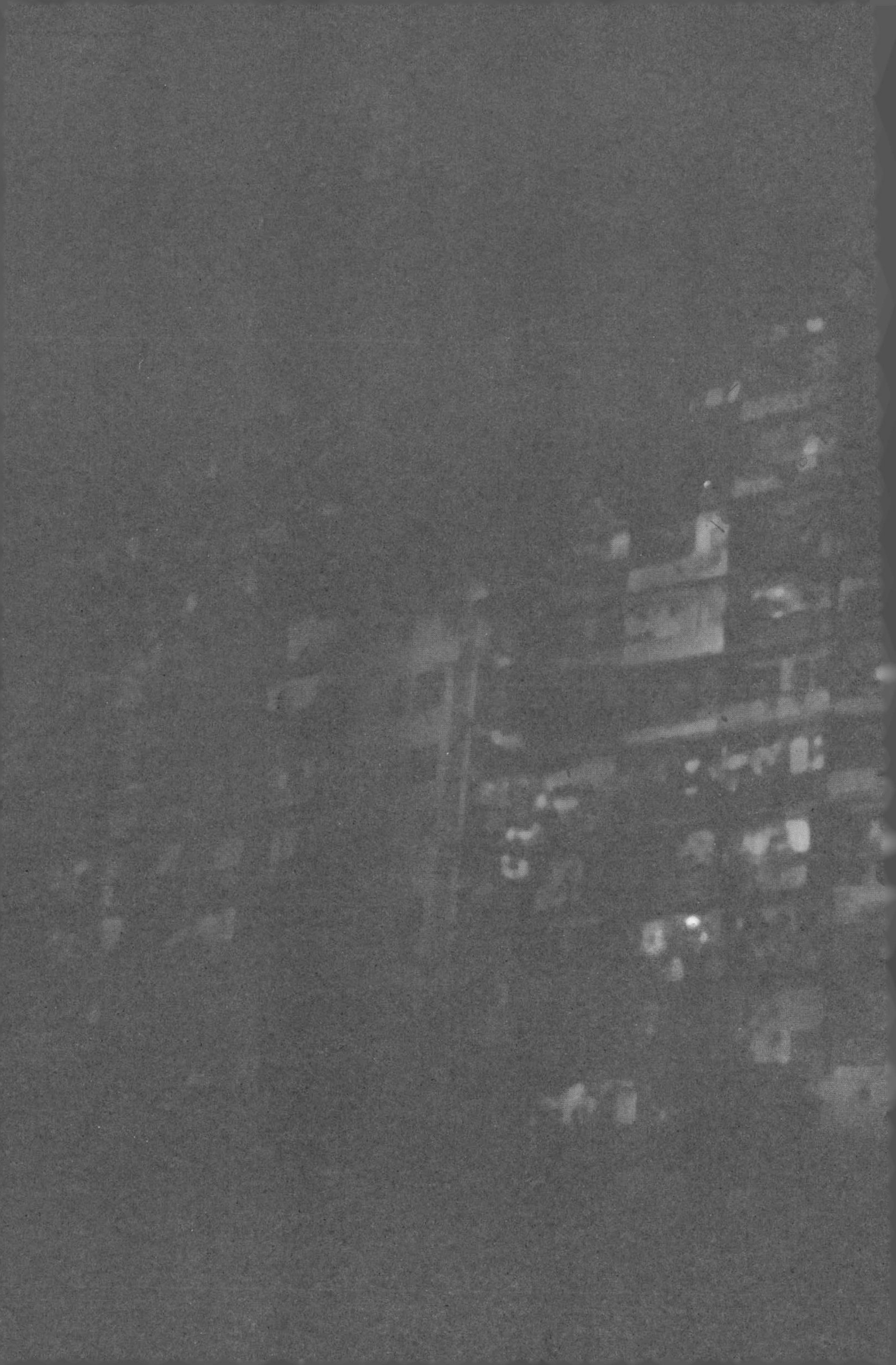

1995

後續

孩子在踢我。

老狗在喘氣。

而我有點累。

「我們走不動了，你抱我們好了。」

「不要！妳知不知道妳胖了多少？」

「還不是因爲你，我已第三次懷孕啦，比起當年，當然胖很多！」

「哈哈。」火兒一笑，蹲下身摸了摸老狗的頭：「小白乖啊，快到了！」

拐過彎，一直步履蹣跚的小白突然像上了電般越過我們，發足狂奔，直至來到一個聳立了兩塊巨型石碑的公園入口。

「汪！」小白神氣地吠，回頭催促我們快點。

右邊一塊，刻著「九龍寨城」。

「我在這裡遇見妳，已經是七年前的事了。」火兒說。

小白在亢奮吠叫。

孩子在使勁踢我。

而我笑得更深了。

火兒拖著我，穿過公園，來到足球場。

我們來到球場，遠遠就可看到一個中氣十足的光頭老頭，拖著我的兒子，青筋暴現，對著場上大吼。

「信一，別插花呀！傳！傳呀！」老頭一肚火：「唉！給搶了，叫你不要插花啦！」

「大老闆！」火兒上前。

「你終於來了，信一眞的不行呀，下半場換你落場！」

「爸爸，媽咪！」我的小寶貝甩開大老闆，走到我身旁。

「火兒啊，你也看到了吧，信一一味亂衝，又沒組織，我們已落後五分，這樣下去，隨時輸十球呀！」大老闆瞪大了眼，臉紅耳赤。

「大老闆，你冷靜點，小心爆血管啊。」

完場哨子聲響起，上半場結束，「龍城隊」暫時落後0比5。

這個比數……很丟臉呢！

信一走到場邊，看見我們，有點尷尬：「你們……怎會來了？」

「你就是這樣，總愛個人表演，有大戰也不算上我！」火兒：「要不是大老闆通知我，我也不知道你今日跟『洪興隊』開打！」

「唉……藍男大著肚子，我想你留多點時間陪她嘛。」

「嗶！別拿我來當藉口，是你自己喜歡個人主義！」被我拆穿了的信一，只能露出生硬的笑容。

「火兒哥，你現在來也沒有用了，就算你有朗拿度（注）的球技，也救不了這個殘局啦。」

「我一個不行……加上他們幾個又如何啊？」

時間算得剛剛好，十二少、吉祥和AV已經換上了球衣，向我們走過來。

「信一，我們來撐你！」AV笑說。

AV他不再戴面具了，身上也再沒有那股令人喘不過氣的壓迫感。念祖一看到他，就好像見了蜜糖般黏上去：「契爸！」

AV抱起他，露出慈愛寵溺的笑容。有時我懷疑，念祖喜歡AV，好像比喜歡他老爸還要多。

「連你們也來了！」信一先是一喜，然後又皺眉頭：「不過上半場輸五球……那班『洪興仔』有速度、跑得快，好難打啊！」

這個「龍城幫」龍頭，有時候真的很廢話，有速度跟跑得快有什麼分別？

「落後五球又如何，我們打慣逆境波，每次都谷底反彈！」

「汪！」

「簡直是金玉良言呀！」大老闆打從心底的認同。

火兒的樂觀，毫無疑問是很幼稚、很沒邏輯的了，但偏偏又能感染到其他人，連小白也精神起來，哈哈。

「你說得對！我們幾兄弟一同落場，炒爆『洪興仔』！」

球賽未完、人生未完、故事未完。陽光照射下，幾個帥氣男人走進球場，迎接他們的——下半場。

眼前這五個舉足輕重的男人，雖然已是無人不識的江湖巨人，可當他們混在一起時，還是會不自覺流露出最眞摯的稚氣笑臉。

誰也沒長大、誰也沒改變。

唯一變的，只是年紀。

可以預見，當他們六十歲後，老掉了牙，還是會像今日一樣——

注：羅納度・路易斯・那扎里奧・德・利馬（葡萄牙語：Ronaldo Luís Nazário de Lima，一九七六年—），巴西著名的足球運動員，司職前鋒，是世界球壇中的傳奇巨星之一。

肝膽相照，友情長存！

境外之城 092

九龍城寨 3（完結篇）：江湖火鳳凰

作　　者／余兒
企畫選書人／張世國
責 任 編 輯／張世國

發　行　人／何飛鵬
副 總 編 輯／王雪莉
業 務 經 理／李振東
行 銷 企 劃／陳姿億
資深版權專員／許儀盈
版權行政暨數位業務專員／陳玉鈴
法 律 顧 問／元禾法律事務所　王子文律師
出版／奇幻基地出版
　　城邦文化事業股份有限公司
　　台北市 115 南港區昆陽街 16 號 4 樓
　　電話：(02)25007008　　傳眞：(02)25027676
　　網址：www.ffoundation.com.tw
　　e-mail：ffoundation@cite.com.tw
發行／英屬蓋曼群島商家庭傳媒股份有限公司城邦分公司
　　台北市 115 南港區昆陽街 16 號 8 樓
　　書虫客服服務專線：(02)25007718・(02)25007719
　　24 小時傳眞服務：(02)25170999・(02)25001991
　　服務時間：週一至週五09:30-12:00・13:30-17:00
　　郵撥帳號：19863813　　戶名：書虫股份有限公司
　　讀者服務信箱 E-mail：service@readingclub.com.tw
　　歡迎光臨城邦讀書花園 網址：www.cite.com.tw
香港發行所／城邦（香港）出版集團有限公司
　　香港灣仔駱克道 193 號東超商業中心 1 樓
　　電話：(852) 2508-6231 傳眞：(852) 2578-9337
馬新發行所／城邦（馬新）出版集團
　　【Cite(M)Sdn. Bhd.(458372U)】
　　11, Jalan 30D/146, Desa Tasik,
　　Sungai Besi, 57000 Kuala Lumpur, Malaysia.
　　電話： (603) 90578822　　傳眞：(603) 90576622

封面插圖／人尤
封面設計／邱宇陞工作室
排　　版／極翔企業有限公司
印　　刷／高典印刷有限公司
■2019 年（民 108）6月4日初版一刷
■2024年（民 113）6月25日初版2.5刷
售價／320元

國家圖書館出版品預行編目資料

九龍城寨 3（完結篇）：江湖火鳳凰 / 余兒 著.– 初版.– 台北市：奇幻基地，城邦文化發行；家庭傳媒城邦分公司發行2019.6（民108.6）
　面：　公分. –（境外之城：92）
ISBN 978-986-97628-2-3（平裝）

857.7　　108005917

ISBN 978-986-97628-2-3
Printed in Taiwan.

書號：1HO092　　書名：九龍城寨3（完結篇）：江湖火鳳凰

請於此處用膠水黏貼

奇幻基地

讀者回函卡

謝謝您購買我們出版的書籍！請費心填寫此回函卡，我們將不定期寄上城邦集團最新的出版訊息。

姓名：＿＿＿＿＿＿＿＿＿＿ 性別：□男 □女

生日：西元＿＿＿＿年＿＿＿＿月＿＿＿＿日

地址：＿＿＿＿＿＿＿＿＿＿

聯絡電話：＿＿＿＿＿＿＿＿傳真：＿＿＿＿＿＿＿＿

E-mail ：＿＿＿＿＿＿＿＿＿＿

學歷：□1.小學 □2.國中 □3.高中 □4.大專 □5.研究所以上

職業：□1.學生 □2.軍公教 □3.服務 □4.金融 □5.製造 □6.資訊

□7.傳播 □8.自由業 □9.農漁牧 □10.家管 □11.退休

□12.其他＿＿＿＿＿＿＿＿＿＿

您從何種方式得知本書消息？

□1.書店 □2.網路 □3.報紙 □4.雜誌 □5.廣播 □6.電視

□7.親友推薦 □8.其他＿＿＿＿＿＿＿＿＿＿

您通常以何種方式購書？

□1.書店 □2.網路 □3.傳真訂購 □4.郵局劃撥 □5.其他

您購買本書的原因是（單選）

□1.封面吸引人 □2.內容豐富 □3.價格合理

您喜歡以下哪一種類型的書籍？（可複選）

□1.科幻 □2.魔法奇幻 □3.恐怖 □4.偵探推理

□5.實用類型工具書籍

為提供訂購、行銷、客戶管理或其他合於營業登記項目或章程所定業務之目的，英屬蓋曼群島商家庭傳媒（股）公司城邦分公司，於本集團之營運期間及地區內，將以電郵、傳真、電話、簡訊、郵寄或其他公告方式利用您提供之資料（資料類別：C001、C002、C003、C011等）。利用對象除本集團外，亦可能包括相關服務的協力機構。如您有依個資法第三條或其他需服務之處，得致電本公司客服中心電話 (02)25007718請求協助。相關資料如為非必要項目，不提供亦不影響您的權益。

1. C001辨識個人者：如消費者之姓名、地址、電話、電子郵件等資訊。
2. C002辨識財務者：如信用卡或轉帳帳戶資訊。
3. C003政府資料中之辨識者：如身分證字號或護照號碼（外國人）。
4. C011個人描述：如性別、國籍、出生年月日。

對我們的建議：＿＿＿＿＿＿＿＿＿＿

＿＿＿＿＿＿＿＿＿＿

＿＿＿＿＿＿＿＿＿＿

請於此處用膠水黏貼